张小燕 著

世纪之交德语文坛

『唐诗热』研究

Eine Untersuchung zur Nachdichtung der Tang-Gedichte

in der deutschsprachigen Literatur

um die Jahrhundertwende

武汉大学出版社

WUHAN UNIVERSITY PRESS

图书在版编目(CIP)数据

世纪之交德语文坛"唐诗热"研究 / 张小燕著 . -- 武汉 : 武汉大学出版社,2025.6. -- ISBN 978-7-307-22617-3

Ⅰ. I207.227.42

中国国家版本馆 CIP 数据核字第 2025D6T520 号

责任编辑:吴月婵　　　责任校对:鄢春梅　　　版式设计:马　佳

出版发行:**武汉大学出版社**　　(430072　武昌　珞珈山)

　　　　　(电子邮箱: cbs22@whu.edu.cn　网址: www.wdp.com.cn)

印刷:武汉邮科印务有限公司

开本:720×1000　　1/16　　印张:12.5　　字数:203 千字　　插页:1

版次:2025 年 6 月第 1 版　　2025 年 6 月第 1 次印刷

ISBN 978-7-307-22617-3　　　　定价:69.00 元

目　　录

第一章 导　论

第一节　研究背景与缘起

一、从"黄祸"到"东方之光"

正如德国汉学家德博（Günther Debon）（1958：37）在其 1958 年编译的诗集《李太白——醉酒与永生》（*Li Tai-Bo：Rausch und Unsterblichkeit*）前言中所言："让我们回想一下，还在 1900 年，义和团运动时，欧洲远征军满怀信念出发，认为他们是在把文明带到一个未开化的国家；与此同时，一位中国诗选的编者在 1905 年还设想，当公众知道这样的民族竟然拥有抒情传统时，会是多么惊讶。"这位"中国诗选的编者"便是 20 世纪初中国诗歌德语翻译经典之作《中国之笛》（*Die Chinesische Flöte*）的译者汉斯·贝特格（Hans Bethge），《中国之笛》的发行也被视为"现代欧洲接受中国诗歌的高潮"之代表事件。（Hutchinson，2020：303）德博敏锐地指出了 20 世纪初在欧洲盛行的两种矛盾甚至对立的中国观：一是与"黄祸论"并行的停滞落后的帝国观；二是逐渐上升的"对中国文学与哲学的了解、阅读与崇敬"（李双志，2018：106），借用德国汉学家卫礼贤（Richard Wilhelm）（2007：212）的表述，即中国文化提供了"欧洲自省所必需的'东方之光'"。这两种截然不同的观点，彰显了 20 世纪初欧洲对中国认知的复杂性和多元性，也是"中西文化交流中非常重要也颇有启示意义的一个侧面"（李双志，2018：106）。

事实上，自 18 世纪中叶起，欧洲的中国形象与中国话语开始转向负面，怀疑的论调逐渐增多。法国思想家孟德斯鸠、卢梭以及德国思想家赫尔德、黑格尔等均对中国的社会制度和文化进行了抨击，欧洲出现了大量关于中国"静止""停滞""专制"的刻板书写(乔丽丽、刘耘华，2023：139)。19世纪末，随着欧美对亚洲军事侵略和经济掠夺的展开，"黄祸"作为一种口号逐渐成为中国话语的核心词汇。1895年，德国皇帝威廉二世命令宫廷画家按照他想象中的"黄祸"景象绘制了一幅画，"号召西方基督教国家联合起来，应对以中国为主的邪恶的东方'异教'国家的威胁"(张莹，2016：121)。这幅画在传播"黄祸"的观念方面起了重要作用。1900年义和团运动爆发后，"黄祸"口号的传播真正达到了顶峰。(Gollwitzer，1962：46)作为中华民族反抗帝国主义侵略的一场运动，义和团运动引发了西方各国的广泛关注，相关报告、书信和小说源源不断被传到西方社会，但所有报告重复刻画着起义者如何杀死外国人、焚烧教堂等场景，"黄祸"似乎成为现实。(周宁，2006：358)尽管最终的真实结局是八国联军以镇压义和团为名对中国进行瓜分和掠夺，但"黄祸"的偏见和恐慌留在了西方对中国的集体想象和表述中，其内涵亦从"经济上的威胁"演变为"种族的、政治的、文化的""敌我意识"。(同上：360)

"黄祸"口号在经济、政治领域甚嚣尘上的同时，德国的文化领域却兴起了新的中国热潮。"新一代欧洲知识精英和文艺创作者对中国文化进行了更多侧面的发现、体察和推崇"(李双志，2018：106)，主要体现为对中国哲学思想和中国古代诗歌的阅读、讨论、阐发和再创作。与德国科技进步、经济发展、对外殖民扩张的表象相反，德国社会开始反思个体存在的价值和意义，质疑理想主义和物质主义的观念。特别是第一次世界大战后，"西方世界自我毁灭的疯狂使当时的知识分子对帝国主义时代被视为当然的欧洲文明的优越性产生了疑问，这种疑问进而导致了现代西方世界最大的精神危机"(卜松山，1998：38)。正如卫礼贤(2007：206)所述："当以积极主动为特征的欧洲思想在军事上达到军国主义顶点并开始出现转折时，总是从东方传来一种镇静、内敛因而作用有效的思想倾向。"自1870年德国汉学家维克多·冯·施特劳斯(Victor von Strauss)出版首部《道德经》德语全译本起，到1911年卫礼贤出版《道德经——老者的真谛与生命之书》(*Tao Te King*：*Das Buch des Alten vom Sinn und Leben*)，德语世界已出现了至少9个《道德经》译本。中国道家的"无为""和谐"思想为寻求精神出路的德国知识分子提供了心灵安慰和精神方向。阿尔弗雷德·德布林(Alfred Döblin)、赫尔曼·黑塞(Hermann Hesse)、贝托尔特·布莱希特(Bertolt Brecht)等文学家不仅阅读道家作品，而且将道家思想融入自己的文学创作中。

除了道家思想外，中国古诗也在德语世界受到了空前的关注，特别是德语诗人和作家发现了中国古诗的独特美学魅力，掀起了一股改译中国唐诗的热潮。在19 世纪下半叶之前，德语世界对中国诗歌的认知主要局限于《诗经》，德国文学巨匠歌德（Johann Wolfgang von Goethe）最早于 1827 年根据《花笺记》英译本的附录《百美新咏》改译了四首所谓的"中国诗"，开启了德语世界改译中国诗歌的先河。德语诗人弗里德里希·吕克特（Friedrich Rückert）和德国汉学家施特劳斯分别于 1833 年和 1870 年出版了《诗经》的完整译本，为德语世界打开了一扇了解中国古诗的窗户。然而，真正让德语世界领略到中国诗歌艺术巅峰的是 19 世纪与 20 世纪之交唐诗的传播。德语诗人贝特格在 1907 年出版的《中国之笛》的后记中深情地描述了他初次接触到中文抒情诗时的震撼感受："当我第一次接触到中文抒情诗时，我完全被它迷住了。这是一种多么美妙的抒情艺术啊！我感受到一种微妙而又缥缈的音韵，我看到了一个充满图像的文字艺术，它照亮了存在的忧郁和谜团。我感受到一种细腻的抒情颤动，一种涌动的象征性意境，一种柔和的、芬芳的、月光般的感觉，一种如花般的、优雅的感情。"（Bethge，1955：74）除了面对唐诗的震撼之外，越来越多的德语诗人加入对唐诗的改译（Nachdichtung）之中：1898 年，自然主义诗人阿尔诺·霍尔茨（Arno Holz）在其诗集《幻想者》（*Phantasus*）中融合了李白诗歌《江上吟》中的素材和母题，并在 1916 年扩写的《幻想者》中又加入了对李白《春日醉起言志》的改译；印象主义诗人理查德·德默尔（Richard Dehmel）于 1893 年发表的《中国饮酒诗》（*Chinesisches Trinklied*）改译自李白的《悲歌行》，1906 年，德默尔又改译了李白的诗歌《春日醉起言志》《月下独酌四首·其一》《春夜洛城闻笛》；1905 年，作家汉斯·海尔曼（Hans Heilmann）出版了中国诗歌德译集《中国抒情诗：从公元前 12 世纪到当代》（*Chinesische Lyrik：vom 12. Jahrhundert v. Chr. bis zur Gegenwart*）；1907 年，汉斯·贝特格出版了备受欢迎的诗集《中国之笛》；在表现主义诗人克拉邦德（Klabund）那里，"唐诗热"体现得尤其明显，他一共改译了三部中国诗集：《沉鼓醉锣——中国战争诗歌改译集》（*Dumpfe Trommel und Berauschtes Gong：Nachdichtungen chinesischer Kriegslyrik*，1915）（下文简称《沉鼓醉锣》）、《李太白》（*Li Tai-pe*，1916）、《花船——中国诗歌改译集》（*Das Blumenschiff：Nachdichtungen chinesischer Lyrik*，1921)(下文简称《花船》)；另一位表现主义诗人阿尔伯特·埃伦斯泰因(Albert Ehrenstein)则对唐代诗人白居易青睐有加，连续发表了诗集《白乐天——中国诗歌改译集》(*Pe-Lo-Thien*：*Nachdichtungen chinesischer Lyrik*，1923)、《中国控诉——三千年来中国革命诗歌改译集》(*China Klagt*：*Nachdichtungen Revolutionärer chinesischer Lyrik aus Drei Jahrtausenden*，1924)、《黄色之歌——中国诗歌改译集》(*Das Gelbe Lied*：*Nachdichtungen chinesischer Lyrik*，1933)。通过这些德语作家(诗人)的努力，中国古诗，特别是唐诗，在德语世界得到了空前的关注和赞誉。

　　综上所述，在19世纪与20世纪之交的动荡时期，欧洲列强以"黄祸"之名在军事上对中国进行瓜分和侵略，然而，中国的唐诗却以其深邃的意境和独特的魅力征服了远在欧洲的德语诗人。这种文化上的交流与碰撞，形成了一种独特的对比：一方面是军事上的冲突与压迫，另一方面却是文化艺术上的欣赏与借鉴。德语诗人在阅读、翻译唐诗的过程中，不仅被其美妙的诗意所吸引，更在其中找到了灵感的源泉。这种跨文化的交流既丰富了德语诗歌的内涵，也为中国传统文化在世界的传播打开了新的窗口。

二、研究缘起

　　自20世纪中叶至今，唐诗的德语翻译在质量和数量上都取得了显著的提升。例如德国汉学家德博于1958年出版的诗集《李太白——醉酒与永生》，就被公认为李白诗歌的优秀译本，甚至德博本人也被誉为"世界上最好的翻译中国古典诗歌的人"(顾彬，2009)。其弟子吕福克(Volker Klöpsch)于1991年推出了迄今为止唯一一本《唐诗三百首》德语全译本《丝线——唐朝诗歌》(*Der Seidene Faden*：*Gedichte der Tang*)，并于2016年参与了"大中华文库"重点出版项目，出版了《唐诗选(汉德对照本)》。(张杨，2021)然而，与汉学家立足于专业视角进行的唐诗翻译相比，19世纪末至20世纪初德语文坛对于唐诗的接受过程具有独特的文化意义。

　　首先，译者群体身份特殊。这一时期，唐诗在德语世界的主要传播者不是东方学家或汉学家，而是德语文坛的知名诗人和作家。一方面，相比汉学家更重视唐诗的民俗和社会历史功能，德语诗人更侧重于挖掘唐诗中的诗学艺术与思想价值。另一方面，凭借他们在文坛的巨大影响力和广泛知名度，唐诗得以跨越更广阔的领域进行传播，甚至渗透音乐、戏剧等艺术形式之中。

其次，翻译的过程也显得尤为独特。这些杰出的诗人们虽然并不精通汉语，且当时的德国汉学研究尚处于起步阶段，但他们巧妙地通过法语和英语的唐诗译本，成功地将这些文学瑰宝引入德语世界。这一过程不仅印证了唐诗强大的跨文化传播能力，更揭示了文学传播的全球化路径和特征。

再次，翻译方法十分独特。正如诗人克拉邦德在其诗集的后记中所阐释的那样：呈现在读者面前的"中国诗歌"并非传统意义上的翻译（Übersetzung），而是诗意的"再创造"，是"改译"（Nachdichtungen），它"直接源自精神"，以"直觉"为基石对中国诗歌进行"重塑"。（Klabund，1952：48）德语诗人在翻译唐诗时，并未满足于简单直接的文字转译，而是倾注了个人的艺术观和价值观，对原作进行了富有创造力的"再创作"或"改译"，从而赋予了这些诗作全新的生命和内涵。

最后，时代背景非常特殊。19 世纪至 20 世纪初，德国的社会和政治经历了深刻而巨大的变革，正处于从资本主义向帝国主义过渡的阶段。与此同时，德语文学也迎来了传统与现代交替的变革时期，众多纷纭复杂的文学流派与思潮层出不穷。（韩耀成，2008：48）自 19 世纪 80 年代起，诸如自然主义、印象主义、象征主义、青春风格、唯美主义、新浪漫主义、表现主义等多元的文学流派纷纷登场。这些流派以各自独特的艺术视角和创作理念，深刻洞察社会现象，并以别开生面的手法描绘出这个日新月异的世界，同时反映了德国急剧变革的社会现实和形形色色的哲学思潮。在这样的时代背景下，德语诗人对唐诗的大规模接纳和创造性改译，不仅体现了中国文化与德语文学、思想的深度交流，更是中德文化交流史上的一个重要篇章。这一时期的唐诗改译活动，既是德语文学自身发展变革的需要，也见证了中国文化在世界文学舞台上产生的深远影响。

参与唐诗传播与改译的德语诗人们，如自然主义流派的霍尔茨、印象主义流派的德默尔以及表现主义流派的克拉邦德和埃伦斯泰因，均为各流派中的代表诗人。唐诗的改译活动与德语文学的演进变革相互呼应，共同推动了文学的发展。其中，克拉邦德与埃伦斯泰因虽然改译唐诗的时间相近且方法相仿，但在选材上却各有所长。克拉邦德的改译作品既涵盖了反映底层民众反战心声的战争题材，也不乏以审美为核心的自然诗与哲理诗，与李白诗歌的思想内涵产生了深刻的共鸣。相对而言，埃伦斯泰因的改译作品则更多地聚焦于批判社会现实与反抗压迫的主题，这与其个人的左翼政治立场息息相关。（卫茂平，1996：405）因此，在改译唐诗的表现主义诗人中，克拉邦德无疑是一个更具典型性的研究对象。本研究将以霍尔茨、德默尔和克拉邦德三位诗人对唐诗的自由改译为研究对象，深入探究三位不同文学流派的诗人在世纪之交分别如何改译唐诗以及唐诗在哪些层面给予他们启发。同时，本研究还将进一步剖析他们改译唐诗的行为在文学、思想和社会层面与时代话语之间的内在联系，挖掘其改译唐诗的内在动机和目标，最后总结出世纪之交德语诗人改译唐诗的普遍方法、规律机制以及背后的深层理念。

第二节　研　究　综　述

目前国内外关于唐诗在德语文坛的接受与再创作研究已有一定规模，研究角度多样化，且新的研究成果不断出现。现有研究主要从对翻译史与接受史的梳理、译本比较研究、译本动机和影响研究以及形象学研究等角度展开，但基于一手文本的原创性研究还有待展开。

一、对翻译史和接受史的梳理

对中德文学接受史的探究可追溯至 20 世纪二三十年代。德国学者阿道夫·利奇温（Adolf Reichwein）（1923）、乌苏拉·奥利希（Ursula Aurich）（1935）及瑞士汉学家常安尔（Eduard Horst von Tscharner）（1939）均对德语文学中的中国元素进行了专题探讨，但其研究重心多集中于 18 世纪至 19 世纪，即德国的启蒙时期至古典主义文学阶段。中国学者陈铨在其 1933 年的博士论文《德语文学中的中国纯文学》（*Die chinesische schöne Literatur im deutschen Schrifttum*）中，将研究范围扩展至 20 世纪，详细考察了自 1763 年以来中国文学在德国的传播与接受状况，特别关注了小说、戏剧和抒情诗等体裁。陈铨（1936：130-188）指出，19 世纪下半叶至 20 世纪初，《诗经》《离骚》以及李白、杜甫等诗人的作品在德国广受欢迎。他还将中国抒情诗的德译分为汉学家式翻译、从其他欧洲语言转译而来的翻译以及自由改译三类，并特别强调了"自由改译"的艺术价值。

　　20 世纪 40 年代至 60 年代，中德文学关系在德国经历了一段沉寂期，但在英语世界，两部梳理中国诗歌的德语翻译史的著作相继问世：伊丽莎白·塞尔登（Elizabeth Selden）于 1942 年出版的《德语诗歌里的中国：1773—1833》（*China in German Poetry from 1773 to 1833*），主要聚焦于歌德和吕克特之前德语诗歌中的中国元素；玛塔·戴韦森（Martha Davidson）于 1957 年出版的《已出版的中文著作译成英文、法文和德文的目录》（*A List of Published Translations from Chinese into English, French, and German*）则收录了德语作家（诗人）改译的中国诗歌目录。

　　自 20 世纪 70 年代起，中德文学关系研究在德语世界重新升温。瑞士汉学家英格丽·舒斯特（Ingrid Schuster）推出了两部重量级专著：《德国文学中的中国和日本（1890—1925）》（*China und Japan in der deutschen Literatur 1890-1925*，1977）和《榜样与讽刺画：德语文学中的中国与日本镜像（1773—1890）》（*Vorbilder und Zerrbilder: China und Japan im Spiegel der deutschen Literatur 1773-1890*，1988）。其中，舒斯特通过丰富的史料和文本分析，深入探究了中国古诗对德语作家的影响，并以《春日醉起言志》为例，横向比较了海尔曼、德默尔、霍尔茨、克拉邦德等六位诗人改译唐诗的特点。此外，舒斯特还以埃伦斯泰因和英语诗人埃兹拉·庞德（Ezra Pound）为个案，探讨了中国诗歌在西方诗人接受中发挥的社会功能和美学功能。她认为，评价德语诗人改译中国诗歌的标准不在于忠实程度，而在于诗歌的质量及其对读者和听众所产生的影响。（Schuster，1977：90-111）

　　相较于国外，国内关于唐诗在德语世界的接受史研究起步较晚。1987 年，林笛在其文章《唐诗在德国》中，按照时间顺序介绍性地列举了从 19 世纪后半叶起唐诗的重要德语译者和改译者，他认为，由不懂汉语的诗人所改译的唐诗的传播和影响力要胜于汉学家翻译的唐诗的传播和影响力，而且正是这些不懂汉语却对东方文学有兴趣的诗人对唐诗的传播作出了贡献。卫茂平教授于 1996 年出版的《中国对德国文学影响史述》研究更加全面。该书按时间顺序详细整理了德国各文学流派对中国文学的接受情况，并对霍尔茨、德默尔、克拉邦德、布莱希特等德语诗人改译的唐诗进行了分析和评述。（卫茂平，1996：282-387）此后，他在此基础上出版的《异域的召唤——德国作家与中国文化》和《中德文学交流史——中国—德国卷》对前述成果进行了拓展和深化。

　　21 世纪以来，中国学者进一步系统整理了中国诗歌德语翻译史的资料。具有代表性的研究包括顾正祥在德国出版的《中国诗德语翻译总目》（*Anthologien mit chinesischen Dichtungen*，2002）和詹春花的《中国古代文学德译纲要与书目》（2011）。顾正祥的著作以目录和索引的形式系统整理了所有德语翻译的中国诗歌合集，为相关研究提供了便捷的检索工具。詹春花则纵向梳理了中国古代文学在德国的传播历程，同时横向展示了各类体裁的文学作品在德国的接受情况，其中包括对李白、杜甫、白居易等诗人作品德译书目的详尽罗列。这两部工具书史料翔实，为本研究提供了坚实的资料基础。此外，李雪涛于 2021 年出版的《中国文学德译书目（1980—2020）》（*Bibliographie zur chinesischen Literatur in deutscher Sprache 1980-2020*）也值得关注，但该书主要聚焦于 1980 年以来德语世界的最新中国文学翻译成果。

二、译本比较研究

20 世纪 90 年代至 21 世纪初，德国学界连续出现了四部研究德语文学家改译唐诗文本的博士论文，这些论文随后以专著形式出版，形成了一股短暂的研究热潮。这些专著多将表现主义诗人克拉邦德和埃伦斯泰因视为改译中国诗歌的代表人物，并对其诗歌作品进行了详尽的分析。

在《中国文学在克拉邦德作品中的意义——研究克拉邦德改译的缘起及在其全部作品中的地位》（*Die Bedeutung der chinesischen Literatur in den Werken Klabunds: Eine Untersuchung zur Entstehung der Nachdichtungen und deren Stellung im Gesamtwerk*，1990）一书中，作者 Kuei-Fen Pan-Hsu 深入探讨了克拉邦德对中国诗歌、小说、戏剧的改译以及其对中国哲学和宗教的接受。在诗歌研究部分，Pan-Hsu 指出，克拉邦德改译的中国诗歌展现出两种截然不同的倾向：一种倾向于意外地贴近原作，另一种则与原作相去甚远。这两种倾向主要取决于克拉邦德所参考的蓝本是否忠实于原作。Pan-Hsu（1990：56-115）将研究重点放在了克拉邦德改译的三部诗集上，他认为，从第一部诗集《沉鼓醉锣》中可以窥见克拉邦德对待战争态度的转变；第二部诗集《李太白》中的饮酒诗反映了克拉邦德对李白作为饮者与流浪者身份的崇拜，其中《玉阶》《瓷亭》等改作构建了一个极具异域风情、超脱现实的中国精神世界；而在诗集《花船》中，克拉邦德则借用中国诗歌描绘了一个高度艺术化的爱情世界，并将中国诗歌短小精悍的特点展现得淋漓尽致。尽管 Pan-Hsu 的见解颇具启发性，但他在大多数情况下将这些中国诗歌直接等同于克拉邦德的原创作品，忽略了原作、蓝本所发挥的功能以及三者之间的界限。

同年，中国学者简明（Ming Jian）在其德语专著《中国诗歌的表现主义式改译》（*Expressionistische Nachdichtungen chinesischer Lyrik*）中以克拉邦德和埃伦斯泰因为例，分析了表现主义作家改译中国诗歌的风格和特征。与 Pan-Hsu 直接以诗集为分类标准不同，简明将克拉邦德的改作分为战争诗歌和爱情诗歌两大类。其中，战争诗歌反映了克拉邦德对待战争的态度，而爱情诗歌则相比原作感情更加奔放外露，这主要归因于中西方爱情观念的不同。此外，简明还从克拉邦德所理解的"中国性"（das typisch chinesische）出发，论证了克拉邦德改作中体现的中国特色，如自由的句法、韵律等，他认为克拉邦德的改作超越蓝本的原因在于诗人特有的移情能力、直觉以及丰富的想象力。最后，作者还比较了克拉邦德和埃伦斯泰因改译中国诗歌的异同点。（Jian，1990：54-117）

另一位中国学者韩瑞欣（Ruixin Han）在其著作《表现主义作家对中国的接受》（*Die China-rezeption bei Expressionistischen Autoren*）中也探讨了表现主义诗人对中国诗歌的改译现象，其研究对象除简明已经探讨过的克拉邦德和埃伦斯泰因之外，还增加了另外两位同时代的诗人：威尔海姆·斯德尔赞伯格（Wilhelm Stolzenburg）和汉斯·沈贝尔胡特（Hans Schiebelhuth）。针对克拉邦德的改作，韩瑞欣主要从更替表达（Ausdrücke Ersetzen）、转换表述（Umformulierung）、增添、删除等方面呈现了其内容上的特点。在形式方面，作者则从韵脚、音步、注解、简洁性、形象性五个方面展开了论述，其中，简洁性也是当时表现主义诗歌所具有的典型特征之一。（Han，1993：121-172）

2006 年，中国学者邹蕴汝（Yunru Zou）出版了专著《阿尔伯特·埃伦斯泰因改译的〈诗经〉——20 世纪初德国接受中国诗歌的一个案例》（*Schi-King：Das "Liederbuch Chinas" in Albert Ehrensteins Nachdichtung-Ein Beispiel der Rezeption chinesischer Lyrik in Deutschland zu Beginn des 20. Jahrhunderts*）。邹蕴汝兼顾埃伦斯泰因改作与欧洲蓝本、汉语原作三者，并对三者进行对比，从词汇、韵律、表达、文本等层面上重构了埃伦斯泰因的改译过程，并发掘出表现主义流派的母题和画面对其改译《诗经》的影响。尽管邹蕴汝的研究对象是埃伦斯泰因改译的《诗

9

经》，不属于唐诗范畴，但其研究方法和研究结论均为本研究提供了有益的参考。

上述研究均关注了克拉邦德与埃伦斯泰因在中国诗歌改译上的特点，并探究了这些特点与表现主义文学流派之间的内在联系，从而突破了以往仅从语言层面分析翻译策略与翻译方法的局限性。然而，四位作者的研究范围均局限于表现主义时期，未能将19世纪与20世纪之交自然主义和印象主义诗人对唐诗的改译实践纳入研究视野。

近年来，国内学者对德语文学家改译唐诗这一特殊现象的关注逐渐提升。陈壮鹰在其论文《赫尔曼·黑塞与中国诗人李太白》(*Hermann Hesse und der chinesische Lyriker Li Tai Pe*)中考察了黑塞在小说《克林索尔的最后夏天》中对中国诗人李白的认同，他认为，李白诗歌中蕴含的悲伤和哀愁引发了黑塞的共鸣，黑塞与李白有着相同的诗人个性：不受传统束缚、向往自由、局外人。(陈壮鹰，2004：89-99)张杨不仅以东方学家威廉·硕特(Wilhelm Schott)、卡尔·弗洛伦茨(Karl Florenz)和政治家戈特弗里德·玻姆(Gottfried Böhm)所译唐诗为例，探讨了李白诗歌在德国的早期传播情况(张杨，2016)；也从跨文化的角度梳理了李白诗歌在德国的译介与研究过程(张杨，2017a)；还对李白在德国和俄罗斯两国译介和传播过程进行了对比研究(张杨，2017b)。2021年，刘卫东在其博士论文《20世纪初德语作家对中国古代诗歌的改写研究——以贝特格、克拉邦德和洪涛生为例》中从改译现象、模式、动机、策略、本质、文化效应、诗学意涵及改译理论八个方面展开，对20世纪初德语作家改译中国诗歌的基本规律、内在动因、动机与诗学意涵进行了全面总结，并从比较诗学的角度对德语作家改译的中国古代诗歌文本和中国古代诗歌在诗学层面进行了深入比较研究。

三、译本动机和影响研究

近十年来，学界对德语文学家改译唐诗的研究从文本分析逐渐深入到在历史语境的框架下分析其原因、功能和影响。2015年，阿尔内·克拉维特(Arne Klawitter)的《美学共鸣——德语文学和思想史中的东亚字符和文字审美》(*Ästhetische Resonanz：Zeichen und Schriftästhetik aus Ostasien in der deutschsprachigen Literatur und Geistesgeschichte*)主要从"美学共鸣"的角度，研究从17世纪到20世纪中国汉字在德国文学史和科学史中的存在和功能。克拉维特在第九章简要分析了 20 世纪初德语诗人对中国诗歌的改译，并提出，霍尔茨、德默尔等作家改译中国诗歌的目的不在于忠实再现中国诗歌，而在于追寻一种"观念"，因此克拉维特将其称为"观念翻译"（Konzept-Übersetzung），他还推断，这一行为促进了早期德语现代诗歌在功能和形式上的扩展。（Klawitter，2015：271-282）塞巴斯蒂安·施密特（Sebastian Schmitt）的《中国语素文字诗学——1900 年前后德语文学中的东亚字符》（*Poetik des chinesischen Logogramms—Ostasiatische Schrift in der deutschsprachigen Literatur um 1900*）则聚焦于 1900 年前后德国作家在小说中对中国字符的化用以及中德两种陌生文化元素接触后在文学中产生的化学反应，如埃利亚斯·卡内蒂（Elias Canetti）、胡戈·冯·霍夫曼斯塔尔（Hugo von Hofmannsthal）、阿尔弗雷德·德布林等作家的作品。而 20 世纪早期出现的"唐诗热"为当时德国作家争相化用中国母题奠定了诗学基础。与克拉维特相比，施密特更关注的是德国译者海尔曼在其《中国抒情诗》序言中对中国诗歌中表意文字和图画文字的认知。（Schmitt，2015：45-61）

国内学者李双志（2018：105-120）在学术论文《德国对中国文化的认知的现代重构——以"诗歌中国"的发现及译介为例》中指出，德语作家改译中国诗歌显示出中国认知的转型对中国文化输出的积极作用。他认为，之所以在 20 世纪初出现德语文学家改译唐诗的特殊现象，一方面与他们对西方现代文明和技术理性的不满密切相关，另一方面离不开德国汉学在知识史和学术史上发生的范式转换。何俊在 2020 年发表的论文《翻译、改译还是改创：20 世纪初德语国家的中国诗歌接受》（*Übersetzung, Nachdichtung oder Umdichtung? Zur Rezeption der chinesischen Lyrik im deutschsprachigen Raum zu Beginn des 20. Jahrhunderts*）中选取了汉学家查赫、表现主义作家克拉邦德以及埃伦施泰因等人作为研究案例，细致分析了翻译、改译和改创三者之间的微妙差异。他指出，改创往往是出于政治或意识形态层面的需求而进行的改译实践，而改译作品则"超出了中国诗歌原作，是具有世界文学或诗歌意义的艺术品"（He，2020：125-137）。

四、形象学研究

此类研究主要聚焦于 20 世纪 90 年代赴德求学的中国学者，他们着眼于德语文学中对中国形象的呈现，如李昌珂的《德语文学中的中国小说（1890—1930）》

(*Der China-Roman in der deutschen Literatur 1890-1930*：*Tendenzen und Aspekte*，1992）、张振环的《作为愿望和想象的中国：德语消遣文学中的中国和中国人形象（1890—1945）》(*China als Wunsch und Vorstellung*：*Eine Untersuchung der China- und Chinesenbilder in der deutschen Unterhaltungsliteratur 1890-1945*，1993）等。部分研究亦涉及德语作家对中国诗歌的改译，如方维规在其博士论文《德国文学中的中国形象，1871—1933：比较文学形象学研究》(*Das Chinabild in der deutschen Literatur, 1871-1933*：*Ein Beitrag yur komparatistischen Imagologie*，1992）中以胡戈·狄泽林克的形象学理论为支撑，研究了卡尔·迈（Karl May）、伊丽莎白·冯·海靖（Elisabeth von Heyking）、德布林、卫礼贤、阿尔方斯·帕凯（Alfons Paquet）、克拉邦德等作家作品中的中国形象，致力于开辟一条以意识形态批判的方式探究德语文学中的中国形象的道路。其中涉及了克拉邦德改译的中国诗歌以及对中国文化的借用，方维规还将克拉邦德称为"德国李太白"。（Fang，1992：279）但该研究主要以整体上中国形象的生成和批判为重点，并未将德语诗人改译中国古诗作为整体研究对象。

此外，德国汉学家吕福克的《西方人眼中的李白》聚焦于李白在西方被读者接纳的过程："起初是简单的开始，而后是盲目的崇拜，或是一丝不苟的逐字翻译，以至于现今兼讲内容正确、形式优美的翻译尝试。"而李白在世纪之交的德国主要被呈现为一个"来自远方、借赋诗以远离尘嚣、超脱世事的诗人"的形象。（吕福克，1999：41）

在研究方法上，德国哥廷根大学海因里希·戴特宁（Heinrich Detering）教授于 2008 年出版的《布莱希特与老子》(*Brecht und Laotse*）对本研究极具启发意义。为了深入解读德语诗人贝托尔特·布莱希特创作的诗歌《老子流亡路上著〈道德经〉的传奇》(*Legende von der Entstehung des Buches Taoteking auf dem Weg des Laotse in die Emigration*），戴特宁教授从布莱希特所处时代的哲学、文学和政治历史背景出发，通过研究其使用过的文献以及当时的文化历史语境，重构布莱希特与道家思想的接触和吸收路径，从而挖掘出布莱希特这首诗歌中潜藏的道家思想暗流，以及布莱希特思想和创作中的连续性。

最后值得提及的是，近年国内出现了新兴的文学翻译和比较文学研究理论与方法论，例如谢天振先生的译介学、曹顺庆先生的变异学和叶隽先生的侨易学等。译介学研究将文学翻译中的"创造性叛逆"作为理论依据和切入点，旨在厘清翻译文学在文学史上的归属问题。译介学不再关注翻译过程中源语如何在语言层面上转换为目的语，而是关注转换过程中原文信息的失落、变形、增添等问题，它将翻译视作人类独特的跨文化交流实践活动。德语作家改译的唐诗恰好体现了诗歌翻译中的"创造性叛逆"，诗人赋予了唐诗"一个崭新的面貌"，"使之能与更广泛的读者进行一次崭新的文学交流"。（谢天振，2013）

变异学在译介学、形象学、接受学、文化过滤与文学误读等基础上对文学的翻译与传播进行了更为广泛的探讨。它认为文学在流传过程中由于不同的语言、国度、文化、时代等因素必定会产生文学信息、意义的改变、失落、误读、过滤等变化，即文学变异。而深层次变异之后的文学在文化规则和文学话语方面已被接受国同化，成为了他国文学和文化的一部分，即变异后文学的"他国化"现象。变异学理论为文学流传过程中信息的失落和变形提供了合理的解释依据。（曹顺庆，2014）

侨易学采用"观侨阐理""取象说易""察变寻异"的基本方法，聚焦侨易过程中主体如何通过物质位移引发精神层面的质性变异，进而探讨"异文化间的相互关系"及"人类文明结构形成的总体规律"（叶隽，2014）。唐诗作为典型的侨易主体，其传播轨迹从中国延伸至法国、德国，时间跨度从公元 600 年至公元 900 年到 19 世纪末 20 世纪初，在空间与时间维度上均发生显著位移，完成了一场跨越时空的文本旅行。此外，唐诗在与德国文化系统的互动过程中产生显著变形，而变形后的中国唐诗又反向作用于转型中的德国现代文艺运动，在异质文明的交互作用中充分体现了"因侨致易"的内在规律。

译介学、变异学和侨异学的崛起无不反映出当前翻译研究中的文化转向。翻译研究的目的不是简单地从语言层面上评判译作质量的好坏，而是从文化学的角度审视翻译背后的跨文化交流过程。尤其是译介学中的"创造性叛逆"从理论层面为考察德语诗人对唐诗等中国诗歌的改译、再创造行为提供了全新的阐释和探讨空间。

综上所述，对世纪之交德语文坛唐诗改译的研究受到国内外学界的广泛关注，接受史和翻译史的梳理研究较为丰富，其次为译本比较研究，但集中于克拉邦德、埃伦斯泰因两位表现主义诗人。总体来看，研究对象有待扩展，研究视角有待拓宽，一手文本有待继续挖掘，相关研究有待进一步深入：

1. 德语作家改译的唐诗文本有待继续挖掘

迄今为止，学界对霍尔茨、德默尔和克拉邦德的唐诗改译研究仍停留在对其单篇著名作品的评述上，研究还不够全面。如自然主义诗人霍尔茨改译了两首李白诗歌，但这两首诗歌镶嵌在其诗歌巨著《幻想者》中，而随着《幻想者》四个版本的演变，李白诗歌也呈现出了不同面貌；德默尔改译了五首李白诗歌，但仅有《悲歌行》受到了关注和研究，其他四首诗歌的改作面貌尚待研究；克拉邦德改译了三部中国诗集，共计上百首诗歌，还有更多精彩的改作值得发现。全面而又系统地研究这些创作有助于深入描述唐诗在 19 世纪和 20 世纪之交的德国所呈现的面貌，进而发掘其受到欢迎的背后原因。

2. 对唐诗译本与其参考蓝本、汉语原作的比较研究有待开展

现有研究成果中，学者在研究唐诗德语改作时往往习惯于直接对比德语改作与汉语原作，这样虽然可以直观地展现出唐诗进入德语世界后产生的变异，但研究者忽略了一个重要事实，德语诗人并不懂汉语，他们依据当时已有的法语和德语蓝本进行改译，因此有必要首先考证出每首唐诗改作对应的转译蓝本。只有将唐诗改作、转译中介蓝本、汉语原作三者进行横向比较，才能研究清楚德语诗人的改译在何种程度上来自自身的想象力，何种程度上归因于转译中介蓝本本身存在的"偏离"。

3. 对德语诗人改译唐诗与其背后的思想、文学、社会语境的联系不足

19 世纪末至 20 世纪上半叶，发生了两次世界大战，德国社会和政治经历了巨大的变革。德国思想界和文学界处在一个交替动荡的时期，众多现代文艺流派和思潮纷纷登场。霍尔茨、德默尔、克拉邦德恰好代表了当时三种主要文学流派倾向：自然主义、印象主义和表现主义。因此有必要将这些唐诗作品放在德国思想、文学、社会的背景框架下去考察，分析不同文学主张的诗人改译的唐诗分别有哪些特点，这些特点与当时的文学、哲学和社会话语有哪些联系。

第三节　研究问题和方法

针对已发现的研究空间，本书选取霍尔茨、德默尔和克拉邦德三位诗人改写

的唐诗文本作为研究对象，深入研究德语诗人在改译唐诗过程中所呈现的特点，并剖析每位诗人改译唐诗行为背后的深层动因，旨在揭示德语诗人改译唐诗与德国文学、思想和社会之间的内在联系，发掘世纪之交德语文坛"唐诗热"背后中德哲学观和精神的交流互鉴。其中尤其值得探索的问题有：

第一，在世纪之交"唐诗热"兴起之前，中国古诗在德语世界的传播情况如何？是否有德语诗人曾对中国古诗进行过改译？如果有，他们在处理中国古诗时采用了何种方法，又秉持了哪些理念，进而为世纪之交的"唐诗热"奠定了怎样的传统？

第二，世纪之交三位代表诗人霍尔茨、德默尔和克拉邦德分别是如何改译唐诗的？与中间转译蓝本及汉语原作相比，他们的改译作品在信息传递上有哪些缺失、增加或保留？

第三，霍尔茨、德默尔和克拉邦德的唐诗改译作品分别与各自文艺主张、当时的思想潮流以及社会话语之间存在怎样的联系？这些联系是如何在他们的改译作品中得到体现的？

第四，从三位代表诗人对唐诗的改译方法和动机中，可以提炼出世纪之交德语诗人改译唐诗的哪些基本规律和理念特征？

本研究主要运用如下研究方法：

1. 实证分析法：挖掘德语诗人改译唐诗的一手文献，还原唐诗在德语世界的传播路径。此外还要搜集关于世纪之交德语文学、思想、社会背景的相关文献，力求在宏观广阔的时代语境中解释唐诗何以在这一时期启发大批德语诗人进行再创作。

2. 文本比较与细读：德语诗人不通汉语，其改译或参考中间法语蓝本，或参考已有德语译本。因此，研究者需要对重点诗歌文本展开多语种平行对比，即将中文原作、法语蓝本、德语改译文本三者进行对比，在比较的基础上进行文本"细读"，追踪唐诗在德语世界传播过程中变异的关键因素。

3. 跨学科研究：将文学与翻译学、哲学、历史学相结合进行跨学科交叉研究，结合具体文本背后的社会文化网络和思想语境，阐释德语诗人对唐诗的改译与时代文学、哲学、社会现实之间的内在关联。

第四节　主要概念界定

在正文之前，有必要对论题中出现的三个较为模糊的概念进行明确界定，以便正确地把握研究对象。首先是时间限定词"世纪之交"（Jahrhundertwende）。此处"世纪之交"在德语文学中特指 19 世纪末至 20 世纪初，是与德国文学史相结合的一个时间概念。自 1871 年德意志帝国自上而下完成统一后，其经济开始飞速发展。然而，随着工业化进程的加快，一系列社会矛盾开始浮现。同时，受到欧洲其他国家社会、哲学和文学思潮的影响，德国文学界开始呼吁变革。自然主义文学运动于 1880 年左右兴起，它关注社会现实，尤其是大城市中下层人民的生活状况，并率先提出与传统写作方法决裂的纲领。自然主义文学流派标志着德国现代文艺运动的开端，但因过于追求现实的摹仿而逐渐走向机械化。因此，在 1890 年左右，德语文坛上涌现出印象主义、唯美主义、象征主义、颓废主义、青春风格等新的文学流派，以反对自然主义思潮。这些流派被共同归入"世纪末"或"世纪之交"的概念范畴内。它们有一个共同的特点，即基于尼采的哲学和弗洛伊德的心理学研究，面对德国思想界的理性主义危机，主张在创作上回归非理性主义，关注内心。（韩耀成，2008：61-75）待到 20 世纪初，德意志帝国发展达到鼎盛时期，跻身世界强国之列，并要求重新瓜分世界。这一时期，一方面德国与其他殖民国家的矛盾不断加剧，另一方面，物质主义和机械工业的发展压抑了人性，引发了严重的社会精神危机。在第一次世界大战爆发前，表现主义文学流派应运而生。表现主义者普遍感到迷惘和彷徨，他们主张通过夸张、怪诞的文学手法来表达个人主观感情。而第一次世界大战的失败也进一步加剧了表现主义者的危机感与价值丧失感，他们对帝国主义战争和现代工业社会的抨击一直持续到 1925 年前后。正是在德语文学经历深刻变革的这一时期，随着信息传播的推动，德语诗人开始对唐诗产生兴趣，并将其吸纳进德语文学系统。改译唐诗的德语诗人遍布于各种文学流派之中，包括自然主义、印象主义、表现主义、青春风格等。有些诗人甚至跨越了不同的文学流派，呈现出多样化的风格。因此，在本书中，"世纪之交"这一概念涵盖了自自然主义文学运动兴起以来，跨越"世纪末"

的印象主义、象征主义、青春风格等文学流派，并一直延续到表现主义文学时期的整个文学史阶段。

其次是本研究的另一核心概念——改译。这一概念源于德语词汇"Nachdichtung"，该词经常出现在德语诗人改译的中国诗集标题中。其动词形式"nachdichten"是由前缀"nach-"与词根"dichten"组合而成。前缀"nach-"表示"模仿"，词根"dichten"意为"创作"，因此，"nachdichten"的字面意思为"模仿某部作品进行再创作"。按照《杜登词典》的解释，"nachdichten"专指将文学作品由外国语言自由地翻译和加工为本国语言。对于"Nachdichtung"这一名词，国内学者有多种译法，如陈铨（1936：172）将其译为"自由改译"，卫茂平（1996：294）将其译为"改译""改编""改作"，杨武能（1999：38）采用的是"仿作""拟作"。三种译法都清晰地表明"Nachdichtung"与"翻译"之间存在差异。其中，陈铨使用的"自由改译"最能体现两种语言之间的转换实质，因此本书统一采用"自由改译"（或简述为"改译"）这一表述。

究竟何为"改译"？第一，从译作产品来看，"改译"更注重译作的诗学价值和审美价值，而普通翻译则更强调译作的准确性和对原作的忠实度。这是"改译"与普通翻译之间的本质区别。（Klawitter，2013：101）第二，"改译"的对象文本通常为文学作品。选择哪个目标文本并不取决于文本的语言或其所属国家，而是取决于该文本在文学史上的地位以及改译者的个人选择。（Opitz，2009：234）第三，改译者无须掌握源文本的语言，但必须具备精湛的本民族语言能力和诗学创作能力，他们通常本身即为作家或诗人。改译者以他人的翻译初稿（Rohübersetzung）或者行与行对照翻译（Interlinearübersetzung）为基础，通过诗学化处理，生成改译作品。（同上）第四，改译者的翻译方法十分自由，既可以增加或删减原作内容，又可以打乱和重组原作情节或画面，或者仅选取原作中的某些元素进行全新的创作等。因此，在某些情况下，改译后的作品可以视作改译者的独立创作作品，"改译"实际上包含了"再创作"的元素。总而言之，"改译"与逐字逐句的忠实翻译不同，它给予译者更多自由发挥的空间，并强调文学作品中意境和情感等审美表达。在改译过程中，译者可根据自身实际需求增加、删除或改动原作，或者以原作为基础，结合异国语境进行文学再创造。

最后的一个主要概念是"德语作家（诗人）"。一般来说，德语作家指的是那些以德语作为主要创作语言的作家，他们主要来自德国、奥地利等以德语为官方语言的国家，同时也包括那些来自将德语作为官方语言之一的瑞士、卢森堡、比利时等国家的作家。在本书所探讨的范围内，即参与唐诗改译的德语诗人群体中，大部分诗人来自德国。值得一提的是，埃伦斯泰因是一位来自奥地利的作家，而曾在创作中受李白诗歌启发的黑塞则是瑞士籍作家。为了表述的便捷与统一，我们在此将这些作家统称为"德语作家（诗人）"，将他们所处的文化空间称为"德语文坛"。

第五节 研究思路和结构

在《中外文学交流史——中国—德国卷》的总序中，钱林森深入探讨了中外文学关系研究中的哲学视角与跨文化文学对话的研究理念及方法。他认为：

> 依托于人类文明交流互补基点上的中外文化和文学关系课题，从根本上来说，是中外哲学观、价值观交流互补的问题，是某一种形式的精神交流的课题。从这个意义上看，研究中外文化、文学相互影响，说到底，就是研究中外思想、哲学精神相互渗透、影响的问题，必须做哲学层面的审视。（卫茂平等，2015：5）

因此，本书遵循的核心研究路径，是从德国文学家对唐诗的创造性改译中，解读其中蕴含的中德哲学观、价值观的交流与碰撞。为实现此研究目标，本研究首要任务是立足于原始材料，广泛搜集德语文学家对唐诗进行创造性翻译的一手文献。通过对这些文献、其中间蓝本及相应的中文原作的细致比对，我们能够精确地识别出唐诗在传播过程中意义的流失、转变与增益。其次，"最大程度地去逼近文本产生的时代，勾勒、还原文学、文化现象产生的文化氛围"（孟华，2007：30），重构19世纪末20世纪初德语作家所处的文学、思想和社会氛围。

将话语环境与文本对比相结合，"通过多层面、多向度的个案考察与双向互动的观照、对话"（卫茂平等，2015：5），挖掘德语作家改译唐诗的心理动机，以及这一翻译活动背后所折射出的中德文学、哲学及社会层面的跨文化对话。

本书由七章构成，每章自成一个独立单元，同时前后呼应，构成一个完整的研究框架。

第一章导论部分首先陈述了本研究的选题背景和依据，并细致地梳理了研究现状，既总结了已有的研究成果和经验，也探寻了目前的研究空间。此外，第一章还对研究问题、研究方法、研究思路和框架进行了详尽说明。

第二章追溯19世纪德语诗人歌德和吕克特改写中国诗歌的历史，揭示德语诗人对于"世界文学"和"世界诗歌"理念的探索和实践，从而阐明世纪之交"唐诗热"与传统的承继关系。在唐诗传入德国之前，1827年，歌德从《百美新咏》中获取灵感，改译了四首中国诗，与各民族文学的交流催生了他对"世界文学"的思考和构想。1833年，吕克特借助拉丁语译本，完整地改译了《诗经》，并在此基础上明确提出了"世界诗歌"这一理念。可以说，19世纪德语诗人通过改写中国古诗所展现的世界性视野，为世纪之交的"唐诗热"奠定了坚实的思想基础。

第三章首先对世纪之交传入德国的唐诗法语译本进行系统梳理，旨在还原德语诗人了解和认知唐诗的知识基础。其次，描绘世纪之交"唐诗热"的同时代文化氛围：尼采哲学在思想界的广泛流行，以及德国知识分子对东方文化，尤其是"道家思想"的热烈推崇，为后文分析德语诗人对唐诗的"改译"实践及其与同时代话语之间的内在关系作铺垫。

第四章聚焦于德语诗人霍尔茨的唐诗改译作品。在梳理霍尔茨的创作经历和文艺主张的基础上，对其改译的《花船》和《春日醉起言志》分别进行比较和分析，既包括原作、蓝本、改作的横向对比分析，也包括1898年、1913年、1916年、1925年四个版本之间的纵向分析。通过文本比较和分析，本章剖析了霍尔茨改译唐诗与其自然主义"诗歌革命"理念的内在联系，以及诗歌改作不同版本之间的演变特点与霍尔茨自身文艺观念的发展的呼应关系。最后，结合霍尔茨诗歌巨著《幻想者》的整体架构，阐发其对李白作为"世界诗人"形象的塑造。

第五章以德默尔对五首李白诗歌的改译为研究对象，包括《悲歌行》《静夜思》《春日醉起言志》《月下独酌四首·其一》《春夜洛城闻笛》。结合德默尔的信件和创作背景，通过文本比较，探究德默尔在改写唐诗时所展现的印象主义风格，并考察他如何运用独特的"拼贴"技巧，将李白诗歌重新组合，拼贴为新的主题。此外，本章关注尼采哲学对德默尔创作的深刻影响，并分析他如何在《春日醉起言志》和《月下独酌四首·其一》两个作品中，巧妙融合李白诗歌中的生命意识与尼采的酒神精神，从而将李白塑造为符合当时德国社会文化理想的"新人"形象。

第六章首先考察克拉邦德改译的三部中国诗歌集，包括《沉鼓醉锣——中国战争诗歌改译集》《李太白》《花船——中国诗歌译本集》。结合第一次世界大战背景和克拉邦德的个人经历，剖析克拉邦德如何通过改译唐诗传达其对战争的批判态度。其次，结合克拉邦德对道家文化的接受，分析其在诗集《李太白》中对道家思想的强化和推崇。最后，克拉邦德对中国诗歌艺术和意象的借鉴既融合了他的表现主义文学主张，同时也反过来丰富了表现主义诗歌形式。

第七章为结语部分，总结世纪之交德语诗人改译唐诗的基本规律，不仅对三位诗人改译唐诗的异同点进行横向对比，而且从方法论上归纳出德语诗人改译唐诗呈现出的方法范式，以及其背后与歌德、吕克特一脉相承的"世界诗歌"理念和视野。

第二章 "世界诗歌"与19世纪德语诗人改译中国古诗的传统

　　19 世纪上半叶，德国学界开始显示出对中国诗歌的兴趣。1802 年，德国汉学家朱利斯·克拉普罗特（Julius Klaproth）在其主办的《亚洲杂志》（*Asiatisches Magazin*）上介绍了《诗经》的产生过程和内容分类，并将其中六首诗歌以散文的形式译为德语。（Klaproth，1802：491-496）1827 年，德国诗人歌德依据《花笺记》英译本中的附录自创了四首"中国诗"。1833 年，德国诗人吕克特借助拉丁文译本将《诗经》转译为德语出版。1852 年，奥地利汉学家费之迈（August Pfizmaier）首度发表了《离骚》和《九歌》的德语译文。其中，克拉普罗特和费之迈均以汉学家的身份翻译中国诗歌，目的在于忠实地传达原作内容，译文形式也都为散文体；歌德和吕克特则以作家（诗人）身份闻名，他们不懂汉语，无意对原作进行逐字逐句的转换，其译介的中国诗歌以韵律和节奏见长，属于"自由改译"。

　　凭借歌德和吕克特在德语文坛的影响力，在 18 世纪欧洲的"中国热"消退后，中国首次以一个"诗歌国度"的形象被德国诗人熟知，与此同时，"世界文学"和"世界诗歌"的理念也在 19 世纪上半叶的德国逐渐形成。

第一节　歌德与《中国作品》

　　1827 年，歌德在其主办的杂志《论艺术与古代》（*Über Kunst und Altertum*）上发表了四首中国诗歌，将其命名为《中国作品》（*Chinesisches*）。在引言中，歌德指出，这四首中国诗源自一部名为《百位美人的诗》（*Gedichte hundert schöner Frauen*）的传记作品，该作品出现在于 1824 年由英国东印度公司印刷工彼得·帕灵·汤姆斯（Peter Perring Thomas）译为英文的《花笺记》（*Chinese Courtship*）的附录中。

《花笺记》是明末清初在广东地区广为流行的弹词木鱼歌作品，属于说唱文学，被誉为"第八才子书"。该书主要讲述了书生梁亦沧与女子杨瑶仙、刘玉卿三人的恋爱故事，渗透着中国儒家"发乎情，止乎礼"的伦理道德观，展现了一幅中国社会全景图。（车振华，2006：222）《花笺记》尽管在我国文学史上地位不高，但由于广东属于近代中国开放最早的地区之一，加之《花笺记》体现了较高的人类文化学和民俗学价值，并具备独特的叙事诗歌特征，因此成为最早被译为外文的中国文学作品之一。

汤姆斯的《花笺记》英译本采用中英文对照形式，每页上方为竖排中文，下方为横排译文和注解。虽然汤姆斯的译文为散文体形式，但他在序言中一再强调原作的诗歌特征："尽管关于中国的作品已经出版了很多，但他们的诗歌几乎无人问津，这主要是因为汉语给外国人带来的困难。除了偶尔翻译的一个诗节或几句诗歌，汉语几乎让所有人知难而退。现有的译作不足以让欧洲人对中国诗歌形成一个正确的认识，于是我尝试着把《花笺，第八才子书》翻译过来。"（转引自王燕，2014：139）汤姆斯选择翻译《花笺记》，意在弥补英译中国文学中所缺少的诗歌体裁。在译文最后，汤姆斯还添加了两个附录：其一标题为《传略》（*Biography*），其二标题为《论中国财政》（*On the Revenue of China*）。

汤姆斯的附录《传略》，即歌德所言的《百位美人的诗》，包含 32 位中国女性小传，其中多篇故事附有诗歌，这些诗歌或由女性亲自创作，或为女性题写而成。据考证，汤姆斯在绝大多数时候引用的是《百美新咏》中的传记和诗作，也有个别诗作出自《古诗新韵》或《后汉书》。（Detering & Tan，2018：45-46）《百美新咏》是清代乾嘉年间颜希源编撰的一部人物木刻版画书，其特色为"以诗配画咏古代美人"，收录有女子画像 103 幅，"每幅画的右上方有美女姓名，左下边框有咏美女诗一句，背面附有美女的传略"（赵厚均，2010：103）。这些女子多为历史上有名的女性，如西施、卓文君等，也有少量如洛神、嫦娥等神话中的人物。汤姆斯从 103 篇美人传记中选取了 31 篇，加上东汉女政治家邓皇后的传记一同译为英文，放在附录中。（郑锦怀，2015：139）

1827 年，歌德从魏玛图书馆借出由汤姆斯翻译的《花笺记》，从附录《百美新咏》中选取了薛瑶英、梅妃、冯小怜、开元宫人四位女性的小传，将其改译为四首德语诗歌。

一、歌德《中国作品》改译特征

歌德改译中国诗歌的方法主要呈现出以下特征：首先，他有意削弱诗歌的"中国"特征和其中的陌生元素，强调中德文化之间的共通性。除了四位女主人公薛瑶英、梅妃、冯小怜和开元宫人的名字外，对于汤姆斯英译蓝本中出现的其他汉语人名和历史典故，歌德一律予以删除。在《薛瑶英小姐》英译本中，汤姆斯已经删去了原作中的大量人名和典故，如"璇波""摇光""绿珠"等涉及古代美人的典故，仅保留了"薛瑶英为元载宠妾"一句，以及汉成帝宠妃赵飞燕的典故，以突出薛瑶英飘逸的身形和轻盈的舞姿。歌德则进一步删去了所有汉语名字，将导言简化为"她美丽，拥有诗人天赋，人们惊叹她是最为轻盈的舞女"（FA I, 22：370，译文参考：谭渊，2009a：35），蓝本中汉朝皇帝及赵飞燕的名字都消失不见。如此，薛瑶英的历史属性受到削弱，被普通化为一名具有艺术才能的寻常中国女子。在诗歌《冯小怜小姐》中，歌德赋予了"冯小怜"一个与中文发音相近的欧洲化的美丽名字"塞丽娜"（Seline）。冯小怜弹奏的中国琵琶（Pe-pa）也被歌德更换为欧洲乐器曼陀铃（Mandoline）。倘若读者没有注意标题中的中国淑女名字，直接阅读诗歌，甚至会觉得这就是一首地道的德语诗歌，诗歌指涉的都是欧洲场景。

其次，歌德无意一一对应地翻译中国诗歌，而是增加了大量自由创作的内容，借中国素材言说自己的艺术观点。第一首诗歌《薛瑶英小姐》原作只有一节四句诗，描写了薛瑶英曼妙的舞姿："舞怯铢衣重，笑疑桃脸开。方知汉成帝，虚筑避风台。"汤姆斯的英译本同样简洁清晰。但歌德从《花笺记》的脚注中了解到东昏侯之潘妃"金莲"的典故以及中国的"缠足"习俗，又以此为素材创作了两节全新的诗歌。接着，他将三节诗歌组合在一起，把"金莲"的典故移植到了薛瑶英身上，因此最后呈现出的《薛瑶英小姐》为一首 3 节 12 行诗歌，内容远比原作及英译本丰富：

Du tanzest leicht bei Pfirsichflor　　　起舞于桃花锦簇下，
Am luftigen Frühlingsort；　　　　　翩然于春风吹拂中，

Der Wind, stellt man den Schirm nicht vor.	若非有人撑伞遮挡，
Bläs't euch zusammen fort.	风儿恐会将你吹走。
Auf Wasserlilien hüpftest du	跳跃于朵朵莲花上，
Wohl hin den bunten Teich,	悠悠然步入彩池中，
Dein winziger Fuß, dein zarter Schuh	你纤巧的脚，柔软的鞋，
Sind selbst der Lilie gleich.	与那莲花浑然一体。
Die andern binden Fuß für Fuß,	众女子也纷纷将脚缠起，
Und wenn sie ruhig stehn,	纵使她们尚能怡然而立，
Gelingt wohl noch ein holder Gruß,	或许还能优雅行礼，
Doch können sie nicht gehn.（FA I, 22:	但却万难迤逦前行。（译文参考：谭
371）	渊，2009a：35）

  经过歌德的精心创作与"拼贴"技巧，薛瑶英的形象被赋予了新的艺术生命。在春风轻拂、桃花盛开的美景中，她以曼妙的舞姿翩翩起舞。更独特的是，她被描绘成天生拥有一双纤细的玉足，能够轻盈地在池塘中盛开的莲花上舞蹈。值得注意的是，这一设定与汤姆斯蓝本中的潘妃形象有所不同。在汤姆斯的蓝本里，潘妃是在人造的黄金莲花上起舞，而歌德巧妙地将其改造为自然界的莲花，使薛瑶英的舞蹈更显自然与灵动，技艺愈发高超。然而，在作品的第三节中，出现了一群模仿者。这些人并非天生拥有小脚，却因虚荣心驱使，采用人为方式改变自身，最终自我摧残，甚至使行走都变得困难。这一对比深刻地体现了歌德的艺术观念：自然天成的美才是真正的美，矫揉造作的模仿和复制反而会丑态百出。（Detering & Tan，2018：91）

  又如第四首诗歌《开元》，该诗原本刻画的是一名女宫人将情诗缝入军服，以期与得到军服的士兵结缘的故事。皇帝得知此事后，出于同情，促成了这段姻缘。歌德在此蓝本的基础上又续写创作了两行诗歌："皇帝施为，万事都在他那里成就，为了子民幸福，使未来变为现实。"（同上：104）这两句诗不仅提升了原故事的层次，更从特定历史事件中"总结出一个具有普遍适用性的理论"，同时也

是歌德自身的观点："一位贤明君主应该总是为实现人们所期盼的美好未来而努力。"（同上）

最后，歌德改译的中国诗歌音韵和旋律十分德语化，不仅符合德语受众对格律的审美需求，而且与诗歌的核心主旨形成了和谐的呼应。这一点在《薛瑶英小姐》一诗中展现得淋漓尽致。此诗的结构严谨，每节包含四行，其中第一行和第三行采用四音步诗行，而第二行和第四行则运用三音步诗行，循环交替，行末行交叉韵 abab，这种模式与 18 世纪德国极为流行的民歌诗体"吉维切斯体"（Chevy-Chase-Strophe）相吻合。更值得一提的是，《薛瑶英小姐》中还暗藏歌德的"音韵游戏"。在描绘薛瑶英的前两节诗行中，歌德主要采用了抑扬格音步，然而，他在第一节的第二行和第二节的第三行分别巧妙地插入了一个跳跃性的扬抑抑格定语：首先是在三音节的"吹拂"（luf-ti-gen）（/‿‿）的春风中，其次是在同样为三音节的"纤细"（win-zi-ger）（/‿‿）的小脚上。歌德本来很容易通过"省音符"的办法将这两个词汇改为"双音步的 lüft'gen 和 winz'ger"，但他显然是有意为之，因为扬抑抑格的轻盈与灵动，恰如薛瑶英的舞步一般自然流畅。（Bers，2017：178）歌德在导言中着重强调了薛瑶英的诗人天赋和舞蹈才能，诗歌最后一节不仅在表面上描绘了竞争者模仿薛瑶英的舞蹈，试图通过缠足达到身轻如燕的效果，更在深层次上暗示了这些效仿者在诗歌创作上同样采用了矫揉造作的音步和韵脚来模仿薛瑶英。（同上）这种细致入微的音韵处理，不仅展示了歌德卓越的语言驾驭能力，更凸显了他对诗歌美学的深刻理解和追求。

另一首诗《梅妃小姐》细腻地叙述了梅妃在失宠之后的心境。当她接收到皇帝送来的珍贵珠宝时，她的内心并无波澜，因为她所渴望的仅仅是昔日皇帝那份爱意。因此，她谢绝了这份厚礼，并附上了一首饱含深情的四行诗以表心迹。在歌德的巧妙笔触下，这首诗被赋予了更深刻的情感内涵和艺术表现力，生动地展现了梅妃的内心世界：

Du sendest Schätze mich zu schmücken! 你赠我珍宝让我妆扮！

Den Spiegel hab' ich längst nicht angeblickt; 我却已很久不照镜子，

Seit ich entfernt von deinen Blicken, 自从我远离你的目光，

Weiß ich nicht mehr was ziert und schmückt. (FA I, 22: 371)

再不知什么打扮梳妆。(译文参考: 谭渊, 2009a: 37)

从这首诗歌的韵律中，我们可以读出女诗人梅妃的复杂心情状态。诗歌的第一行和第三行均采用了四音步抑扬格，并以非重读的阴性韵脚结尾；第二行则为五音步抑扬格，第四行又变为四音步抑扬格，且都以重读的阳性韵脚结尾，"音节和格律上的冗余投射出写诗者(梅妃)的犹豫不决"。另外，四行诗的四个韵尾"schmücken / blickt / blicken / schmückt"也构成一组不和谐的交叉韵，恰好折射了女诗人无心对镜的心情。(Detering & Tan, 2018: 94)经过歌德的艺术处理，这些原本源自中国的诗歌在韵律上与纯粹的德语诗歌完美融合，而且极其巧妙地与诗歌的主旨相契合。

除了诗集标题《中国作品》和四位女主人公的名字明确指向"中国"元素外，这四首中国诗歌在歌德的改编下，完全可以被视为具有独立意义和价值的诗歌作品。"在这里，歌德已远远超越了一个译者的角色，他更是一位诗人，对已有之作进行了改编，并用自己自由想象出来的诗句续写了故事。"(同上: 117)这四首中国诗歌分别刻画了四位女性各自不同的命运轨迹。尽管她们的生活境遇各异，但都在文学和艺术的领域里展现出了卓越的才能。这些女艺术家们，即便在命运多舛的时刻，依然能够通过诗歌和音乐来表达自己对欢乐与自由的追求。这充分证明了艺术的力量是全世界共通的，它能够跨越文化和地域的界限，成为人类共同的精神寄托和追求。

二、歌德的"世界文学"构想

从1827年1月31日歌德与友人爱克曼(J. P. Eckermann)的谈话中，我们可以初步看出歌德改译中国诗歌的动机所在。爱克曼记录道：

在歌德家吃晚饭。歌德说："在没有见到你的这几天里，我读了许多东西，特别是一本中国小说，我现在还在读它，觉得它非常值得注意。"我说："中国小说？那看上去一定显得很奇怪呀。"歌德说："并不像人们所猜想的那样奇怪，中国人在思想、行为和情感方面几乎和我们一样，你很快就会感到他们是我们的同类人，只是在他们那里一切都比我们这里更明朗、更纯洁，也更合乎道德。在他们那里，一切都是可以理解的，平易近人，没有强烈的情欲和做作的激昂，因此和我写的《赫尔曼和窦绿苔》以及英国作家理查生写的小说有很多相似之处……"（爱克曼，1978：111-112）

这部中国小说指的正是歌德于 1 月 29 日从魏玛图书馆借出的《花笺记》英译本。在阅读过程中，歌德敏锐地观察到，这部来自遥远的中国的《花笺记》与英国作家理查生（H. Richardson）的伤感小说，以及他自己的叙事诗《赫尔曼与窦绿苔》（*Hermann und Dorothea*）在诗意的叙述方式和诗歌体裁上存在着令人惊奇的相似之处。同时，歌德还进一步发现，《花笺记》中的诗歌在题材选择上明显倾向于道德主题，且在情感表达上展现出一种节制与有度。相较之下，法国诗人皮埃尔·让·德·贝朗热（Pierre Jean de Béranger）则以不道德的激情诗歌见长，但其诗歌同样引人入胜。对此，歌德提出了一个深刻的反问："中国诗人那样彻底遵守道德，而现代法国第一流诗人却正相反，这不是极可注意的吗?"（同上：113）基于这些观察，歌德坚信，在不同文化和民族的诗歌之间，必然存在着某种共通性和普遍性。正是这种共通性和普遍性，为不同民族的诗歌提供了互相借鉴与交流的可能。在此基础上，歌德进一步提出了他那著名的"世界文学时代"宣言：

> 歌德接着说："我愈来愈深信，诗（Poesie）是人类的共同财产。诗随时随地由成百上千的人创作出来。……所以我喜欢环视四周的外国民族情况，我也劝每个人都这么办。民族文学在现代算不了很大的一回事，世界文学的时代已快来临了。现在每个人都应该出力促使它早日来临。不过我们一方面这样重视外国文学，另一方面也不应拘守某一种特殊的文学，奉它为模范。我们不应该认为中国人或塞尔维亚人、卡尔德隆或尼伯龙根就可以作为模范。如果需要模范，我们就要经常回到古希腊人那里去找，他们的作品所描绘的总是美好的人。对其他一切文学我们都应只用历史的眼光去看。碰到好的作品，只要它还有可取之处，就把它吸引过来。"（同上：113-114）

在歌德所倡导的"世界文学时代"背景下，各民族诗人和文学家都应对外国文学保持一种好奇和开放的态度，并积极致力于从外国文学的典范中汲取营养。5
月，歌德发表了四首中国诗歌改作，《中国作品》正是歌德对"世界文学"理念的
具体实践。他从中国诗歌中汲取灵感和素材，然而在这些具有中国特色的文化外
衣之下，他所传达的却是一种具有普遍性的思想：无论在世界的哪一个角落，只
要存在压迫，就会有对艺术和自由的不懈追求。

歌德的"世界文学"观念受益于他于青年时期在斯特拉斯堡结识的良师益友约
翰·戈特弗里德·赫尔德。受赫尔德的影响，青年歌德将诗歌视作"世界和民族
的赠礼"，并积极参与民歌的搜集、翻译与创作。他所改编的民歌《野玫瑰》
（*Heidenröslein*）曾被赫尔德收入《民歌集》（*Volkslieder*，1778）中。对于浪漫派作家
克莱门斯·布伦塔诺（Clemens Bretano）和阿希姆·冯·阿尔尼姆（Achim von
Arnim）所搜集的民歌集《男童的神奇号角》（*Des Knaben Wunderhorn*，1806—1808），
歌德赞赏有加，称这些诗为"真正的诗""最纯正的诗"，他还向编者发出呼吁：
"倘若他们还要整理出版这类德国歌曲的第二部分，那么我们向他们呼吁，也要
搜集其他民族所拥有的——英国人最多，法国人少一些，西班牙人对民族歌曲的
定义不同，意大利人根本没有的——这类歌曲，并且用原文以及用现存的或者他
们自己的翻译出版这些歌曲。"（歌德，1999：180）歌德坚信，"民歌"这一形式能
够最深刻地引发读者的共鸣并带来深刻的启示。他的视野并不局限于德国民歌的
搜集与整理，而是积极倡导对其他民族诗歌的同等重视与研究。

1826 年，歌德深入研究了法国、希腊、波斯等多个民族的诗歌，并从中获
得了一个深刻的洞见：尽管不同民族的诗歌在语言和文化背景上存在显著差异，
但它们都蕴含着一种共通的普遍人性。他在信件中明确表达了这一观点："诗歌
属于全人类，它活跃在所有地方和每个人那里，只是在一些和另一些地方，或者
在一个或另一个时期，像所有特殊的天性一样，在特定的个体那里显得更为鲜
明。"（WA IV 40：302）基于这一认识，歌德进一步对比了塞尔维亚诗歌与法国诗
歌，并首次提出了"世界诗歌"（Weltpoesie）的概念。他阐述道："很明显，一个
半原始的民族（塞尔维亚）和一个最成熟的民族（法国）在诗歌上相遇了，这让我
们再次确信，存在着一种普遍化的世界诗歌，它在某些情况下尤为突出；这种诗
歌的内容和形式，无须刻意传播，只要在阳光照耀的地方，它就会自然生长。"
（FA I，22：386-387）歌德以此表明，在任何一个民族文化中都存在着可以被世界

普遍接受的"世界诗歌"，它是各民族相遇和理解的桥梁。此外，歌德一直秉承赫尔德的理念，认为"诗歌"是人类各民族最原始、最自然生活状态的记录者，也是连接全世界人类的纽带。"世界诗歌"作为全人类共享的文化瑰宝，既在高度文明的民族中绽放光彩，也在简单原始的民族中口口相传。它在不同的语言和文化背景下呈现出多样化的民族特色，但同时又保持着自然、真实、纯朴的共通性。在诗歌的思考层面，歌德实现了从"民族诗歌"到"世界诗歌"的跨越，深刻认识到"世界诗歌"中蕴含的"普遍性"与"人性"价值。

促使歌德"世界文学"思想进一步深化的，是他自身作品在法国文坛的广泛接受与传播。1827 年年初，当歌德的戏剧作品《塔索》(Torquato Tasso) 被改编为法语版并在巴黎上演时，他对此表示出极大的喜悦。随后，他在《论艺术与古代》上转载了两篇分别来自法国杂志《商报》(Journal de Commerce) 和《全球报》(Le Globe) 的书评。这两篇书评对歌德的《塔索》及其法语译本进行了对比分析，但评价却褒贬不一。歌德在转载这些书评后，作出了如下总结：

> "我介绍法国报刊上的那些情况，其目的绝不仅仅是回忆我的过去，回忆我的工作。我已怀着一个更高的目的，现在我想谈的就是这个目的。人们处处都可以听到和读到：人类在阔步前进，与世界的关系以及人与人的关系都前景广阔。不管总体而言这具有什么样的特性，况且研究和进一步界定这一整体也不是我的职务，但我仍然愿意从我这方面提醒我的朋友们注意，一种世界文学正在形成，我们德国人在其中可以扮演光荣的角色。所有的民族都在注视我们，它们称赞我们，责备我们，它们吸收和抛弃我们的东西，它们模仿和歪曲我们，它们理解或误解我们，它们打开或关上它们的心。凡此种种我们都必须冷静地接受，因为整体对我们具有巨大的价值。"（歌德，1999：409）

法国文坛对德国文学的接纳，特别是对歌德作品的多元评价，使歌德深刻认识到"世界文学"时代的序幕已经拉开。德国文学在法国所获得的正反两面评价，恰恰印证了"世界文学是跨文化的文学事件"，无论异国评价如何，"它对于德国参与文学的国际交流都有积极意义"（卢铭君，2019：37）。对于外国读者对德国文学的关注，歌德迅速给予回应，并将这一思考提升到"世界文学"的理论层面。在致翻译家施特雷克富斯(Karl Streckfuß)的信中，他明确指出："我坚信，一种世界文学正在逐步形成，所有民族都对此展现出浓厚的兴趣，并正迈出友好的步伐。"(FA I, 12：900)在这之前，歌德已经显示出对了解自己作品在国外影响的兴趣，他在《关于和国外文学关系的模式》(*Schemata zum Verhältnis zu fremden Literaturen*)中记录了自己和法国、英国、意大利文学的交互关系。对于其成名作《少年维特的烦恼》在法国引起的广泛效应，歌德写道："维特的烦恼很快就被译成了法语。效果像在其他国家一样非常热烈，因为其中渗透着普遍的人性。"(同上：765)无论是歌德对他国文学的选择，还是他国对歌德作品的接受，其根基都在于作品中对全人类精神体验的传达，这种"普遍的人性"正是世界文学的核心所在。

此外，歌德从自己作品被译为世界各国文字的过程中，看到了各民族克服偏见，互相理解的可能性。他在1822年给友人的信件中提及《浮士德》在英国的翻译情况："在英国，一位索恩先生理解了我的浮士德，非常令人钦佩，他懂得将他的特点、他母语的特点和他国家的要求协调起来……在我看来，各民族比以往更懂得相互理解。"(转引自Bohnenkamp，2000：196)德国文学评论家弗里茨·施特里希(Fritz Strich)也总结指出："歌德感到特别惊奇，自己在隐居状态中创作作品，完全是为了释放自己，为了更好地自我修养而写的，最后居然能在世界上产生如此巨大的反响，接连不断地传到他这个年迈文学家的耳中。这些世界反响有益于他的身心，让他感到幸福，从而成为他呼唤和促进世界文学的最重要的动机，即要让所有人都享有他这种福祉。"(Strich，1957：31，译文参考：方维规，2017：10)

在观察到德国文学在其他民族中引发的强烈反响后，歌德也从其他民族的文学中汲取了丰富的营养。同样是在1827年，众多来自不同国家的文化名流纷纷造访魏玛，与歌德交流，为他带来了世界各地的文化信息和新颖观念。在《论艺术与古代》杂志上，歌德不仅刊出了《中国作品》，还刊登了《两首波斯诗歌》(*Zwey Persische Gedichte*)、一篇探讨《哈姆雷特》第一版的论文、从塞尔维亚语翻译的诗歌、对《当代塞尔维亚文学》(*Das Neueste Serbischer Literatur*)的简介、一篇关于波西米亚诗歌的介绍、歌德自由改译的哈菲茨诗歌中的两小节以及关于亚里士多德、欧里庇得斯和荷马的论文等。《论艺术与古代》成为了一份真正意义上的"世界文学"杂志。在一篇节译文章中，歌德进一步明确了"世界文学"的内涵：

> 如今，当各国人民通过自觉自愿的一致运动寻求消除一切障碍并彼此靠拢时，当各国倾向于彼此参与决策，建立起一个有着相同利益、相同习惯甚至是相同文学的社区时：这要求他们从更高的视角来看待彼此，而不是彼此间无休止地进行相互嘲笑，并决心才能够跳出他们长久以来兜来兜去的小圈子，向前迈进。（FA I, 22：324）

由此可见，"世界文学"并不仅仅局限于文学的交流和翻译，它还对文学的社会性也提出了要求：世界各国的文学家应该成为一个统一的团体，彼此消除隔阂和障碍，朝着人类相同的目标前进。1828 年，歌德在界定世界文学本质的时候再次强调，"世界文学"并非意味着"各个民族应当相互了解彼此的作品，因为在这个意义上的世界文学早已存在，而且现在还在继续，并且在不断更新"。他所理解的"世界文学"是指"那些充满活力并努力奋进的文学家彼此间十分了解，并且由于爱好和集体感而觉得自己的活动应具有社会性质。"（歌德，1999：410）在与《中国作品》几页之隔的一首诗歌中，歌德勾勒了一幅"世界文学"时代的愿景："让所有的民族在同一片天空下/开心地共享人类共同的馈赠。"（FA I, 22：390）

从歌德"世界文学"理念的形成过程中可以看出，他在青年时期受到赫尔德民歌观念的影响，在创作生涯中又不断从古希腊、古罗马、古波斯等其他民族的文学中汲取灵感。晚年，在与法国文坛的交流碰撞中，他提出了"世界文学"的宣言。1827 年可谓是歌德的"世界文学"之年。身在魏玛的歌德通过文学完成了一次精神上的"世界之旅"：从魏玛到塞尔维亚、希腊、巴勒斯坦、波斯、阿拉伯、印度，最后抵达中国，所有民族的文学组成一个联通的文化空间，串联起这一文化空间的便是各民族文学中反映的普遍人类特性。而歌德能从当时数量有限且翻译质量不高的中国小说和诗歌中提炼素材，并通过加工形成自己的作品，这恰恰体现了其"擅于提取异域文学中展现普遍人性的部分，通过文学再创造达到促进民族间理解的过人之处"（谭渊，2009b：166）。在改译中国诗歌过程中，歌德早期关于"世界诗歌"和"世界文学"的思考得到了进一步的验证，使他更加坚信一个世界文学空间的生成和世界文学时代的到来。《中国作品》正是歌德对"世界文学"的实践，投射了歌德对"世界文学"的构想。

第二节 吕克特与《诗经》

歌德写下《中国诗歌》并宣告迈进"世界文学时代"五年后，另一位德国诗人吕克特接触到了真正的中国诗歌宝库——《诗经》，并将其从拉丁语转译为德语。吕克特于 1788 年出生在德国施韦因富特（Schweinfurt），他既是诗人，又是东方学家、翻译家。他不仅创作了大量有关东方的诗歌，如诗集《东方玫瑰》（*Östliche Rosen*）、《婆罗门的智慧》（*Die Weisheit des Brahmanen*），还翻译了多部东方经典，如《古兰经》（*Der Koran*）和《诗经——孔夫子搜集的中国诗歌》（*Schi-king：Chinesisches Liederbuch，Gesammelt von Confucius*）等。陈铨（1936：158）曾高度评价吕克特的《诗经》德译本，称赞他"第一次把中国真正一流的作品介绍到德国"。

一、吕克特《诗经》改译特征

尽管吕克特掌握四十多种语言，但汉语并不在其列。他在《诗经》德译本目录前明确注明，其诗歌的"文本和母题均来自茱利乌斯·穆尔（Julius Murr）于 1830 年编辑的《诗经》版本"（Rückert，1833：Ⅲ）。此版本颇具历史渊源，最初由法国耶稣会士孙璋于 1733 年至 1752 年在北京从汉语译为拉丁语。1728 年，孙璋由法国国王路易十四派遣来华，他精通汉语和满语，除《诗经》外，还将《礼记》译为了法语。遗憾的是，孙璋去世后，其《诗经》译稿被夹杂在天文学手稿中一再易手，最终被搁置在巴黎天文台，直至 1830 年才被重新发现，并由德国汉学家穆尔整理出版。该译本全称为《孔夫子的〈诗经〉，即诗歌集，由孙璋翻译》（*Confucii Chi-king，sive liber carminum，ex Latina P. Lacharme interpretatione*），这也是西方首个《诗经》全译本，对此后吕克特的德译本、理雅各（James Legge）的英译本和顾赛芬（Seraphin Couvreur）的法译本均产生了重要影响。（孙璋，2016：70）

在拉丁语译本的前言中，孙璋向西方读者简要介绍了《诗经》的内容、背景以及中国诗歌格律，并着重叙述了其翻译《诗经》的过程和方法。关于翻译《诗经》的动机，孙璋写道："《诗经》非常适合（用来）理解中国古老文化，于是我开始翻译这部作品，从《诗经》中我体会到，无论是多么古老的民族，（其）对上帝的信仰都更加古老。"（同上：71）显然，除了传播中国文化，孙璋翻译《诗经》还与他的传教需求紧密相连。孙璋以朱熹的《诗经集注》和《诗经》满文译本为翻译底本，采用句句对应的直译方法。他发现，以往的译者在翻译中常常将阐释者的话与原文混为一谈，为避免这一问题，孙璋"宁愿让译本晦涩，也不想让译文不忠实"，以求将"这部古代的、自然的、原初的著作不加人工矫饰地带给欧洲"。（同上）为了实现内容的忠实，孙璋牺牲了《诗经》的诗体形式，选择了用散文体来翻译，确保每篇译文与原作一一对应，并在译文后辅以详细注释。这些注释占据了译本的三分之一，但也因此使得译文显得较为枯燥难懂，难以被普通读者所欣赏。

孙璋的《诗经》拉丁语译本一经出版，便立刻引起了吕克特的关注。然而，吕克特发现该译本"干涩枯燥，不堪卒读"（Rückert，1977：503），这激发了他用诗歌体将《诗经》转译为德语的灵感。在德语全译本正式出版前，《德意志缪斯年鉴》（Deutscher Musenalmanach）于 1832 年刊登了吕克特翻译的七首《诗经》诗歌，包括《周南·葛覃》（Besuch der jungen Frau）、《邶风·谷风》（Süße Rache einer Verstoßenen）、《唐风·葛生》（Die verlassene Braut）、《小雅·车辖》（Liebesfahrt）等，其总标题为《中华民族的声音，由吕克特译为德语》（Stimmen des chinesischen Volkes，dem Deutschen angeeignet von Friedrich Rückert）。（Wendt，1832：372-382）此标题不禁让人联想到赫尔德于 1807 年出版的民歌集《诗歌中各民族的声音》（Stimmen der Völker in Liedern），该书收录了来自世界各地不同民族的诗歌。吕克特的这一举动旨在补充赫尔德诗集中所缺失的"中华民族的声音"，从而将中国声音融入其构建的世界民族诗歌体系之中。

在翻译《诗经》的过程中，吕克特首先舍弃了《诗经》原本风、雅、颂的分类，与拉丁语蓝本相比，其德译本全文无一处注释。孙璋（2016：71）认为，《诗经》语言简洁，但"艰深晦涩"，又充满比喻和古老的格言，因此有必要给予注释，帮助理解。相反，吕克特有意弱化《诗经》因典故、历史而产生的晦涩感，将必要的注释成分融入诗歌，着重用质朴的语言再现原诗的风格，使读者在阅读译文时就像阅读本民族诗歌一样顺畅。如《国风·麟之趾》第一节："麟之趾，振振公子，于嗟麟兮。"其中"麟"是只有中国传说中才有的祥瑞动物，孙璋依据朱熹的《诗经集注》在译文后注释道："麒麟集鹿身、羊头、牛尾和牛蹄、马腿、鳞身于一体，有角带肉。它有五种颜色,十二英尺高,不折生草,不履生虫,不用角顶其他动物。"(Lacharme, 1830:244)吕克特将孙璋的注释打破,将其分散放入诗歌内部,使诗歌由每节3行扩展为12行:

Das edle Thier Ki-Ling,	猎人从来不去捕捉,
Das nie ein Jäger fing,	贵族动物麒麟,
Ist wohl ein Wunderding.	或许是个奇迹。
Es trägt ein ehern Huf,	它有一只足蹄,
Doch nie sein Fußtritt schuf	但它的脚步从不,
Des Gräsleins Weheruf.	使小草发出哀嚎。
An seinem Lieb vereint	它的身体,
Fünffache Farb'erscheint,	集合五种颜色,
Das man zu träumen meint.	人们都梦寐以求。
O welches Wunder! Von gesammten	哦,奇迹!
Des Königstammes Angestammten	皇族的后裔,
Ist jeder einzeln ein Ki-Ling. (Rückert,	每个人都是麒麟。(笔者译①)
1833:17)	

这样,诗歌借助文内注释呈现出了"麒麟"的具象,读者无须再去查阅注释。

第二,尽管吕克特的译本是第一个《诗经》德语全译本,但其译本篇目多达335首,远超《诗经》原作305篇。经过仔细比对,我们可以发现吕克特并未严格按照孙璋的译本进行全文转译,而是对某些篇目进行了增删。据德国汉学家托马斯·伊默斯(Thomas Immoos)(1962)的深入研究,《诗经》中有31篇诗歌被吕克特删去未译,同时又有多达41首诗歌无法与汉语原作相对应。从类别细分来看,吕克特漏译的31篇诗歌中,"风"占11篇,"雅"占7篇,"颂"占13篇。而《诗经》原作中,"风"有160篇,"雅"有105篇,"颂"有40篇。由此可见,"颂"这一类别的诗篇有近三分之一被删去。考虑到"颂"主要是歌功颂德、祭神祭祖的作

_____

① 后文中出现的诗歌中文译文若未标注译者,均为笔者自译。

品，可以推测吕克特更倾向于选择反映普通百姓生活、具有鲜明民歌特色的"风"和"雅"。无法与原作一一对应的 41 首诗歌也并非吕克特凭空虚构，而是他根据诗歌中的某些母题发挥想象的自由创作，抑或是从孙璋的注释中获得灵感，将背景知识以诗歌的形式进行叙述。例如，《大雅·文王有声》原诗旨在歌颂文王和武王的功德，吕克特则选择性地翻译了歌颂文王的部分，并将译文命名为《文王的声望》（Wen-Wang's Ruhm），并进一步联想到文王功成名就后看到百姓安居乐业的心情，从而创作了《文王的宁静》（Wen-Wang's Ruhe）。在《齐风·南山》中，原诗暗含对齐襄公与其同父异母的妹妹文姜私通的讽刺，吕克特从孙璋的注释中读到了这个故事，于是创作了叙事诗《鲁国夫人》（Die Fürstin von Lu），以此为背景知识的补充。这些例子清晰地展示了吕克特并非致力于与原文一一对应，而是选择自己感兴趣的文本进行翻译，甚至抓住某个母题自由发挥，从而对《诗经》进行了具有德国特色的创造性解读。

第三，除删除和增加篇目外，吕克特还在翻译中多次将一首原作拆分为多首诗歌，或将原作中多首诗歌缩译为一首诗歌。以《卫风·氓》为例，这首原诗共有六节，详细叙述了女子从恋爱、结婚到被抛弃的整个过程。在吕克特的译本中，这首诗被巧妙地拆分成了四首独立的诗歌。第一首《误配》（Der Mißgriff）以叙事诗的形式，简洁地概述了女子不幸的婚姻经历，省略了原诗中为唤起情绪而使用的起兴等手法。第二首《落叶》（Die Fallenden Blätter）则专注于原诗三四节中的"桑叶"意象，通过桑叶的枯黄来比喻女子的青春不再。第三首《龟卜》（Das Orakel der Schildkröte）则源于原诗中的婚前占卜习俗，吕克特将孙璋对卜筮的注释演绎成了一首独立的诗歌。第四首《变质的幸福》（Gestörtes Lebensglück）主要是抒情部分，表达了女子对幸福期许的落空和迷茫。相反，当多首诗歌围绕同一主题时，吕克特会选择将其整合为一首组诗。例如，《国风》中的《关雎》《樛木》《螽斯》《桃夭》四首诗均表现了男女恋情和对美好婚姻的祝福，被吕克特译为组诗《婚礼组歌》（Hochzeitslieder）；而《邶风》中的《柏舟》《绿衣》《日月》《终风》则都是叙述女子遭遇爱情悲剧的诗篇，被译为组诗《弃妇的控诉》（Klage einer ungeliebten Gattin）。由此可以看出，吕克特拆分和组合诗歌的原则主要基于内容的复杂性和主题的相关性。当原诗内容较长且复杂时，他会选择拆分以简化内容并使其更符合德语民歌的风格；而当多首诗歌主题相近并能互相补充时，他则会按照西方传统将其整合为组诗。

第四，和拉丁语译本相比，吕克特按照具体内容给每首诗歌重置了标题。《诗经》原作的标题往往由首句或首词衍生而来，这些标题并不直接反映诗歌的主题内容。孙璋在其拉丁语译本中，选择将汉语标题通过拼音进行音译，在正文部分则采用"颂歌+编号"的格式化标题。然而，吕克特在其译本中，为每首诗歌赋予了全新的标题，这些标题直接揭示了诗歌的核心主旨。如《诗经》第二首《国风·葛覃》为女子婚后回娘家省亲之诗，吕译标题为《少妇回门》(*Der Besuch der jungen Frau*)，使诗歌内容更为直观。此外，《魏风·硕鼠》被改为《压迫》(*Bedrückung*)、农忙诗《豳风·七月》被改为《农作日历的片段》(*Bruchstücke eines Wirthschaftskalenders*)。

第五，从诗歌的形式上看，吕克特致力于恢复和凸显诗歌本身的韵律美感。孙璋的译本因其晦涩的语言和单调的形式，难以让人联想到原作是一部广受欢迎、流传甚广的经典诗集。原作《诗经》中的诗句大多为四言，偶尔也包含三言、五言的形式，语言简洁而有力。相应地，吕克特的德译本主要以四音步诗行为主，偶尔穿插二音步、三音步、五音步诗行，其韵律主要采用扬抑格和抑扬格，形成了鲜明而有力的节奏感。每首诗歌韵脚十分和谐，四行诗严格使用交叉韵(abab)或联韵(aabb)。如《诗经》第一首《关雎》，汉语原诗共有五节，每节四句，每句四字。吕克特的译文则分为五节，每节四行，均为扬抑格四音步诗行，行交叉韵：

Zwei, die nur vom Tod getrennten,
Die auf stiller Flut entlang,
Mann und Weib, zwei Spiegelenten,
Schweben unter Wechselsang! (Rückert, 1833：7)

经过吕克特的精心处理，其译文在形式上与原作保持了高度的一致性，同时也与德国本土的诗歌形式产生了共鸣。伊默斯在深入研究吕克特译文的诗歌形式与德国诗歌传统之间的关系后指出："从中世纪宫廷抒情诗到浪漫派诗歌，德语文学为吕克特提供了丰富的诗歌形式资源，他能够根据自己的喜好，运用精湛的技艺对这些资源进行加工和再创造。"（Immoos，1962：60）以《郑风·野有蔓草》为例，这首描绘青年男女邂逅的恋爱诗在吕克特的译文中，被赋予了中世纪宫廷抒情诗的色彩。原诗中的"野有蔓草，零露漙兮。有美一人，清扬婉兮。"被译为："植物在田里发芽，吮吸露水。我不知道，这位最美丽女子的姓名。"（Rückert，1833：101）其中，"最美丽女子"（Allerschönste Frau）这一表达，正是德国中世纪宫廷诗中典型的用语，用以描绘骑士对女主人的深情倾慕。《郑风·清人》一诗，原本是对郑国军队表面威武而实际散漫的讽刺，但在吕克特的译文中，却被演绎为一场德国中世纪的格斗赛（Buhurt），场外还有观众在围观鼓掌。（同上：93）吕克特还用西方阿那克里翁派（Anakreontik）风格加工《诗经》中歌咏爱情的诗歌，如《国风·采葛》的译文《时间量度》（Zeitmaß）；有时也用叙事谣曲（Ballade）的形式改写孙璋注释中的背景故事，如自创诗《宣公和宣姜》（Swen-Kong und Swen-Kiang）和《鲁国夫人》（Die Fürstin von Lu）。

克拉维特对吕克特的译作作出了如下总结："吕克特在改译中着重尝试将中国诗歌德语化，也就是说，让它适应德语语言和德国口味，让当时的德国读者能够理解。"（Klawitter，2015：244）同时，我们不难发现，吕克特在翻译中极尽自由发挥之能事，主旨在于强调诗歌中对普遍人类感受的表达，以此证明中华民族和世界上其他民族在情感、行为和诗歌表达方式上具有共通性。这一观点与歌德的理念不谋而合。为吕克特这一翻译策略提供理论支撑的正是他在《诗经》序言中强调的"世界诗歌"理念。（张小燕、谭渊，2019：154-168，192）

二、吕克特的"世界诗歌"理念

吕克特的《诗经》译本序言《诗歌的精灵》（Die Geister der Lieder）是了解其翻译思想的关键所在。该序言由 14 节诗歌组成，吕克特将尚未被译成德语的《诗经》喻为"被禁锢的精灵"。诗歌的前七节，以精灵与作者的对话为主线，描绘了一群曾熠熠生辉、音调迷人的精灵被魔法囚禁，它们向每一个经过其囚笼的人呼唤，渴望重获自由，然而却鲜少有人关注。当译者吕克特听到这些精灵的求救声时，他感知到附近有宝藏存在，但他在"语言的矿井"中已深掘半生，尽管精通数十种语言，却并未涉猎汉语。面对新的"语言的矿井"，吕克特陷入了迟疑。此时，精灵提醒他使用"拉丁语"这把钥匙，鼓励他前来解救。在随后的七节诗歌中，吕克特阐述了他将《诗经》译成德语后的深刻感悟。精灵获得解放后，不仅将吕克特从对中国文学的误解中解救出来，更为他"开启了一个崭新的世界"：

Ich fühle, dass der Geist des Herrn,	我感到，主人(诗歌)的精神
Der redet in verschiednen Zungen,	虽用不同的语言表达，
Hat Völker, Zeiten, nah und fern,	却能够穿透、照亮、渗入
Durchhaucht, durchleuchtet und durch-drungen,	所有民族和时代，无论远近。
Ob etwas herber oder reifer,	无论更青涩或更成熟，
Ob etwas weicher oder steifer.	无论更柔软还是更僵硬，
Ihr seid Gewächs' aus Einem Kern	你们皆由一颗果核发芽而生，
Für meinen Liebeseifer. (Rückert, 1833: 5)	是我努力浇灌的成果。

在深入接触各民族诗歌后，吕克特发现，所有民族与时代的诗歌均蕴含着共通的核心精神。当他翻译《诗经》时，其中所传达的爱情、忠诚、家庭与国家的观念，以及对农业、苦难、战争的描绘，都使他仿佛置身其境。最后，他告诉读者："谁阅读过这本书，都能从中看到自己的影子。"(同上：6)在深入剖析面前这部异域风情的诗集后，吕克特最后提出了他的核心论点："世界的诗歌就是世界的和解。(Weltpoesie allein ist Weltversöhnung.)"(同上)他认为，诗歌构成了全人类沟通的根基。翻译各民族诗歌的实践寄托了吕克特对世界各民族互相理解、和平相处的殷切期望。

吕克特这一观点的形成，不仅受到赫尔德的"民歌观"和歌德"世界文学"理念的影响，更与他所处的浪漫主义时代背景息息相关。浪漫主义主张回归中世纪以寻求理想的社会模式，这一思潮引发了德国人对中古德语文献的整理以及对他国经典文学的译介热潮。作家布伦塔诺与阿尔尼姆承袭了赫尔德的民歌理念，搜集并出版了德国民歌集《男童的神奇号角》(Des Knaben Wunderhorn, 1806—1808)，而格林兄弟则将童话视为原始的"自然诗"，出版了《儿童与家庭童话集》(Haus- und Kindermärchen, 1812)。这两部作品均深深体现了早期德意志民族的淳朴民风与普遍人性，出版后迅速家喻户晓。在浪漫主义者的眼中，德语以其灵活与柔美，成为适宜传达全人类精神财富的理想的翻译语言，因此在浪漫主义时期，外国作品的译介蔚然成风。(Lee，2014：135)此时期涌现出众多杰出译者，如路德维希·蒂克(Ludwig Tieck)大量译介了莎士比亚和塞万提斯的作品，奥古斯特·威廉·施莱格尔(August Wilhelm Schlegel)则成为首位以诗体翻译莎士比亚戏剧的译者，并身兼德国首位东方学教授，翻译了印度史诗《薄伽梵歌》。奥古斯特·威廉·施莱格尔坚信，浪漫主义者的使命在于发掘并翻译那些被遗忘的文学瑰宝，"我们并不在意我们自己能够创作出什么样的文学作品，但是前人所创作的伟大的、优美的作品曾经被遗忘，不被重视。现在，我们觉得有必要把这些作品重新发掘出来，不管是哪个时期、哪个国度的作品，也不管它的形式对我们来说有多么地陌生，我们都要把它介绍给大家。这才是我们的职业和义务所在，我们愿意为此付出一切努力。"(转引自刘学慧，2011：1-2)布伦塔诺也在作品中提出："浪漫诗本身就是翻译。"(Brentano，1978：319)诺瓦利斯(Novalis)(1975：237)甚至认为译为德语的莎士比亚作品超越了原作，并写道："最终，所有的诗都是翻译。"吕克特于1811年前后曾在早期浪漫派的中心耶拿大学担任讲师，与浪漫派作家交往密切，对上述翻译理论耳濡目染，正是在此基础上对翻译产生了兴趣，并为之奉献一生。

同在1811年，吕克特在耶拿大学提交了其大学教授资格论文，文中详细阐述了他的语言观和翻译观。首先，他指出，所有的语言都是一个"原初语言"(Ursprache)的分支，且不同语言的词汇中都蕴含着同一个观念(Idee)。这一"原初语言"是沟通不同民族互相理解的基础，而寻找"原初语言"的方式正是翻译。其次，吕克特认为最理想的美要去希腊和东方国家寻找，这也是当时浪漫派作家的普遍观点，他们认为西方已经受到战争和工业化的影响，只有东方还保存着人类最初的浪漫状态。最后，吕克特指出德语是学习和模仿其他民族文学的最理想的语言。(Rückert，1811)青年时代的吕克特已经是一位不折不扣的"世界主义者"。此外，吕克特见证了1806年德意志神圣罗马帝国的灭亡，经历了拿破仑战争给欧洲大陆、尤其是德意志土地带来的硝烟，这一系列政治事件一方面激发了吕克特的爱国主义情怀，促使他在1814年拿破仑倒台前夕发表了战争诗集《顶盔戴甲的十四行诗》(Geharnischte Sonette)；另一方面也对吕克特寻求各民族在艺术上的和解产生了潜移默化的影响。

1818 年，吕克特在维也纳与奥地利东方学家约瑟夫·冯·哈默-普格斯塔尔（Joseph von Hammer-Purgstall）和德国浪漫主义奠基人弗·施莱格尔（Friedrich von Schlegel）相遇。在哈默尔的鼓舞下，吕克特走上了译介东方文学的道路。与歌德相似，吕克特首先从哈默尔翻译的波斯诗歌中获得灵感，将其改编为诗集《东方玫瑰》。1832 年，吕克特发表了一首名为《世界诗歌》（*Weltpoesie*）的短诗，最后一段彰显了其核心思想："通过教育的方式／人类互相理解／对此最有效的是原始声音／我将译为德语。"（Rückert，1988：217）这一促进人类互相理解的"原始声音"（Urklang）指的便是各民族古老的诗歌经典。虽然吕克特承继了歌德的"世界诗歌"表述，但他的"世界诗歌"概念与歌德的理解并不完全一致。在歌德那里，"世界诗歌"是指"自然赠予所有民族和时代的诗的礼物，不依赖阶层和教育程度，无处不在，尤其在民歌那里最能得到体现"，"世界文学"则指"充满朝气并努力奋进的文学家们彼此间十分了解，并且由于爱好和集体感而觉得自己的活动应具有社会性质"（歌德，1999：410）。歌德拒绝将"世界文学"等同于世界各民族经典作品的静态总和，更倾向于将其视为一个不同民族精神交往的动态空间。吕克特则将两者统一起来，重新定义为"促进世界和解的世界诗歌"。（Klawitter，2005：252）它着重强调不同民族、不同时代的经典诗歌中的共通性，也指通过诗歌的翻译，各民族进行文化交流，达到文化沟通的客观过程。总而言之，"世界诗歌"与"世界文学"的核心本质一脉相承，都意在凸显文学创作中渗透的超越民族界限的世界主义精神，"世界诗歌"尤指反映世界各民族人民最初自然状态的古代经典诗歌。

继 1833 年出版《诗经》译本后，吕克特于 1836 年转向印度，发表了诗集《婆罗门智慧之歌》，诗集包含 2700 多首哲理诗，吕克特的"世界主义"观点也贯穿其中。如第五卷第 265 首诗歌中，当被问及是否怀念祖国时，一位智者指向天空回答："智者的祖国是整个天空的广度，它由人类的宽度支撑。"（Rückert，1998：230）在另一首哲理诗中，吕克特写道："人类的圆满在于，所有人类彼此坦诚相待，无论他的民族和信仰。"（同上：710）

正是秉承"世界诗歌"的理念，吕克特在《诗经》的翻译中并不拘泥于按部就班地传达原作的内容，而是着重用"诗"的形式展现出中国诗歌中所体现的人类普遍天性。《诗经》最吸引吕克特的就是其中所反映的古代人民不加矫饰、自然流露的朴实情感。他在译作前言中这样总结《诗经》精神："长城无法阻隔/爱的朝霞/那里爱情至死不渝/忠诚常在，即便遭到抛弃/至强至坚的心灵纽带/连接着子女、父母、亲人/和祖先，超越生命的苦难/达到幸福的众神之境……皇帝亲手扶犁/帝国花园繁荣绽放/还有贫穷和战乱……"（Rückert，1833：5）显然，吕克特将《诗经》视为一部歌咏人、家、国的诗集，《诗经》呈现着人类的喜怒哀乐、对爱情的追求、对和平的渴望，它与世界上其他民族的诗歌并无二致，完全有资格作为"世界诗歌"的组成部分进入德语世界。

在歌德和吕克特的"世界文学"及"世界诗歌"理念的影响下，"世界"的价值观和思维方式在德国广泛地传播开来。19 世纪下半叶，德国出现了第一部世界文学史。约翰纳斯·舍尔（Johannes Scherr）于 1848 年编写了《世界文学画廊》（*Bildersaal der Weltliteratur*），1851 年又将其稍作加工，以《古今世界文学史》（*Allgemeine Geschichte der Literatur von den ältesten Zeiten bis auf die Gegenwart*）之名出版，两本书都不断再版。其中，1869 年再版的《世界文学画廊》第一卷扉页题记正是吕克特《诗经》译本序言中的最后一行诗句："世界的诗歌就是世界的和解"。（Scherr，1869：扉页）1885 年再版时，扉页题记被改为吕克特的另一首诗歌："用不同语言表达的诗歌，对于献身诗歌的人来说仅是一种语言，（就是那在天堂中回响的语言。）"（Scherr，1885：扉页）舍尔在前言中将该书称作一场诗歌的"世界演唱会"，"不同时代和民族的诗歌和音乐能够并且应该汇成一曲宇宙交响曲"。（同上：5）1901 年，古斯塔夫·凯尔佩来斯（Gustav Karpeles）出版了另一部三卷本的《世界文学通史》（*Allgemeine Geschichte der Literatur von ihren Anfängen bis auf die Gegenwart*）。这两本书后来又都成为鲁迅留日期间的重要德文藏书，为鲁迅翻译世界文学作品提供了指导。（熊鹰，2017：38-46）

第三节 小结："自由改译"与"世界诗歌"

通过歌德和吕克特的自由改译，薛瑶英、梅妃、冯小怜和开元宫人以中国古代女诗人的形象站在了"世界文学"的舞台上,《诗经》也挣脱了民族语言的束缚,成为吕克特笔下的"世界诗歌"。在两位诗人对中国诗歌的自由改译过程中,展现出了多个显著的共通点。

首先,歌德与吕克特都在译作中杂糅了自我的再创作,在翻译与再创作中来回切换。歌德在诗歌《开元》中续写了两行自己再创作的诗歌,从开元的轶事中提炼出自己的观点。同样,吕克特的《诗经》译本中出现了多达 41 首当前难以考证原作的诗歌,这些诗作多源于他从拉丁语版本的注释中汲取的灵感,进而自由发挥想象进行再创作。这种再创作并非无的放矢,而是以译作本身作为基础展开的,抑或与译作存在某种联系。其次,两位诗人都使用了常见的"拼贴""重组"和"拆分"等改译方法。歌德在诗歌《薛瑶英》中将"金莲"的典故"拼贴"到薛瑶英身上,令薛瑶英自然灵动的舞姿更加生动形象。吕克特则在《诗经》中将《关雎》《樛木》《螽斯》《桃夭》重组为一首组诗《婚礼组歌》,又将《卫风·氓》拆分为四首诗歌。最后,歌德和吕克特都为其改译的中国诗歌嵌套上了德语诗歌的韵律形式,使其保留着本身所具有的音乐性和节奏性。特别值得一提的是,吕克特用德国中世纪的宫廷抒情诗、叙事谣曲、民歌等德语诗歌形式来包装和加工《诗经》中的诗歌,彰显出了中德诗歌形式之间的互通性。

经过两位诗人的改译,尽管中国诗歌的内容和形式发生了变形,但其精神核心——诗歌中反映的人类普遍感受,却得到了完好的保留,并且被赋予了更丰富的内涵。歌德通过将四首中国诗歌组合成一组诗,创造了一个新的意义空间,其中融入了他个人的艺术观点:即世界上所有受压迫的女性都可以通过艺术的力量来追求自我实现。吕克特改译的《诗经》则如同一面镜子,折射出全人类的社会生活史片段,使得任何民族的读者都能在其中找到自己的影子。(Rückert,1833:6)由此可见,歌德和吕克特尽管对中国诗歌进行了自由的加工和创造,但改译并未削减中国诗歌本身的魅力,相反使得中国诗歌中的世界性和超民族性特质得到了更好的发扬,成为真正的"世界诗歌"。

"世界诗歌"是一个内涵丰富的概念,它能够超越时代、语言、文化和民族的界限,被世界各地的读者所接受。同时,在被接受的过程中,"世界诗歌"也在不断拓展其生命力,客观上促进了世界各民族文化之间的沟通与和解。吕克特改译的《诗经》在德语世界产生了深远的影响,就是一个明证。1852 年,德国诺贝尔文学奖获得者保尔·海泽(Paul Heyse)就以吕克特《诗经》译本中涉及"卫宣公筑台纳媳"的相关诗篇为素材,创作了诗体小说《兄弟》(*Die Brüder*);1922年,表现主义诗人埃伦斯泰因发表的《诗经》改译本也是以吕克特的《诗经》译本为参考蓝本,他在比较了汉学家施特劳斯的精准译本和吕克特的改译本后,对吕克特译本的诗学价值提出了表扬:"吕克特的改译无论如何都超过了施特劳斯的专业译文,施特劳斯的译本在语言学上更有价值,但诗学价值较弱。"(Ehrenstein,1995:107)此外,音乐家伯恩哈德·塞克雷斯(Bernhard Sekles)还曾为吕克特《诗经》译本中的18首诗歌谱写了曲目,并于1907年在莱比锡发行了专辑。《诗经》经过吕克特的改译后成功跨越民族的界限,在世界艺术家那里化身为进一步的美学实践,延长了自身的艺术生命,跻身于"世界诗歌"之列。

综上所述,自由改译所体现的创造性与"世界诗歌"之间呈现出一种辩证统一的关系。改译者的创造性使得民族诗歌在异域传播过程中会在意象、韵律和内容上发生变化;然而这些诗歌所体现的人类共同情感体验以及所产生的审美共鸣在任何民族中都是相通的。同时,民族诗歌在异域传播过程中也获得了新的生命,以"世界诗歌"的身份被世界各地的读者所广泛认知和接受。在19世纪至20世纪之交德语文坛出现的中国唐诗改译热潮中,德国诗人们沉醉于唐诗的意象和精神内涵,将唐诗作为美学实践的素材进行自由改译,进一步丰富了唐诗的世界性内涵并重现了吕克特所倡导的"世界诗歌"愿景。

第三章　知识基础与时代氛围

　　知识基础是德语诗人接触、发现唐诗魅力的先决条件，而时代氛围则是推动德语诗人对唐诗进行改译与再创作的深层动力。19 世纪至 20 世纪之交，德国在社会、技术、思想和文化等领域都发生了深刻变革。随着工业技术和经济的快速发展，德国城市化进程日益加快，社会积累了大量物质财富，但资本的积累同时加剧了社会发展的不平衡程度，贫富差距日益拉大，直接激化了社会矛盾，并带来许多社会问题。与此同时，科学界和思想界也暗流涌动：达尔文提出的"进化论"代表自然科学向神学权威发起了挑战；弗里德理希·尼采（Friedrich Nietzsche）的"强力意志"和"价值重估"学说对西方传统道德价值观念产生了冲击；西格蒙德·弗洛伊德（Sigmund Freud）的"精神分析"则为心理学和文学研究开拓了新的领域。在政治上，威廉二世（Wilhelm Ⅱ）统治下的德意志帝国对外侵略倾向逐渐抬头，开始向帝国主义阶段过渡。面对社会巨变，德国知识分子感到茫然，一股"世纪末"和"悲观厌世"的情绪弥漫在文学界。为了寻求出路，德国作家纷纷呼吁文学革新，不同的文学流派纷至沓来：继 19 世纪 80 年代的自然主义流派之后，印象主义、象征主义、青春风格、新古典主义等风格接踵而至，"德国文学开始了从传统向现代的转换"（韩耀成，2008：49）。在这样的背景下，唐诗作为中国诗歌艺术的新符号走进德语诗人的视野，尤其是李白的诗歌引发了德语诗人精神上的共鸣。

　　深入分析唐诗进入德语文坛的时代语境可以发现，在世纪转折时期，德国思想界中尼采哲学的盛行，以及当时德国知识界对道家思想的热衷等均是推动唐诗于 1900 年前后在德国被广泛接受与传播的重要因素，而 19 世纪下半叶在法国学界出现的两本重要唐诗译本则在"唐诗热"时期为德语诗人了解和认知唐诗提供了知识基础。

第一节 《唐代诗歌选》和《玉书》

伊塔马·埃文佐哈尔(Itammar Even-Zohar)(2002：19)的多元系统理论认为：当一国文学处于转折点、危机或文学真空时，它对其他国家文学中的形式有一种迫切的需求，此时翻译文学在译入语文学的多元系统里可能占据中心位置。在19世纪至20世纪之交的德语文学转折时期，文学翻译活动非常活跃。德国作家争相阅读外国文学，从中汲取革新力量。自然主义文学流派吸收借鉴法国作家爱弥尔·左拉(Émile Zola)和挪威剧作家亨里克·易卜生(Henrik Ibsen)的理论和技巧，印象主义文学潮流最初也是从法国画家奥斯卡·克劳德·莫奈(Oscar-Claude Monet)的绘画中得到了启发。19世纪下半叶诞生于法国的两本中国古典诗歌译本也流传至德国，即1862年法国汉学家德理文出版的《唐代诗歌选》和1867年女诗人茱迪特·戈蒂耶发表的《玉书》，为德国文学界打开了一扇了解中国诗歌艺术的窗。

德理文从19岁开始在巴黎学习汉语和满文，于1874年成为法兰西学院第三任汉学教席。其译作《唐代诗歌选》收录了以李白、杜甫为代表的35位唐代诗人的97首诗作，是欧洲首部法译中国唐诗集，对唐诗在欧洲的传播具有开创性的贡献。德理文认为，人们在神话传奇、故事、诗歌、民谣等艺术形式中最能了解某一民族在某一历史时期的民俗情况，相比世界上其他民族，只有中国社会在历史上从未发生过颠覆性的变化，而中国诗歌最伟大的时代莫过于唐朝。因此，通过阅读唐诗来研究唐朝的社会风貌极为合适。此外，当时在西方尚未出现较为完整的唐诗译本，这促使德理文下定决心翻译唐诗。(钱林森，1990：7-9)

德理文在译本正文之前插入了整整100页的序言，名为《中国的诗歌艺术》(*L'art Poétique et la Prosodie Chez les Chinois*)，该序言直接影响了当时欧洲学者对中国诗歌的认知。序言包含两部分内容，分别介绍了中国诗歌的发展史，以及中国的汉字、韵律、文体。在第一部分中，德理文以古代《诗经》为起点，顺次介绍了《离骚》、六朝诗歌，以唐朝诗歌为结尾，勾勒出中国诗歌的发展历史。在他看来，唐朝诗歌最能反映中国人的精神世界，尽管当时亚洲宗教活动十分活跃，但中国著名诗人的诗歌普遍缺乏宗教信仰，诗人的精神世界充满了痛苦、失望和空虚。(同上：25)不过，唐诗内容极其丰富，既有向往行侠英雄的豪情，又积极歌颂和平、友谊和自然，还反映着中国人对家乡的眷恋和思乡的痛苦。德理文还比较了中国诗歌与西方文学，并高度评价了李白、杜甫、王维的诗歌才能，称李白"享有的盛名超过贺拉斯和维吉尔"。(同上：6)在汉字部分，德理文特别介绍了中国字符的象形特点以及汉字的会意造字法，还列举了诸多例子进行说明，例如"目"和"氵"组成"泪"，"口"和"鸟"组成"鸣"等。中国汉字的特殊造字法给欧洲读者留下了深刻印象，也为欧洲诗人改译中国诗歌提供了灵感。

德理文翻译唐诗时参考的底本有《唐诗合解》《唐诗合选详解》《李太白文集》以及《杜甫全集详注》。其译作目录按照诗人重要程度排序，李白位居第一，入选诗歌 24 首，杜甫居第二位，入选 23 首，其他诗人分别入选 1 到 5 首不等。此外，德理文在每位诗人的译作前均插入了一段诗人简介，尤以李白、杜甫为最。研究者蒋向艳通过分析德理文译文总结出以下特征：1. 译文忠实。德理文本着汉学家的严谨态度认真研读原诗及其注释，力求正确理解原诗并在内容上忠实再现。2. 注解详细。德理文对译诗中艰涩难懂的历史典故、传说和地名、人名均给予了详尽注释，使法国读者在诗歌之外了解中国的历史、地貌和文化。如在李白《金陵》的译文后，德理文详细解释了"六朝""秦地""洛阳""吴""晋""沧波"六个历史和地理词汇的含义，使读者对该诗的历史背景有了清晰的认识。3. 选作极具代表性和典型性，如入选的李白诗歌中既包括以历史为主题的《金陵》《侠客行》，又有以边塞为主题的《塞下曲》《行行游且猎篇》，还有展现民俗风情的《采莲曲》，以及抒发人生感悟、表达内心情绪的《春日醉起言志》《悲歌行》等。4. 译文诗句较长，接近散文诗。德理文直接忽略了汉语原诗的韵律、对仗等形式特点，专注于将中国诗人表达的情感和内容传递给读者。但鉴于中法语言的差异性，中国诗歌的简洁凝练很难在译作中体现出来，如《静夜思》中第二句"疑是地上霜"译为法语后多达 16 个词汇。5. 译文存在跳译、漏译或只翻译一半的情况。如《悲歌行》的后半部分因含有太多历史典故，翻译后十分复杂难懂，所以被德理文直接删除。(蒋向艳，2008：23-24)无论是从翻译角度还是传播效果来看，德理文的《唐代诗歌选》都具有极高的价值。孟华(2015：49)评价道："德理文对中国诗歌的译介和研究为整个西方的诗歌革命输入了养料。"

1867 年，又一部中国古典诗歌法语译本《玉书》在巴黎出版，译者署名茱迪特·沃特(Judith Walter)。茱迪特·沃特是女诗人茱迪特·戈蒂耶(Judith Gautier)的笔名，她是 19 世纪法国著名作家和批评家特奥菲尔·戈蒂耶(Théophile Gautier)的长女，自幼受到家庭文学气氛的熏陶，少年时期就已表现出对文学创作的兴趣。1862 年，戈蒂耶的父亲收留了流落在巴黎的中国文人丁敦龄(Tin-Tun-Ling)，让他担任女儿的汉语家庭教师。以此为契机，戈蒂耶踏上了学习汉语，翻译中国诗歌的道路。戈蒂耶和丁敦龄从巴黎的皇家图书馆借回中文原版诗集，经过丁敦龄的解释和戈蒂耶的诗意想象和加工，中国诗歌法译集《玉书》由此得以问世。《玉书》出版后备受法国文学界瞩目，不仅多次再版，还被翻译成德语、英语、意大利语等多国语言。保尔·魏尔伦(Paul Verlaine)、雷·德·古尔蒙(Remy de Gourmont)和阿纳托尔·法朗士(Anatole France)等同时代法国作家均给予了《玉书》高度评价。(孟华，2012：57)严格地说，《玉书》不算翻译，而是戈蒂耶依据中国诗歌进行的"改译"。1867 年出版的《玉书》收录有71 首诗歌，其中李白诗歌 13 首，杜甫诗歌 14 首，诗歌目录按照 7 个主题分类：爱人、月亮、秋天、旅行、美酒、战争、诗人。1902 年再版后，《玉书》在篇幅上拓展为 110 首诗歌，不仅主题中增加了宫廷分类，诗歌数量也明显增多，其中李白诗歌增至 19 首，杜甫诗歌增至 17 首。

与德理文相似，戈蒂耶也在译文前插入了一则序言，这些序言成为西方读者了解中国诗歌艺术的重要窗口。戈蒂耶首先介绍了中国诗歌的独特传播方式，如"传抄即席赋咏之作"和"墙壁题诗"等，然后选取了李白、杜甫和李清照三位代表诗人介绍其生平和诗歌特点，最后简单阐述了中国诗歌的韵律和音乐性。戈蒂耶不仅意识到中国诗歌与西方诗歌在韵脚、音节、顿挫上的共通性，而且特别指出了中国象形文字为诗歌带来的独特视觉冲击。她列举了一个典型范例："在李白的诗《陌上赠美人》中，初看就如同马儿一阵前蹄蹬踏，在明白诗人要说什么之前，人们相信已经见到他在花丛中豪迈地策马而行。"(俞第德，2019：187-190)"马"字是中国象形文字中最具代表性的字符之一，所以戈蒂耶很容易从这首诗歌中获取直观的画面。从戈蒂耶的序言中可以看出，"画面感"是当时中国诗歌吸引西方读者的一个主要特征。

从翻译角度来看，《玉书》具有如下特点：1. 译者用新标题替换原诗标题。如标题《静夜思》被改为《在旅馆里》(L'auberge)，《采莲曲》被改为《在河边》(Au *bord de la rivière*)，《效古秋夜长》被改为《秋夜》(*Le soir d'automne*)等。由于汉语特有的简洁性，部分诗歌标题被直译为法语后十分冗长，并不适合作为标题使用，因此戈蒂耶对部分诗歌赋予了新标题，并且新标题通常由时间、地点或人物构成。2. 以通用术语取代所有特殊人名、地名。例如，李白《乌夜啼》出现一句"机中织锦秦川女"，"秦川女"本指晋朝才女苏蕙，善织锦，这里泛指织布的女子，戈蒂耶直接将"秦川女"简化为"一名年轻的女子"(une jeune femme)，以此降低法语读者的理解难度。3. 存在跳译或更改原文顺序的情况。李白《江上吟》原诗共十二句，前四句描写了江上泛舟的美景，中间四句则承上启下，借用典故表达诗人藐视富贵的胸怀，最后四句呼应开头，抒发了诗人自信和豁达的心境。戈蒂耶在译作中仅保留了原诗的前四句，使其变成一首简单的江上泛舟饮酒诗。4. 整部诗集无一处注释。与德理文《唐代诗歌选》中详尽的文化注释相比，戈蒂耶不愿用注释中断读者的阅读持续性，更注重诗意的阅读体验，因此《玉书》全文中都没有注释。但戈蒂耶在译作中插入了七幅中国图片，如诗歌《乌夜啼》后插入了一幅女子独自在闺房刺绣的图画，与诗歌内容构成了"图文互证"的关系。(Yu, 2007：464-482)上述特点决定了对《玉书》相应汉语原作的考证工作十分困难，至今仍有部分诗歌尚未得到考证。

　　对比《唐代诗歌选》和《玉书》可以发现二者风格迥异。《唐代诗歌选》忠实于原文，极具汉学研究价值；而《玉书》与原诗偏离较多，翻译十分自由。由于两位译者的翻译出发点不同，故而在文本选择上也有很大差异，两部诗集仅有24首诗歌重合。(同上)在出版后大约半个世纪里，这两部法译中国诗集一直是西方读者认识和研究中国诗歌的重要来源。

　　除了这两部重量级的中国诗歌译本外，在1900年前后的欧洲还有其他若干富有影响力的中国诗歌译本以及中国文学史著作问世，对德语诗人改译唐诗产生了一定程度的推动作用。

　　1899年，时任德国驻华领事馆翻译的阿尔弗里德·佛尔克(Alfred Forke)在马尔堡(Marburg)出版了《中国诗歌集萃——汉代和六朝诗歌选》(*Blüthen chinesischer Dichtung, aus der Zeit der Han- und Sechs-Dynastie*)。该诗集收录了汉代和六朝诗歌140首，以及李白诗歌37首，是当时为数不多的由德国人从汉语直接译为德语的中国诗歌集。佛尔克认为，吕克特、施特劳斯和德理文已经分别翻译了《诗经》和经典唐诗，而这两个时期之间的中国诗歌——汉代和六朝诗歌的译介在西方仍属空白，其译作旨在填补这一空白。同时，为了避免汉代和六朝诗歌中的爱情诗歌给读者留下中国诗歌十分单调的错误印象，佛尔克在诗集中另外附加了 37 首李白诗歌。(Forke, 1899：X)在翻译中，由于汉语诗句译为德语后往往较长，佛尔克习惯于将每行诗句一分为二，因此其译作看起来均略显冗长。

1905 年，德国作家汉斯·海尔曼以德理文、戈蒂耶的法语译本为蓝本，以散文体形式发表了德译诗集《中国抒情诗——从公元前 12 世纪至今》，诗集收录了 88 首诗歌，以李白、杜甫等诗人的诗歌为主，并兼顾从《诗经》到清朝李鸿章的个别诗篇，力求勾勒出一幅中国诗歌全景图。海尔曼依据从法译本前言中了解到的中国诗歌知识，撰写了一篇长达 52 页的前言，详细介绍了中国历史和中国语言、文字、诗歌韵律特点。其中令他印象最深刻的是中国诗歌严格对仗的结构、仿佛绘画一般的汉语字符以及虽然简洁但极具想象力的诗歌内容。在翻译策略上，海尔曼尽量忠实于法译本，再现中国诗歌的思想和情绪，因此他有时会牺牲诗歌的对仗形式。在译本结尾处，海尔曼附加了约 30 页的尾注解释，为德语读者了解诗歌中的中国历史典故知识提供了参考。

1907 年，诗人贝特格出版了诗集《中国之笛》，该诗集收录了 83 首中国古典诗歌，是当时最受读者欢迎的中国诗集之一。贝特格同样不懂汉语，他根据海尔曼、戈蒂耶和德理文的译文进行二度加工。《中国之笛》在欧洲影响深远，先后再版 20 余次，并被翻译为荷兰语和丹麦语。此外，该诗集的语言简单，极富音乐性和节奏性，此后多次被音乐家谱曲演奏，其中最著名的音乐作品是奥地利作曲家古斯塔夫·马勒(Gustav Mahler)于 1909 年创作的《大地之歌》(Das Lied der Erde)。

此外，1901 年，英国汉学家翟理斯(Herbert A. Giles)出版了英语世界的第一部《中国文学史》(History of Chinese Literature)。尽管根据当代研究，俄国和日本分别于 1885 年和 1887 年就已经出版了中国文学史专著，但翟理斯的著作仍是当时第一部在西方真正具有学术影响力的中国文学史。全书按朝代顺序分为八卷，大量篇幅都是作品翻译，翟理斯借此"最大限度让中国作者自己现身说法"，且"时不时穿插批评家的评论，通过这些中国批评家品评他们本国作品的批评观点"。(尧育飞，2019：96)在唐朝诗歌一章中，翟理斯按照时间顺序介绍了 18 位唐朝诗人，并提供了部分诗歌译文。其中，他为李白和杜甫倾注笔墨最多，并亲自翻译了部分诗歌，如李白的《宫中行月词·其一》《月下独酌四首·其一》《独坐敬亭山》《静夜思》《江夏别宋之梯》《乌夜啼》《春日醉起言志》《山中问答》，以及杜甫的《落日》《曲江二首》《江村》《题张氏隐居》。1902 年，德国汉学家威廉·格鲁伯（Wilhelm Grube）发表了第一部德语版《中国文学史》（*Geschichte der chinesischen Literatur*），全书按时间顺序分为十章，其中老子《道德经》和屈原《楚辞》自成一章。相比翟理斯，格鲁伯花了大量篇幅介绍中国诗歌的格律规范。另外，他将李白视作中国第一诗人，不仅详细介绍了李白生平，还引证多首诗歌以呈现李白的性格特征，其采用的译文均来自佛尔克的《中国诗歌集萃——汉代和六朝诗歌选》，包括《月下独酌四首·其一》《对酒》《侠客行》和《行行且游猎篇》。文学史的书写令西方读者对中国文学，包括中国诗歌的认识更加系统和深入。这些史学著作和诗歌译本相互影响，共同成为德语诗人改译唐诗的来源。

第二节 尼采的"酒神精神"

诗人李白之所以在 19 世纪末 20 世纪初的德语文坛有着特别的吸引力，与当时德国思想界盛行的尼采哲学不无渊源。嗜酒成性、自由不羁的中国古代诗人李白与尼采笔下的"酒神精神"存在着某种相通性。

"酒神精神"主要出现在尼采于 1872 年出版的首部著作《悲剧的诞生》（*Die Geburt der Tragödie*）中，并且贯穿了尼采哲学思想的始终。酒神原是古希腊神话中的一位神祇，名为狄奥尼索斯（Dionysos），是宙斯与忒拜公主塞墨勒之子。在狄奥尼索斯尚未出生时，天后赫拉因嫉妒用计导致塞墨勒被宙斯的闪电烧死，于是宙斯将狄奥尼索斯缝在大腿上任其长大。但赫拉再一次派出巨人撕碎狄奥尼索斯，宙斯又将他复活。因此，狄奥尼索斯的一生是"不断重复生死、撕碎，死亡和重生的循环"（黄国钜，2014：84）。在古希腊文化中，狄奥尼索斯与宗教祭祀文化息息相关，代表着狂欢和放纵。尼采通过对酒神文化的提炼，形成了独具特色的"酒神精神"。

在《悲剧的诞生》中，尼采指出，希腊艺术世界中存在着一种巨大的对立，即"日神的造型艺术（即阿波罗艺术）和酒神的非造型的音乐艺术（即狄奥尼索斯艺术)之间的巨大对立"(尼采，2018a：23)，两种艺术相互结合，同时又相互斗争，最终形成了古希腊的悲剧艺术。其中，日神阿波罗艺术象征着"梦境的美的假象"(同上：25)，它通过"适度的自制""对粗野冲动的解脱"和"充满智慧的宁静"使生活变得可能，沉浸在美的庄严的假象下。而酒神狄奥尼索斯艺术象征着"充满喜悦的陶醉"，它在高涨的情绪中完全遗忘自我，使人与人、人与自然重新和解，"合为一体"，达到太一和永恒，即在酒神的世界中，个体被消灭，并"通过一种神秘的统一感得到解脱"(同上：31-32)。尼采认为，希腊人早就认识到人生此世的恐怖，感叹生命无常，不值得活下去，他们通过创造悲剧艺术来回应生活。日神通过创造美丽的幻觉遮住人生的荒谬和恐怖，使人有勇气经历生活；而酒神则在迷醉和快乐的幻境中使个体得到解脱。

但尼采发现，自苏格拉底以降，先哲所倡导的理性科学精神正摧毁着希腊悲剧。其原因在于，早期的希腊人认为生存是荒谬的，不可解释；而苏格拉底"赋予知识和认识一种万能妙药的力量"(同上：132)，认为万事皆可解释，只要找到问题的答案，便可以避免痛苦和悲剧。苏格拉底的这种"永不餍足的乐观主义认识"(同上：133)导致了悲剧的毁灭。尼采进一步指出，发展到19世纪末，西方的科学理性精神显示出了自身逻辑的矛盾，科学的逻辑"终于咬住了自己的尾巴"，"需要艺术来保护和救助"(同上)，即要重新振兴古希腊的悲剧艺术。而"悲剧艺术作品是从(象征酒神精神的)音乐艺术中诞生出来的"(同上：146)，因此尼采强调酒神精神的复兴。

纵观全文，尼采宣扬的"酒神精神"具有多重意义。从艺术层面来看，"酒神精神"显然代表了古希腊的悲剧艺术，悲剧通过"角色的毁灭"揭示出"荒谬、重复地不断创造和毁灭的酒神世界"(黄国钜，2014：127)。从生理层面来看，"酒神精神"指称强健的身体和迷醉放纵的情绪状态。尼采认为，相比现代西方人，古希腊人矫健的身躯才是健康的，代表着旺盛的生命力量。而在古希腊的宗教祭祀节日和其载歌载舞的酒神歌队中，狂饮烂醉的人们得以暂时遗忘自己的社会角色，在放纵中释放自我的生命力，酒神的强力恰好在迷醉的战栗中得到彰显。从观念或形而上学的维度来看，"酒神精神"是一种肯定当下和此在的宇宙观和生命观。在酒神状态中，个体摆脱自我而与大自然和宇宙合二为一。个体的毁灭与重生令宇宙更加充盈，生命整体的力量得以凸显。"既然世界意志有着丰沛的繁殖力，那么，斗争、折磨、现象之毁灭就是必需的了"（尼采，2018a：145），古希腊人认知到生命的悲剧本质，但他们既没有将希望寄托在未来，也没有寄希望于死后的彼岸，而是对生命给予强有力的回应，遗忘过去，抛弃未来，只享受当下此刻，此刻即为永恒。尼采从"酒神精神"中看到的是对生命态度的启示："即使面对那些所谓宇宙的混乱、无秩序，或者人生的无常、悲苦，人仍然有能力去面对它，跟'意志'融为一体，一起创造和毁灭。"（黄国钜，2014：134）

尼采在另一部为人熟知的著作《查拉图斯特拉如是说》（*Also Sprach Zarathustra*，1883—1886）中提出了一种"超人"（Übermensch）哲学概念，"超人"同样带着酒神精神的影子。尼采宣告"超人"的前提是"上帝死了"，"上帝死了"不仅意味着基督教信仰的崩溃和宗教力量的衰败，也否定了希腊哲学传统中的"本质世界"。在这种虚无主义观念下，尼采开始呼吁"超人"。（孙周兴，2019：109-110）"人是一根系在动物与超人之间的绳索"（尼采，2018b：12），尼采将"人"视为一个"过渡阶段"，是停滞的，而"超人"是人未来的发展方向，是一种想象，是人类不断克服自身的过程。在第四部《梦游者之歌》中，查拉图斯特拉说道："痛苦也是一种快乐，诅咒也是一种幸福，黑夜也是一种阳光……你们向来对一种快乐表示肯定吗？呵，我的朋友，那么，你们也就是对一切痛苦表示肯定。万物皆联结、串联、相爱的……你们这些永恒者，你们永远爱这世界：而且对于痛苦你们也说：去吧！但要回来！因为所有快乐都想要——永恒！"（同上：496-497）对痛苦表示肯定，将痛苦化为快乐，热爱生命，热爱此在，这既是"超人"的哲学，也是酒神精神的核心。（黄国钜，2014：225）孙周兴（2009：27）也在研究中指出，查拉图斯特拉是狄奥尼索斯的"代言人"，"以'酒神颂歌'的声音歌唱生命，既承担着'非道德论者'的否定，又以'永恒轮回思想的思想者'担当超越虚无主义的最高肯定"。

尼采的哲学观念揭示了西方社会在 19 世纪末所面临的理性危机和精神危机，对当时的文学界、思想界等都产生了深刻影响。例如曾改译李白诗歌的印象主义诗人德默尔就熟谙尼采的哲学思想，他在 1890 年已读过《查拉图斯特拉如是说》，后来还曾追忆道："尼采有一次曾让我整整陶醉了八天，我忘我地沉醉在查拉图斯特拉节奏的战斗乐趣（Kampflust）中……"（Dehmel，1926：127-128），德默尔的作品也多处流露出尼采影响的痕迹，其诗歌《追悼尼采》（*Nachruf an Nietztsche*）正是以查拉图斯特拉为叙述对象而写就的。

在尼采思想的接受场域中，李白的饮酒诗受到了德国文学界的关注，不仅仅是因为"酒"是一个特殊的寄托意象，更多的是因为尼采"酒神精神"中提到的"遗忘"境界与李白豪饮诗歌以及道家思想中的"忘我"存在着相通之处。在酒神的迷醉状态中，人得以遗忘自我个体，作为宇宙的"一个生命体"与"它的生殖快乐融为一体"（尼采，2018a：145）。而在李白诗歌中，无论是"浩歌待明月，曲尽已忘情"，还是"永结无情游，相期邈云汉"，诸多诗句都呈现出李白醉酒后失去意识，遗忘自我，与明月、宇宙自由地融为一体的境界。在尼采和李白那里，"忘"都带有超越的意味，通过遗忘超越痛苦，享受生命本身。"忘的观照方式是中国道家乃至美学独有的审美方式，忘始终在中国思想语境中带有超越的味道，同样地，忘在尼采思想中也是如此，也是一种超越的手段。"（安晓东，2015：109）这也是19世纪至20世纪之交德语诗人为何对豪迈、激昂的李白诗歌产生认同的重要原因之一。

第三节　德国知识界的"道家热"

19世纪末20世纪初，德国资本主义社会的物欲横流加剧了人的精神异化，帝国主义的发展也使人们意识到西方文化面临的危机，"对欧洲文明的优越性产生了疑问"，进而"导致西方世界最大的精神危机"，再加上受到尼采"文化悲观主义倾向"的影响，德国知识界纷纷转向东方文化寻求出路，逐渐掀起一阵"道家思想热"。（卜松山，1998：38）无论是在翻译界、思想界还是文学界，不少德国学者均对提倡"无为"和顺应自然的中国道家思想产生了兴趣。在此语境下，蕴含丰富道家思想的李白诗歌也相应地受到青睐。

1870年在德国诞生了两部《道德经》全译本，这是《道德经》首次被完整翻译为德语，译者分别为莱因霍德·冯·普兰克勒（Reinhold von Plänckner）和汉学家维克多·冯·施特劳斯。其中后者译本的质量更胜一筹，直到今天仍在重印，发挥着影响力。施特劳斯精通汉语，同时是一位神学家，他受到欧洲最早译介《道德经》的法国汉学家雷慕沙（Jean-Pierre Abel-Rémusat）的影响，相信"老子是因受了'上帝启示'才会具有如此非凡的智慧"，故而将道家思想"归入所谓'原始基督教'",用欧洲中世纪的神秘主义思想解读《道德经》中的玄学思想。(谭渊,2011:63)此后,从 1888 年到 1910 年,在德国又连续诞生了至少六个《道德经》译本,即弗里德里希·威廉·诺阿克(Friedrich Wilhelm Noak)的《老子道德经》(*Taòtekking von Laòtsee*, 1888)、作家弗兰茨·哈特曼(Franz Hartmann)的《道——老子的智慧》(*TAO—Die Weisheit des Laotse*, 1897)、东方学家鲁多夫·德乌拉克(Rudolf Dvorák)的《老子及其学说》(*Lao-tse und seine Lehre*, 1903)、亚历克山大·乌拉尔(Alexander Ular)的《老子的道与正确之路》(*Die Bahn und der rechte Weg des Lao-Tse*, 1903)、作家约瑟夫·科勒尔(Joseph Kohler)的《老子道德经——东方最伟大的智慧》(*Laotse Tao Te King: Des Morgenlandes größte Weisheit*, 1908),以及神学家朱利乌斯·格利尔(Julius Grill)的《老子的至真至善之书》(*Lao-Tzes Buch vom höchsten Wesen und vom höchsten Gut*, 1910)。这些译本虽谈不上经典,但在当时语境下为道家思想在德国的传播奠定了坚实的基础。它们或多或少地将道家思想与西方宗教联系起来,一方面"试图通过从其他古老文化中发掘'上帝启示'来拯救已经摇摇欲坠的基督教信仰"(同上),另一方面则借助道家思想批判当时的西方文明(Detering,2008:25)。

由卫礼贤于 1911 年翻译的《道德经——老者的真谛与生命之书》(*Tao te king: Das Buch des Alten vom SINN und LEBEN*)堪称是对德语文学界影响最为深远的《道德经》译本。卫礼贤于 1899 年被德国教会派往青岛传教,但他却在那里被中国文化深深吸引,结识了劳乃宣、辜鸿铭等中国文人,并先后翻译了多部中国经典,如《易经》《论语》《庄子》等,为 20 世纪初中德文化交流作出了巨大贡献。卫礼贤认为《道德经》是"中国宗教和哲学文献的重中之重","于自然而然的文理中让人逐渐醒悟",故而重译《道德经》,让老子开口自我陈述。(Wilhelm,1911:1,译文参考:宋建飞,2012:51)借助基督教和德语文学、哲学的话语体系,卫礼贤在翻译中尽量使道家思想更加通俗易懂。例如对于《道德经》中玄妙的"道"字,卫礼贤参考《圣经·新约》以及大文豪歌德的《浮士德》,选取了在德语中同样玄妙高深的对应词汇"Sinn"。从接受效果来看,卫礼贤的《道德经》译本在当时的德国受众颇广,影响了一代德国作家,如后文即将提到的黑塞、布莱希特等作家。

除了《道德经》之外,承载道家思想的另一部经典著作《庄子》也在同一时期的德国迎来了译介和研究的短暂高潮。1888 年,德国汉学家甲柏连孜(Georg von der Gabelentz)发表了论文《〈庄子〉的语言对汉语语法的贡献》(*Beiträge zur chinesischen Grammatik: Die Sprache des Cuang-tsï*),从语言学的层面对《庄子》展开了分析。1910 年,马丁·布伯(Martin Buber)从英译本转译了《庄子语录和寓言》(*Reden und Gleichnisse des Tschuang-tse*),这是德国首部《庄子》选译本,包括 54 篇对话和寓言。布伯认为"教"(Lehre)最本真的思想是通过寓言而昭示的,在中国的道家中体现为庄子的寓言,因此翻译了《庄子语录和寓言》。(布伯,1995:198)1912 年,汉学家卫礼贤推出了《庄子——南华真经》(*Dschuang Dsi: Das Wahre Buch vom südlichen Blütenland*)。在翻译界,道家思想经典著作译本层见叠出,为德国思想界和文学界输送了"道家"思想养料。

德国宗教哲学家马丁·布伯从自身的宗教神秘主义体验出发,在其 1910 年的《庄子》译后记中试图阐释"道的学说"(Das Lehre vom Tao)。布伯(1995:189)首先区分了"教"和"宗教"的概念,认为"宗教"是"教"的衰退,"教"的目的是"一",是"人的生命和人的灵魂的统一"。在他看来,中国道教、印度佛教和犹太民族的原始基督教是从古代流传下来的三种教,每种教又通过一个"至人"(der zentrale Mensch)的形象实现自身,即老子、佛陀和耶稣。作为犹太人,布伯提倡复兴犹太教,让东方精神为衰落的西方精神提供力量,其中中国的"道"也不可或缺。他认为,现代西方人背负着重负,过于追求目的和成功,这种生存值得怀疑。因此,西方应当"从中国接受道家关于'无为'的教言",即"真正的成功不是干涉,不是发泄力量,而是自守",这样的生存才是"强有力的生存"(布伯,2000:29)。德国社会学家、哲学家马克斯·韦伯(Max Weber)(1995:11)则从 1913 年开始从宗教文化心理角度对儒教和道教展开了研究,其成果《儒教与道教》最早发表在 1916 年的《社会科学与社会政治文献》的第 41 卷第 5 册上。韦伯将儒家与道家视作中国社会伦理中"正统"和"异端"的两个对立,他认为,"道"本来是正统儒教的概念,即"宇宙的永恒秩序,同时也是宇宙的发展本身",但老子将"道"与神秘主义联系起来,追求"一种无动于衷的忘我",(同上:232)从而使道家与儒家入世的社会实践原则分道扬镳。韦伯将道家看作是儒家政治系统下的"反向运动",在道家体系中看到了"原则上不问政治的萌芽"(同上:236)和彻底的"不干预(无为)理论"(同上:239-240)。韦伯提出的"道家反向运动"不仅存在于中国古代历史中,在 20 世纪初的德国知识分子中也端倪可察。

在文学领域，德国表现主义作家阿尔弗雷德·德布林于 1912 年至 1913 年创作的小说《王伦三跳》（*Die drei Sprünge des Wang-lun*）讲述了清朝山东起义者王伦遁入山林后，在佛、道思想影响下创立"无为教"，最后被政府血腥镇压的故事。虽然王伦起义最后失败了，但从道家思想来看，"面对强大的帝国，他们在失败中证明了自己才是真正的胜者"（Detering，2008：46）。德布林将道家思想融入美学实践中，借中国古代历史故事批判了西方现代资本主义和工业文明，把"道"传播到读者的心中。德语诗人克拉邦德以卫礼贤的《道德经》译本为素材，于 1919 年发表了诗集《三声》（*Drei Klang*）。"三声"指的是"夷、希、微"三个词汇，来自《道德经》中"视之不见名曰夷，听之不闻名曰希，搏之不得名曰微。"克拉邦德认同自雷慕沙开始在欧洲流行的对《道德经》的基督教式解读，即"夷、希、微"的发音与基督教中的耶和华（Je-ho-va）发音相似，因此认为中国老子和印度佛陀、犹太耶稣同样都是上帝的变体，其创作也带上了宗教融合的色彩。著名作家黑塞则在 1910 年就读过格里尔的《道德经》译本，还为它以及卫礼贤的译本共同撰写了书评《东方智慧》。（詹春花，2006：40）在 1920 年出版的小说《克林索尔的最后夏天》（*Klingsors letzter Sommer*）中，黑塞借用庄子的哲学讨论了死亡与新生的辩证关系；在 1922 年的小说《悉达多》（*Siddhartha*）中，黑塞又令主人公在道家文化中找到自我和心灵的统一。"道家热"在文学界一直持续到 20 世纪 30 年代末，布莱希特在叙事诗歌《老子流亡路上著〈道德经〉的传奇》（*Die Legende von der Entstehung des Buches Taoteking auf dem Weg des Laotse in die Emigration*，1938）中探讨了老子的无为辩证法，表明自己面对政治现实的行为态度。在同年发表的戏剧《伽利略传》（*Leben des Galilei*）中，布莱希特同样融入了"柔弱胜刚强"的道家思想，令伽利略用道家的方式回应宗教法庭的强权行为。此后，他在剧作《大胆妈妈和她的孩子们》（*Mutter Courage und ihre Kinder*）以及《四川好人》（*Der gute Mensch von Sezuan*）中也化用了庄子哲学中"无用之用"的思想。德布林、克拉邦德、黑塞和布莱希特对道家思想的美学实践代表了 20 世纪初德语文学界对东方文化的转向。

综上所述，19 世纪末 20 世纪初，层出不穷的《道德经》和《庄子》等道家著作德译本，德国哲学家对道教的宗教学和社会学探讨，以及以道家思想为主题或融合道家思想的文学作品等共同构成了德国知识界对道家的接受场域。而李白除了拥有道士身份外，他的诗歌也与道家思想有着深厚的渊源，故而在这个场域中同样受到关注。正如戴特宁写道："欧洲的读者喜爱李白诗歌中那种迷醉的'存在主义盛宴'思想，从兴高采烈的自我升华一直到个体融入宇宙的幻觉体验：所有这些的根源都在老子'有为与顺其自然''自我坚持与自我放弃'的悖论中。"（Detering，2008：30）

第四节　小结："唐诗热"——历史偶然中的必然

探究 19 世纪末 20 世纪初德国的历史背景和文化语境，可以发现唐诗在此时传入德国并被文学家吸收改译是历史偶然中的必然。首先，由于德法地缘关系紧密，两国文化交流历来非常密切，多数德语诗人虽然不懂汉语，但往往具备出色的法语阅读能力，例如霍尔茨、德默尔以及克拉邦德等诗人都可以直接阅读法语著作。19 世纪 60 年代在法国诞生的两个唐诗译本不仅广泛流传于法国文化圈，也在 19 世纪末自然而然地传播到德国文学圈中。而德语诗人们最先敏感地捕捉到唐诗的精神内涵和美学价值，产生了将唐诗译为德语的需求。其次，彼时德国社会恰好出现了理性主义危机，面对科学的进步和物质的发展，人们在精神上却愈加困惑。一方面，尼采的文化悲观主义哲学揭示了当下西方的文化困境，他提出的"酒神精神"和"超人"学说令读者心潮澎湃。在接触到唐诗后，人们发现，一千多年前李白在饮酒诗中营造的迷醉狂欢气氛以及自我遗忘的境界与尼采的"酒神精神"有着契合之处。另一方面，德国一部分有识之士开始在东方文化中寻求出路，他们认为在道家的"无为"中可以找到心灵的宁静，对道家的译介、讨论和美学实践形成一个热潮。《道德经》中的箴言警句、《庄子》中的寓言和譬喻，以及李白的抒情诗是与道家思想关系最为密切的三种不同表达方式。在这样的时代语境下，许多德语诗人选择了改译中国唐诗——尤其是李白诗歌，以呈现一种全新的诗歌表达方式。

第四章 "诗歌革命"：霍尔茨对
李白诗歌的诗学重构

阿诺·霍尔茨不仅是德国自然主义时期举足轻重的诗人、作家、戏剧家，还是一位具有深远影响的理论家。其论著《艺术，其本质和规律》(*Die Kunst*, *ihr Wesen und ihre Gesetze*, 1891)与《诗歌革命》(*Revolution der Lyrik*, 1899)均被视为自然主义的纲领性文献，其中提出的"彻底的自然主义"(konsequenter Naturalismus)与"分毫不差的风格"(Sekundenstil)理论，对自然主义文学流派的发展起到了重要的推动作用。(韩耀成，2008：7)从1898年首次在诗歌中融入李白诗歌元素起，到1921年发表《李太白》(*Li-Tai-Pe*)诗集单行本，在探索自然主义文学革新的过程中，霍尔茨与李白诗歌也结下了不解之缘。值得注意的是，霍尔茨改译的李白诗歌并非孤立存在，而是巧妙地嵌入到他的代表作《幻想者》中，成为其中一个不可或缺的组成部分。自1898年《幻想者》初版问世以来，霍尔茨在接下来的几十年里不断对其进行修订和完善。1925年，《幻想者》已被扩充为一部包含七卷本的鸿篇巨著。与此同时，霍尔茨对其中融入的李白诗歌也进行了持续的改译与充实，这一过程充分体现了他个人的诗歌理论和文学革新的追求。通过对李白诗歌的重构，霍尔茨不仅丰富了《幻想者》的内涵，也为自然主义文学的发展注入了新的活力。

第一节 霍尔茨的创作与"诗歌革命"理念

霍尔茨于1863年出生在东普鲁士的拉斯腾堡(Rastenburg)，1875年随家庭迁至柏林。由于家庭经济原因，霍尔茨中学时期被迫辍学，但他毅然走上了自由作家的道路。1886年发表的诗集《时代之书——现代人之歌》(*Buch der Zeit*,

Lieder eines Modernen)使霍尔茨在德语文坛崭露头角。该诗集是对海因里希·海涅（Heinrich Heine）的诗集《诗歌之书》（*Buch der Lieder*）的一次戏仿，它以大城市为描述对象，探讨了工业化和城市化给现代社会带来的问题。相比德国传统诗歌，霍尔茨大胆地革新了题材，是德国诗坛最早的"大城市诗人"（Großstadtlyriker）之一。

1889年，霍尔茨与作家朋友约翰·施拉夫（Johann Schlaf）合作创作了短篇小说集《哈姆雷特爸爸》（*Papa Hamlet*）。该作品以其精湛的叙述技巧、贴近现实生活的叙述话语与叙述速度，淋漓尽致地展现了霍尔茨所倡导的"分毫不差的风格"，即将现实生活原封不动地记录和再现，从而被视为自然主义小说的典范。次年，他们再度联手，发表了戏剧《赛利克一家》（*Die Familie Selicke*），以录像机般的精确度呈现了大都市柏林一个贫困家庭的日常生活片段。在当时的德语文坛，霍尔茨的创作风格和技巧显得尤为前卫和大胆，其早期作品无疑成为了自然主义实践的杰出试验品。

1891年，霍尔茨的首部文艺理论著作《艺术的本质及其规律》问世。他在其中提出了一个独特的艺术纲领，即"艺术＝自然-X"，其中X是创造艺术的材料，当X无限趋近于零时，艺术也就无限趋向自然，即"艺术有一种重新成为自然的倾向"（同上：7）。这一理论迅速成为德国自然主义文学流派的纲领，吸引了众多追随者。然而，自然主义理论也存在其局限性，特别是它过度关注外在现实而忽略了对内心精神的探索。因此，在德国，自然主义的热潮很快开始消退，被新的艺术风格所取代，同时霍尔茨的文学主张也受到了批评。1892年，霍尔茨将创作焦点转向了诗歌，他对当时德国诗坛守旧和模仿的现状感到厌倦，期望在诗歌领域掀起一场自然主义的革命。

1899年，霍尔茨推出了第二部理论著作《诗歌革命》（*Revolution der Lyrik*）。他首先指出，尽管历经多个世纪，但当今德国的诗歌形式和一百年前歌德时代，甚至中世纪、古希腊和古罗马时期相比没有什么变化，仍然以"通过词汇追求某种音乐性"为"最终目标"。（Holz，1899：23）然而，霍尔茨认为，"改革艺术的重中之重是改革艺术手段"，由此他提出了新的诗歌准则，即应"放弃将音乐性作为最终目标，在形式上仅仅依托韵律（Rhythmus）支撑，而韵律又通过借助韵律表现的东西得以实现。"（同上：24）这里的"音乐性"主要指的是传统的韵脚、诗节等格律元素，霍尔茨主张摒弃这些固定的诗歌形式，转而全力追求由语言本身运动产生的"韵律"或"节奏"。为什么放弃韵脚？对于放弃韵脚的理由，霍尔茨给出了详尽的解释。他认为，第一位将 Sonne 和 Wonne 放在一起，使用韵脚的诗人毫无疑问是天才，但发展到 19 世纪末，德语词汇中几乎所有韵脚都已被使用过，难以再推陈出新，人们看到第一行的韵脚，就可以猜到第二行韵脚将会是哪个词汇。此外，德语中相似发音的词汇匮乏，这也严重限制了诗人的表达空间。同样，诗节的划分虽然起初被赋予了诗歌独特的魅力，但经过长期的重复使用，已无法满足现代读者日益提高的审美需求。霍尔茨以歌曲为例，指出即使是高雅的歌曲，在无数次重复后也会失去其原有的韵味。最终将沦为街头说唱一样。"旧形式用木板将世界钉在了某个位置，而新形式要拆除这层栅栏，告知世人木板背后还有新的世界"（同上：27），霍尔茨坚定地要革新诗歌，他并不否认传统诗歌形式的贡献，也并非要将所有传统形式从诗歌中剔除出去，但要使诗歌回归其自然面目，最重要的手段便是摆脱韵脚等格律上的人为外在的约束。

仅从这一点来看，霍尔茨似乎并不能称得上是真正的革新者。从德国狂飙突进诗人弗里德里希·戈特利布·克洛普施托克（Friedrich Gottlieb Klopstock）到歌德，再到海涅，已有不少德语诗人曾经摆脱固定格律，尝试过"自由韵律"（freier Rhythmus）诗歌。因此，霍尔茨提出了与之截然不同的"自然韵律"（natürlicher Rhythmus）。除了韵律自由外，"自然韵律"的关键之处在于"要释放出语言和词汇最初的意义"，既不夸大词汇，也不过度包装词汇。例如，要表现"大海"，就直接写成 Meer，不要像海涅在诗歌中使用希腊神话中的海洋女仙名字"安菲特里忒"（Amphitrite）那样进行美化，也不要极端地使用"盐水"（Salzwasser）这样的词汇进行贬低，而是释放词汇的自然含义。（同上：34）霍尔茨此举意在改变部分德语诗歌中矫揉造作的文风。此外，"自然韵律"还通过一个虚拟的中轴线（Mittelachse）得以体现。在视觉上，每行诗歌不再以首字母为对齐标准，而是通过居中的音节垂直连成一条看不见的中轴线，中轴线两侧的音节数量始终保持一致。从这一特征来看，改革后的诗歌也可被视为"具象诗"（Konkrete Poesie）的一种，通过中轴线的结构实现诗歌内部的语言运动。

霍尔茨不仅提出了"诗歌革命"理论，而且在作品中身体力行地实践。1898年和 1899 年，霍尔茨分别发表了诗集《幻想者》（Phantasus）上下两册，每册有 50

首诗歌,是其"诗歌革命"的实验样品。"幻想者"(音译为"方塔苏斯")本指希腊神话中睡梦之神的儿子,他可以变幻为各式各样的形态出现在人们的睡梦里。诗集《幻想者》呈现了两个完全对立的世界,一个是诗人所处的大都市现实世界,它或是柏林工业化的街道,或是诗人破败的书斋;另一个是"幻想者"创造出的浪漫非现实世界,时而是记忆中的童年乐园,时而是充满异域风情的国度,时而又是浩瀚的宇宙等。两个世界彼此映照,形成一个对立统一体,诗人在经过现实与非现实世界的游历后实现了个人的自我超越。在形式上,《幻想者》完全摒弃了传统的韵脚和格律束缚,仅通过视觉上的中轴线来构建诗歌的内在结构,语言朴素而清新,充分体现了霍尔茨所倡导的自然主义诗歌理念。

尽管霍尔茨发动的诗歌革命并未取得预期的理想效果,且当时自然主义热潮已经逐渐消退,新的文学思潮和流派也纷纷涌现,提出与自然主义截然不同的文学主张,但仍有一部分诗人坚定地支持霍尔茨,并在他们的创作中积极践行霍尔茨的"诗歌革命"理念,如爱弥尔·阿尔弗里德·赫尔曼(Emil Alfred Herrmann)、保尔·维克托(Paul Victor)以及德默尔等。(Schulz,1974:76)在随后的几十年里,霍尔茨不懈地扩充和完善他的诗集《幻想者》,从1899年初版的100首短诗逐步扩展为1925年的七卷本长篇巨著,内容日益丰富,形式也日趋复杂。霍尔茨毕生致力于诗歌创作,赢得了众多荣誉称号。甚至在1929年,他第15次被提名为诺贝尔文学奖候选人,但因去世终究未能获奖。

霍尔茨在1887年的巴黎之行中与东方艺术结缘。在巴黎逗留的一个月中,他不仅如饥似渴地吸收左拉的自然主义文艺理论,还结识了法国艺术家和作家龚古尔(Goncourt)兄弟。龚古尔兄弟对日本浮世绘艺术的痴迷感染了霍尔茨,在诗集《幻想者》中也可以发现浮世绘的母题和表现手法。(Winko,1994:171-206)令霍尔茨心醉神迷的还有中国唐诗,即法译本《唐代诗歌选》和《玉书》。霍尔茨的好友兼出版商理查德·皮普(Richard Piper)在自传中提及其于1898年与霍尔茨的一次碰面:"第二个星期日他再度邀请了我。我碰到他在阅读一本中国诗歌的法语译作,那是1862年在巴黎出版的《唐代诗歌选》,主要收录了李白和杜甫的诗歌。霍尔茨非常兴奋,并热情洋溢地向我讲解,相比之下,他认为歌德的《在众山之巅》(*Über allen Gipfeln*)文风十分浮夸。他把这本书送给了我,我还抄写了部分诗歌。这次相遇促使我在成立了出版社后出版了中国诗歌德语译作《中国抒情诗》。"(Piper, 1991: 142)值得一提的是,霍尔茨不仅欣赏和传阅唐诗,还从中汲取素材进行了再创作,进一步丰富了他的诗歌内容和形式。

第二节 霍尔茨《花船》对李白诗歌素材的借鉴

1898 年 1 月,霍尔茨在杂志《青年: 慕尼黑艺术与生活画刊》(*Jugend: Münchner illustrierte Wochenschrift für Kunst und Leben*)上先期发表了一组来自《幻想者》的诗歌,其中第四首诗歌的灵感来自霍尔茨心中不朽的诗人李白:

Auf einem vergoldeten Blumenschiff

mit Ebenholzmasten und Purpursegeln

schwimmen wir ins offne Meer.

Hinter uns,

zwischen Wasserrosen,

schaukelt der Mond.

Tausend bunte Papierlaternen schillern an seidnen Fäden.

In runden Schalen kreist der Wein.

Die Lauten klingen.

Aus unsern Herzen

jauchzt ein unsterbliches Lied

von Li-Tai-Pe! (Holz, 1898: 40)

◎ 译文：

一只金色的花船，
乌木桅杆，紫色的帆
乘着它，我们飘入大海。

在我们身后，
睡莲间，
月光荡漾。

千万只彩色灯笼挂在丝线上发亮。

圆碗中酒在打转。

琉特鸣响。

从我们心中
欢呼出一支不朽的歌
属于李太白！
（译文参考：卫茂平，1996：283-284）

需要特别指出的是，在霍尔茨的诗集《幻想者》中，所有的诗歌均未设置具体的标题，而是仅仅通过数字编号来进行区分和标识。为了便于后文的引用和讨论，此处暂用首行出现的重要意象"花船"命名该诗。霍尔茨本人并不懂中文，从诗中"乌木桅杆""酒""花船"等具有鲜明特色的意象可以推断出，他的创作素材很可能来源于戈蒂耶《玉书》中的《江上之歌》（*Chanson sur le Fleuve*）一诗，对应李白的《江上吟》。通过对比研究，可以发现戈蒂耶在翻译时截取了原诗前四行描绘江上遨游的诗句，将其改译为一首短诗。

Mon bateau est d'ébène ; ma flûte de jade est percée de trous d'or.

Comme la plante, qui enlève une tache sur une étoffe de soie, le vin efface la tristesse dans le cœur.

Quand on possède de bon vin, un bateau gracieux et l'amour d'une jeune femme, on est semblable aux génies immortels.

(Walter, 1867：111-112)

我的小舟是乌木的；我的玉笛上钻着金孔。

正如植物可以洗去丝绸衣服上的污渍，美酒可以祛除心中的忧郁。

当人们享受着美酒、华丽的小舟、爱情时，他就是不朽的天才。

李白诗歌原文如下：

江上吟

木兰之枻沙棠舟，玉箫金管坐两头。

美酒樽中置千斛，载妓随波任去留。

仙人有待乘黄鹤，海客无心随白鸥。

屈平辞赋悬日月，楚王台榭空山丘。

兴酣落笔摇五岳，诗成笑傲凌沧洲。

功名富贵若长在，汉水亦应西北流。

（李太白，1999：374）

在《江上吟》的前四句中，李白精心构建了一个十分华丽的理想世界：由珍贵木料"沙棠"和"木兰"制成的舟和桨、精美的乐器，加上美酒歌妓，在此背景下饮酒作乐的诗人们在海上漫无目地地随波漂荡。"沙棠舟"的典故源自南朝的《述异记》："汉成帝与赵飞燕游太液池，以沙棠木为舟。其木出昆仑山，人食其实，入水不溺。"（同上）"木兰"则出自《楚辞·九歌·湘君》："桂棹兮兰枻。"（同上）"沙棠舟""木兰桨""玉箫金管"体现了李白一贯的夸张手法，令诗歌画面充满了浪漫奢华的气息，"江上泛舟"的景象也展现出无尽的自由与惬意。在中间四句中，李白借用典故，将神仙王侯与海客诗人进行对比：纵是神仙，也不及无欲无求的海客；有权有势、荒淫无度的楚王更无法与文章千古的屈原相提并论。诗歌最后直抒胸臆，表达了诗人对功名利禄的蔑视和对自己文章才气的自信。

相较之下，戈蒂耶的短诗并未承袭李白复杂的情感，也并非简单的翻译，而是从前四句中选取了"舟""玉""妓""酒"四个意象进行自由发挥，创造了一个美妙的理想世界。译者首先把"沙棠舟"改为"乌木舟"，"乌木"在西方神话或童话中被赋予了魔法力量，童话中出现的"魔法棒"常常是乌木材质，二者在功能意义上实现了对等，共同展现了小舟的华贵和浪漫。在后半部分中，戈蒂耶用比喻指出饮酒的真谛——借酒浇愁，当诗人在花船中与美妓相伴，畅享美酒，随波漂荡时，恐怕仙人的境界也不过如此。

虽然李白原作中"纵情享乐"的价值观可能被视为消极，但它恰恰符合法国19世纪下半叶兴起的唯美主义思潮。戈蒂耶的父亲特奥菲尔·戈蒂耶正是法国唯美主义的倡导者，他提出了"为艺术而艺术"的口号。唯美主义者主张"文艺脱离社会"，要创造一个与现实完全脱离的艺术世界，追求感官的享受。（韩耀成，2008：69-70）因此不难理解戈蒂耶为何仅选取《江上吟》的前四行诗句进行改译。这样一个泛舟饮酒，超脱现实的纯艺术世界足以令每个唯美主义者深深陶醉其中。

霍尔茨在借鉴戈蒂耶的《江上吟》译文的基础上，进行了更为大胆的发挥。他描绘了一个由"幻想者"创造的非现实世界：在美酒和音乐的陪伴下，诗人们乘坐着装饰着鲜花的金色小船，驶向神秘的小岛，仿佛诗仙李白是他们的精神引领者，带领他们放声高歌。此外，霍尔茨还巧妙地融入了浮世绘元素，如睡莲、纸灯笼等，使得整首诗歌的画面充满了异域风情，激发了读者对东方的无限想象。

同时，霍尔茨将其"诗歌革命"理念运用到对李白诗歌的改译中，在形式上取消了诗歌的韵脚和格律，仅保留诗歌的"中轴线"。在霍尔茨笔下，诗歌每行长短不一，极其自由，但"中轴线"两侧的音节数量始终保持对称关系，诗歌本身的节奏也由此得以实现。从诗行的排列上还可以看出"具象诗"的痕迹，整首诗歌的排布好像一艘在江面上飘荡的小船，其中最长的诗句"千万只彩色灯笼挂在丝线上发亮"就是波光粼粼的水平面，下方诗行仿佛是上方诗行在水中的倒影。

此外，这首改作的语言也体现了霍尔茨的诗歌革命主张。为了阐明"自然节奏"的诗歌语言和"散文"语言的区别，霍尔茨列举了一个十分典型的例子：Der Mond steigt hinter blühenden Apfelbaumzweigen auf（月亮从开花的苹果树枝叶后面升起）。在霍尔茨看来，这句是非常自然的散文风格，但是如果作为诗句的开头，读者读起来容易感到不流畅。而在德语句法规则中，陈述句中除了动词的位置要遵循"第二位"原则外，其他句子成分的位置可以自由调换，因此，霍尔茨调整了其他句子成分顺序，将其改为：

> Hinter blühenden Apfelbaumzweigen
> Steigt der Mond auf.（Holz，1899：45）
> 在开花的苹果树枝叶后面
> 月亮升起来。

霍尔茨将原句中的状语成分从末尾置换到开头，他认为，原来平铺直叙的句子仅仅是在"简单介绍"（referieren），而调整后的句子才是在诗意地描绘和"展现"（darstellen），句子发出的声响（Klang）和内容才保持和谐一致。（同上）《花船》中有大量诗行均采用了上述表现手法，例如首句中地点状语"在一只金色的花船上"被放置在开头，同样，第二节中地点状语"在睡莲间"也被放在"月光荡漾"之前。读者的目光被诗人有意引导，先看到花船，再看到缥缈的大海；先看到星星点点的睡莲，再看到睡莲空隙中倒映出的朦胧月光。读者不仅是在读诗，同时也在欣赏画作。

最后，从这首诗的改译中我们还可以窥探出霍尔茨当时的"青春风格"（Jugendstil）转向。刊发该诗的期刊《青年》正是 19 世纪 90 年代"青春风格"流派的主阵地。与霍尔茨的诗歌革命目标一致，"青春风格"流派主张摆脱当时盛行的仿古主义，强调作品中的"青春活力和生命冲动"。（韩耀成，2008：74）差别在于，和主张精确地描摹现实的自然主义相左，青春风格侧重塑造一个乌托邦（Klein，1957：38），"江上的花船"正是霍尔茨在李白诗歌中发现的一个理想世界：诗人们泛舟漂荡，饮酒赏乐，置身于超然物外的极乐境界。

霍尔茨同年出版的诗集《幻想者》也收录了该诗，但他将最后一节"从我们心中/欢呼出一支不朽的歌/属于李太白！"更改为：

Aus fernem Süd

taucht blühend eine Insel ……

Die Insel—der Vergessenheit!

（Holz，1898：26）

从遥远的南方，

浮现一座盛开的鸟屿……

遗忘之岛！

这一改动直接削弱了《花船》与李白的紧密联系，诗中众人高声歌唱的欢快气氛也消失不见，转而变得神秘而深邃。卡尔·特利（Karl Turley）甚至由此将原本浪漫的花船解读为"一艘遭遇台风，面临毁灭的花船"，而这座小岛就是极具中国神话特色的"死亡之岛"。（Turley，1935：189-190）但按照德理文的观点，李白对美酒的喜爱实质上是着迷于醉酒后的眩晕状态，是"对恐惧和死亡的遗忘"（Saint-Denys，1862：CX-CXI），因此，"遗忘之岛"事实上是诗人醉酒后想象出的一个虚拟空间。在花船上的丝竹管弦声乐中，诗人赏月饮酒，不知不觉陷入迷醉，进入遗忘之境，遗忘了忧愁和欢乐，遗忘了尘世，仿佛抵达仙岛。

从霍尔茨对李白诗歌作出的大幅度改动可以看出，其目的并非仅仅翻译李白，而是借鉴李白诗中的素材，以丰富自身的创作。《幻想者》是一部由诗人所处窘迫现实与浪漫幻想交织而成的作品，整部作品的基调是对"远方国度"的幻想与渴望，它时而表现为童年的故乡，时而以爱、自然或神秘的国度的面貌出现。李白诗歌中描绘的远东自然风光恰好激发了霍尔茨对异域世界的想象，诗歌《花船》正是霍尔茨跳出诗人书斋，在东方国度的一次精神游历。

在《幻想者》的创作初期，霍尔茨便构思了一个宏大的计划："第一册有50首，第二册又有50首，整部作品，如果我成功的话，将会有上千首。"（Holz，1968：133）他意图通过精神游历的方式构建出一幅世界图像（Weltbild）。1898/1899年的《幻想者》仅是霍尔茨宏大计划的初步成果，此后，他始终继续扩充和完善此部诗集。除去1905年前后在文学杂志上偶尔发表的《幻想者》系列诗歌外，直到1913年，《幻想者》第二版才在德累斯顿（Dresden）出版。霍尔茨原本计划有七卷本，但最终问世的只有前三卷，其中第一卷包含诗歌18首，第二卷25首，第三卷31首，三卷共计74首诗歌。在这74首诗歌中，56首诗歌源自1898/1899版本的《幻想者》，另外16首为新诗歌。（Holz，1913）需要指出的是，在此版《幻想者》中，改作《花船》并未出现，或许是尚未来得及发表，出版计划便已夭折。

1916 年，位于莱比锡（Leipzig）的岛屿（Insel）出版社以单卷本大对开形式出版了《幻想者》第三版，诗集分为七个部分，共 131 首诗歌，厚达 336 页。相比 1888/1889 年版本的《幻想者》（以下简称 1888/1889 年版），1916 年版本结构划分清晰。在 1888/1889 年版本中，霍尔茨并未特意划分诗歌主题，而是随意地将爱情、童年、幻想等主题诗歌编排在一起。但在 1916 年版本中，霍尔茨将扩展后的诗集分为七个主题：第一部分主题为"力量神话"，第二部分和第三部分主题均为"爱"，第四部分主题为"梦之书"，第五部分主题为从书斋抵达东方国度的梦之旅，第六部分主题是对自我和世界存在的怀疑，第七部分主题为叙述诗人的文学成长之路。其中在 1898/1899 年版中出现过的《花船》被归入第四部分"梦之书"这一主题中。在第四部分中，霍尔茨笔下的主人公按照东方方式尽情地享受生活和体验爱欲，如第七首诗歌中随着笛声跳舞的切尔卡西亚女郎，第八首诗歌中诗人乘着花船泛舟江上，第九首诗歌中一位东方牧神在河边与妙龄女子嬉戏，第十一首诗歌中一条灰龙盘踞在日本富士山的山巅之上等。（Holz，1916）

在 1916 年版《幻想者》中，除了增加诗歌篇数和划分主题外，霍尔茨还分别扩展了 1888/1889 年版中出现过的诗歌。其中，《花船》一诗被扩展为：

Auf einem vergoldeten Blumenschiff,	一只金色的花船，
mit Ebenholzmasten und Purpursegeln,	乌木桅杆，紫色的帆
schwimmen wir ins offne Meer.	我们乘着飘入大海。
Welt, du süße!	可爱的世界！
Dein Plunder trog uns, dein Wunder log uns!	你用破烂迷惑过我们，也用奇迹欺骗过我们！
...Dahin! ... Dahin! ...	……前去！……前去！……

Aus webendem Dämmer und Nebelglast,　　　　在暮色和雾光的交织中，

noch einmal,　　　　　　　　　　　　　　那片生育我们母亲的

sich hebend, verschwebend, nachtdunkel,　　土地，

das Land,　　　　　　　　　　　　　　　　再次，

das unsre Mütter gebar!　　　　　　　　　升起，漂浮，漆黑一片！

Hinter uns　　　　　　　　　　　　　　　在我们身后，

zwischen Wasserrosen,　　　　　　　　　　睡莲间，

schaukelt der Mond.　　　　　　　　　　　月光荡漾。

Tausend bunte Papierlaternen schillern an　千万只彩色灯笼挂在丝线上发亮。

seidenen Fäden.

In runden Schalen kreist der Wein.　　　　圆碗中酒在打转。

Die Lauten klingen.　　　　　　　　　　　琉特鸣响。

...Fahr wohl! ... Fahr wohl! ...　　　　　……再见！……再见！……

Morgen,　　　　　　　　　　　　　　　　明天，

im ersten Sonnenschimmer,　　　　　　　　在第一缕晨曦中，

morgen,　　　　　　　　　　　　　　　　明天，

deß sind wir sicher und gewiß,　　　　　　我们十分肯定，确定，

morgen,　　　　　　　　　　　　　　　　明天，

morgen, morgen schon,　　　　　　　　　　明天，明天已经，

aus fernstem Süd, blauschön verklärt,　　从遥远的南方，焕发出蓝色的光辉，

traumlicht umwogt,　　　　　　　　　　　梦里的光随波起伏，

...Sei uns gegrüßt! ...Sei uns gegrüßt! ...　……你好！……你好！……

taucht selig blühend eine Insel,　　　　　一座幸福绽放的岛屿浮现，

Die Insel	遗忘
der Vergessenheit！（Holz，1916：102-	之岛！
103）	

　　与1898/1899年版《花船》相比，1916年版的诗歌在保留原有内容框架的基础上，进行了显著的增补与调整。诗歌中融入了更多的心理描绘与景物描写，使得诗歌的情感层次和视觉形象更加丰富。同时，诗歌的节奏也经过了重新设计，以适应新增内容的表达需求。诗歌中新增加的第二节、第三节、第四节表明主人公要逃离现实世界，出发去向远方的未知土地。"……前去！……前去！……"的呼唤，不仅令人联想到歌德名作《迷娘曲》（Mignon）中意大利少女对故乡的深情呼唤，更体现了主人公将远方未知世界视为精神归宿的内心世界。最后两节中"……再见！……再见！……"和"……你好！……你好！……"宣告了与旧世界的告别以及对新世界的迎接。这个理想世界正是能让人遗忘所有的"仙岛"，散发着蓝色的梦幻般的光芒。

　　从诗歌形式上看，1916年版的《花船》虽然依旧采用自由体，但在音节分布和节奏把握上更为精细。音节被均匀地分布在中间轴的两侧，使得诗歌在视觉上呈现出一种对称美。此外，诗歌的节奏变得更加轻快，内部韵律也更为明显。如第三节中诗句"Dein Plunder trog uns, dein Wunder log uns！"（你用破烂迷惑过我们，也用奇迹欺骗过我们！），两句相邻诗句仅有两个辅音之差；诗歌中还多次出现"重复"的修辞手法，最后一节中"morgen"（明天）一词甚至重复五次，都极大地增强了诗歌的情感表达力。此外，诗中还增加了诸多由动词变形而来的第一分词和第二分词，如 sich hebend（升起）、verschwebend（漂浮）、verklärt（焕发光辉）、umwogt（波涛起伏），这也彰显了霍尔茨两个《幻想者》版本之间的整体变化趋势：由静态（Statik）描写到动态（Dynamik）描写的转变。（Kleitsch，1940：22）

　　直到1929年去世，霍尔茨将全部精力都倾注在如何继续扩展诗集《幻想者》上。1925年，柏林的迪茨（Dietz）出版社出版了《幻想者》第四版，而原定于1929年出版的第五版因故未能出版（同上：6），因此1925年版的《幻想者》实际上就是最终版本。遗憾的是，霍尔茨在扩展诗集的过程中逐渐走向极端，不仅加入大量仅具有装饰功能的形容词、副词等修饰语，并在诗歌中多次使用"新造复合词"，使诗歌变得冗长、繁复，丧失了最初版本简洁明了的特色，诗歌效果也大打折扣。1925 年版的《花船》同样呈现出这一特点，不少名词前增加了无数意思相近、但对诗歌内容又无实质意义的形容词，如：

gleißenden, glitzernden,	闪耀的，闪光的，
silberdurchglitterten,	银光通亮的，
silberdurchflochtenen,	银色编织的，
silberdurchflitterten	银光闪烁的
Bambusfasertauen,	竹纤维绳，
sich	鼓起的，
bauschenden,	炙烤的，
bähenden, blähenden	张满的
Purpursegeln, […] (Holz，1962：406)	紫色的帆……

特利评价此版《幻想者》"摧毁了(原诗集)诗意的印象"，原因有三："首先，它毁掉了内容和节奏的和谐；其次，它破坏了出于协调原则的节奏；最后，它仅仅是装饰，直接掩盖了内容核心。"(Turley，1935：24)虽然霍尔茨穷尽毕生要将《幻想者》打造成时代最伟大诗集，但最终结果并不如人意。

第三节 《春日醉起言志》的自然主义改译

在 1916 年版的《幻想者》中，霍尔茨另插入了李白的《春日醉起言志》，并将其嵌入至诗集第五部分中，该部分后被赋予标题"第一千零二个童话"(*Das tausendundzweite Märchen*)，全文如下：

Wenn das Leben nichts ist als ein großer Traum, wozu sich sorgen und grämen?!

Ich,

ich trinke!

Trinke und berausche mich den ganzen Tag!

Und wenn ich taumeld und zu schwanken beginne, müde, wegschwer,

werfe ich mich nieder, zwischen die ersten besten,

weißen Säulen eines verlassen, verfallend einsamen Hauses, und…verdämmre.

Wieder erwachend,

der Himmel glänzt, die frühe, junge Morgensonne wärmt,

Der Tau auf meinen breiten Ärmeln, an allen Gräsern,

von allen Büchsen, blitzt und schimmert noch,

reglos, lange, langsam, blicke ich um mich.

Ein zierlichst kleiner, äugendst kehlbund süßer,

schwippschwanzfröhlicher Vogel singt inmitten von blühenden Zweigen!

Stumm, schauernd, ihm lauschend frägt sich meine Seele,

in welcher seltsam herrlichst köstlichst lieblichsten Wunderzeit des Jahrs wir beide Leben.

Sein leises, zartes, unschuldigst rührendes Zwitschern verrät mir:

in der wundervollen Wonne Zeit,

die auch mich kleinsten Vogel jetzt hier fröhlich vor dir singen läßt!

Mein Blick umflort sich, Weh durchzuckt mich,

etwas in mir schluchzt, schluchzt und will weinen.

Aber schon wieder, wieder, wieder, trotzigst, erbittertst, verachtendst entschlossen,

greife ich nach meinem Stecken, trete wandernd den Wegstaub

mir meinen Schuhen, kehre ein in jede Schenke, schwinge Becher um Becher,

singend aus vollster Brust,

singend bis der rote, runde, blanke Mond erglänzt,

und zur Stunde, zur Sekunde, wo mein Sang, mein Klang jählings sich endet,

stirbt mir auch glücklich wieder, trostreich, das Bewußtsein

der schwarzen Welt, die mich umgiebt. (Holz, 1916: 159-160)

◎ 译文：

如果生活只是一场大梦，为什么还要忧愁悲伤？

我，

我饮!

终日醉饮!

我心醉神迷,跌跌撞撞,困于举步,

就在这遗弃、颓败、空寂的房子前面,那最美的白色廊柱间倒下……蒙眬睡去。

觉来天明,晨日暖照,

双袖,草丛,灌木上露珠闪烁,发亮,

我一动不动,长久缓慢地环视四周。

一只娇丽小鸟,眼圈脖颈彩羽环绕,可爱地扇动双翅,在欣欣向荣的枝丫间歌唱!

无言颤抖地倾听,我心自问,我们生活在一年中哪个最奇异美妙、

明媚亲爱的甜蜜时节?

它那轻声温柔、纯洁感人的鸠鸣告诉我:

是在美妙的幸福时光,它让我这只小鸟此刻对你歌唱!

我目光忧郁迷离,身体痛苦抽搐,心中啜泣,直想痛哭。

但重又、重又、重又执拗、激愤,不在意地决定,

抓起棍子,踏上路尘,着鞋流浪,走进家家酒铺,举杯再举杯,

放开嗓门歌唱,

直唱到红色浑滑的月亮闪光,

直喝到我的歌声和乐声戛然而止的那一刻,那一秒,

身边那黑暗世界的意识幸运地重又安息,

令人宽慰。

(译文参考:卫茂平,1996:285-286)

相比霍尔茨浓墨重彩的发挥,李白的原作十分简洁:

春日醉起言志

处世若大梦,胡为劳其生?

所以终日醉,颓然卧前楹。

觉来盻庭前,一鸟花间鸣。

> 借问此何时？春风语流莺。
>
> 感之欲叹息，对酒还自倾。
>
> 浩歌待明月，曲尽已忘情。
>
> （李太白，1999：1074）

　　该诗首句"处世若大梦，胡为劳其生？"从哲学层面直接触及人的存在问题。"人生如梦"观念与中国的道家、佛家思想密不可分，例如在道家思想中就有"庄周梦蝶"的故事，佛家各种经论也对"人生如梦"有着丰富的阐释，既指"身处其中（梦中）的迷情"，又包括"跳脱出来的觉悟"。（郑群辉，2010：170-172）李白在此诗中认同了浮生若梦的观念，倡导及时行乐，选择以醉酒的方式暂时逃避现实世界的束缚。在诗意的表达中，醉酒的李白仿佛进入了一个鸟语花香、如诗如画的幻境，似乎"突然进入了一种前所未有的哲理境界"。（周啸天，1990：165）然而，春天的生机与美好同时也引发了李白对命运的无奈叹息，使他陷入一种悲观的情绪之中，唯有继续借酒消愁，沉醉于这片刻的宁静与和谐。在这首饮酒诗中，李白将豪情与感伤并存的心情抒发得淋漓尽致。德国译者海尔曼评价道："对于李白敏感的灵魂来说，世界的美好反而让他痛苦，因为这让他意识到他所向往的尘世间的理想、完美以及和谐都是不可能实现的。"（Heilmann，1905：XLIV）。这与德国浪漫派文学有诸多相通之处，因此，《春日醉起言志》也成为1900年前后被德语诗人改译次数最多、最受欢迎的李白诗歌之一。

　　为了深入理解霍尔茨对这首诗的改译，首先必须要考察他所参考的蓝本。当时在德国已经出现了被普遍接受的中国诗歌德译本，包括1905年出版的《中国抒情诗》。该译本的译者海尔曼之所以能在众多译者中脱颖而出，完全得益于霍尔茨的推荐。据出版商皮普的回忆："我当时询问霍尔茨，那是在1904年，可以考虑谁负责此项翻译，他向我推荐了他的老朋友汉斯·海尔曼，哥尼斯堡（Königsberg）一家报社的编辑。这个散文德语译本成为后来多数中国诗歌改译的肇始。"（Piper，1991：142）由此可以合理推测，《中国抒情诗》在出版后必定会第一时间送到霍尔茨的手中。而海尔曼转译中国诗歌所参考的主要依据依然是《唐代诗歌选》和《玉书》。海尔曼翻译的《春日醉起言志》如下：

Ein Frühlingstag

Wenn das Leben ein Traum ist,

Warum sich mühen und plagen!

Ich, ich berausche mich den ganzen Tag!

Und wenn ich zu schwanken beginne,
dann sink' ich vor der Tür meines Hauses
zum Schlafe nieder.

Wieder erwachend schlag ich die Augen
auf.

Ein Vogel singt in den blühenden Zweigen.

Ich frage ihn, in welcher Jahreszeit wir
leben,

Er sagt mir, in der Zeit, da der Hauch des
Frühlings den Vogel singen macht.

Ich bin erschüttert, Seufzer schwellen mir
die Brust.

Doch wieder gieß ich mir den Becher voll.

Mit lauter Stimme sing ich, bis der Mond
erglänzt.

Und wenn mein Sang erstirbt, hab ich auch
wieder die Empfindung für die Welt um
mich verloren. (Heilmann, 1905: 28-29)

春日

如果人生是一场梦，

为什么要辛劳和烦忧！

我，我终日醉饮！

我踉踉跄跄，倒在房门前睡去。

觉来眄眼。

一只小鸟在绽放的枝丫间歌唱。

我问它，我们生活在哪个季节，

它告诉我，在春风吹拂小鸟歌唱的
季节。

我十分震惊，胸中充满叹息。

但又将酒杯斟满。

大声歌唱，直到皓月当空。

当歌声停止时，我再次失去了对周
围世界的感知。

　　对比之下可以看出，海尔曼的译文与原作在内容上几乎一致，但在两处细节
上存在细微差异：首先，原诗中的"前楹"本指中国古代建筑庭前的柱子，海尔曼
将其直接译为普通的"房门"。尽管这种译法未能完全保留原诗的意象，但却以另

一种方式生动地描绘了李白醉酒后的随性状态。其次，原诗中的"借问此何时？春风语流莺"一句，诗人通过春风与流莺的嬉戏场景来暗示春天的到来，而非直接通过语言回答。这种"言有尽而意无穷"的审美张力，在海尔曼的译文中被转化为更为直接的问答形式："小鸟告诉我，在春风使小鸟歌唱的季节。"这一问一答虽然削弱了原诗的含蓄美，但却更容易被西方读者所理解。

从海尔曼德译本的忠实程度可以发现，《幻想者》中《春日醉起言志》的大幅度改动主要源于霍尔茨的个人创作。相较于蓝本，霍尔茨通过添加大量形容词和副词，对人物的心理进行了更为细致的揣摩和精妙的呈现。对于首句李白提出的哲学问题，霍尔茨并未进行深入探讨，但他着重描绘了诗人醉酒后的感官体验。例如，在"觉来盼庭前"一句中，他加入了对朝阳和露珠的描写，并通过连续使用三个副词，精确地刻画出诗人酒醒后的惊讶与茫然："我一动不动，长久、缓慢地环顾四周。""感之欲叹息"的"叹息"也被霍尔茨深化为"痛苦抽搐，心中啜泣，直想痛哭"，层层递进地摹写出诗人的悲伤。因此，这是一首有着霍尔茨鲜明个人特色的改译，或者说是"扩写"，充分体现了霍尔茨"分毫不差"的自然主义风格，同时更细致地呈现了李白借醉酒忘却现实和痛苦的复杂心态。

汉学家舒斯特对霍尔茨的改译倍加赞赏，盛赞其"最能使德国读者感受到原作的情绪和思想内容"（Schuster，1977：100）。这是由于霍尔茨抓住了原诗表达的精髓：通过绘景传达人物感情，而非过度依赖修辞或解释。尽管霍尔茨的改译稍显冗长臃肿，但它再现了中国诗歌"以画传情"的审美情趣，也体现了自然主义详细入微的风格。

1921年，霍尔茨将这首《春日醉起言志》单独抽出，将其命名为《李太白》（Li-Tai-Pe），稍作加工后以单行本的形式发行了248册。相比1916年版本，1921年版的《春日醉起言志》主要有以下几处改动：1. 形式上由原来的1节21行改为12节共121行诗歌，原本冗长的诗行被切割成众多短小的跨行联句，诗歌的内部节奏更加清晰；2. 霍尔茨继续扩充诗歌中的限定语，如1916年版本中仅有两个形容词"早的"（früh）和"年轻的"（jung）来修饰"朝阳"，1921年版本中又增加了一个新的形容词"初生的"（frisch）；又如1916年版本中"绽放的枝丫"，在1921年版本中被改为"在摇晃的、细长明亮的，绽放粉红花朵的枝丫间"；第十三行中"欢叫"（Zwitschern）前的限定语也由3个增加为7个，但诗歌内容并无根本改变。(Holz,1921)相比前一版本,1921 年版《春日醉起言志》在内容上扩展了个别诗句,长诗行被切割成短诗行,视觉效果更加简洁,节奏也更加鲜明。

1925 年版《幻想者》中,霍尔茨在词汇使用上趋于繁复和堆叠,《春日醉起言志》也受到了这种趋势的影响。该版本诗歌仍为 12 节,但诗行总数激增至 192 行。以"颓然卧前楹"一句为例,通过对比三个版本,我们可以直观地感受到霍尔茨改译的趋势:

1916 年版本及译文:

Und wenn ich taumeld und zu schwanken beginne, müde, wegschwer,

werfe ich mich nieder, zwischen die ersten besten, weißen Säulen eines verlassen,

verfallend einsamen Hauses, und…verdämmre. (Holz,1916:159)

我心醉神迷,跌跌撞撞,困于举步,

就在这遗弃、颓败、空寂的房子前面,

那最美的白色廊柱间倒下……蒙眬睡去。(译文参考:卫茂平,1996:285)

1921 年版本及译文:

Und,	以及,
wenn ich dann, taumelnd,	我心醉神迷,
zu schwanken beginne,	跌跌撞撞
müde, wegschwer:	困于举步:
wahllos	别无选择
werfe ich mich	我
nieder,	倒下,
mitten zwischen die ersten besten,	在最前面,
bleichschlanken	灰白细长的
schlingkrautumkletterten	缠绕着攀援植物的

Säulen	廊柱间
eines verlassen, verfallend,	一个遗弃，颓败，
windschief	倾斜
einsamen Hauses,	空寂的房子里，
und	并
verdämmere. (Holz, 1921：1)	蒙眬睡去。

1925 年版本及译文：

Und	以及
wenn ich dann, wankend... und... wenn ich	当我，踉踉跄跄⋯⋯并且⋯⋯当我，
dann, schwankend,	摇摇晃晃，
und	以及
wenn ich dann,	当我，
taumelnd,	心醉神迷，
zu	开始
sinken beginne,	跌跌撞撞
müde,	疲倦，
wegschlaff, wegmatt, weglasch,	软弱无力，无精打采，有气无力，
entkräftet, erschöpft:	衰弱，筋疲力尽：
wahllos...achtlos, gefühllos,	别无选择⋯⋯漫不经心，毫无知觉，
bedachtlos...quallos	毫无顾虑⋯⋯无忧
werfe	我倒下
ich mich, bette ich mich, brette ich mich	睡下，伸展
nieder,	开来
mitten zwischen	在
die	最
erstenbesten	前面

bleichschanken,	灰白细长的,
schlingkrautumkletterhangenen, gleichranken	缠绕挂着攀援植物的, 一样细长的
Säulen	廊柱中间
eines verlassen, eines	一个遗弃,
vergessen,	遗忘,
eines	一个
verfallend, verödet, verwitternd,	荒废, 荒芜, 风化,
krummkahl, lehmfahl	扭曲光秃, 黏土灰白
einsamen, winddurchwehten,	偏僻的, 被风吹过的,
fensterhöhlenstarrenden	窗户架子突出的
Hauses,	房子,
recke…strecke	伸展……延伸
die…Glieder…schließe jählings…die…Lider	……四肢……突然闭上……这……眼睑
und	并且
verdämmere. (Holz, 1962：248)	蒙眬睡去。

在霍尔茨笔下，李白的一句五言诗"颓然卧前楹"从最开始的两行扩展至15行，再逐步扩展至32行。1916年版的诗歌韵律极其自由，诗行一气呵成，整体风格更接近于一篇高雅的散文；1921年版通过诗句的切割加入诸多顿挫，平均每行只有1~3个词汇构成；1925年版的限定语十分繁复，而且并列的限定语意义接近，无实质内容意义，此外还出现了大量陌生的新造词汇，如wegschlaff、wegmatt、weglasch、krummkahl、lehmfahl等，这种风格的选择虽然在一定程度上影响了读者的阅读体验，使诗歌显得拖沓，但另一方面，它也体现了霍尔茨诗歌中的"现代性"特质，通过词汇特殊的声音效果表现出诗歌的节奏感。

综合比较各个版本，我们可以发现，1921年出版的单行本《李太白》在霍尔茨的改译作品中达到了一个相对完美的平衡。这一版本既保留了原诗的精神内核，又在形式上进行了恰到好处的创新，使得诗歌在传达情感与审美体验上都达到了较高的水平。因此，可以认为1921年版的《李太白》是霍尔茨改译《春日醉起言志》的最佳版本。

第四节 李白作为"世界诗人"代表

在《幻想者》中，《春日醉起言志》并非一首孤立的诗歌，而是与整体叙事紧密相连。在该章节中，诗人"我"在精神上经历了一次神奇的亚洲之旅：忙碌一天的诗人回到静谧的书斋里，换上舒适的晨服，点燃烟斗，但突然万物下沉，他神奇地在地中海边着陆，然后历经九天九夜到达黎巴嫩，又经过伊朗的伊斯法罕，越过帕米尔高原抵达中国，看到了伟大的万里长城。最终，诗人停在一个名为Tans-Meeranien的亚洲国家，而该国公主此时刚好下令，倘若有求婚者能吃下13道无比难吃的菜肴，他就可以赢得公主。诗人在这里受到了隆重的接待，但他必须先经受13道菜肴的考验。

在品尝菜肴之前，诗人想象求婚成功后可以参观公主的神奇宫殿，那里有世界上所有珍贵的物品和所有可体验的幸福。他在想象的宫殿中先后化身成为世界历史上的9位伟人，体验伟人的人生：马其顿的亚历山大大帝（Alexander）、物理学家阿基米德（Archimedes）、盖乌斯·尤利乌斯·恺撒（Gaius Julius Cäsar）、大数的扫罗（Tarser Saulus）、诗人李白、哲学家艾尔伯图斯·麦格努斯（Albertus Magnus）、天文学家尼克劳斯·哥白尼（Nikoluas Kopernikus）、画家彼得·保尔·鲁本斯（Peter Paul Rubens）和音乐家沃尔夫冈·阿玛多伊斯·莫扎特（Wolfgang Amadeus Mozart）。可以看出，霍尔茨选取的九位伟人分别来自政治、诗歌、哲学、天文学、绘画、音乐等不同领域，均代表各领域的世界顶级成就。为了体现李白的诗歌天才形象，他改译了《春日醉起言志》进行佐证。在世界上万千优秀诗人中，霍尔茨独独选中了中国诗人李白代表世界诗人，足以反映他对李白的崇拜之情。

霍尔茨何以如此钟情李白？卫茂平（1996：288）从当时的工业化时代背景出发，推测其主要因素或许在于"面对工业化社会所带来的人生压力，李白那超凡脱俗的诗歌无疑给人提供了一种逃避的可能"。但细读文本，可以发现存在更深层次的原因。首先，从霍尔茨在《幻想者》中对李白的描写可以略窥一二："创作诗歌三十余册，饮酒挥霍千两银子……逃离一切束缚，永远沉醉在家乡的自然风光中……今日身着绸缎，明日衣衫褴褛，只听从内心的法则。"(Holz，1916：159)李白的诗歌才能、对自然的热爱、洒脱的价值观以及自由不羁的人生态度触发了霍尔茨精神上的共鸣。联系霍尔茨所处的时代，德国社会正经历着工业发展带来的冲击，艺术家的经济来源不像过去一般依托诸侯或宫廷的资助，而是由读者口味和市场决定。霍尔茨一生穷困潦倒，但依然坚持自我，甚至拒绝德国席勒基金会在他50岁生日时提供的750马克资助。(Schulz，1974：10)正如李白心中求仕和归隐的矛盾性一样(王晖，2013：98-101)，"骄傲、不妥协的斗争者仅是霍尔茨复杂性格的表面，在追求自由独立、无拘无束的背后，隐藏着霍尔茨对'统治'和影响公众的渴望"(Schulz，1974：11)。可以说，李白怅惘失意但又桀骜不驯的人生为霍尔茨提供了某种精神支持。

其次，霍尔茨有着构建自然主义时代"世界诗歌"(Weltgedicht)的雄心壮志。他渴望《幻想者》能成为足以媲美《荷马史诗》、但丁《神曲》的"世界诗歌"："作为(构建和塑造世界图像)的两个最突出的类型，非基督教古典时期的《荷马史诗》和基督教中世纪的但丁《神曲》直到今天依然受到很高评价。而在我们的新时代，所谓的'自然科学'时代，尚未形成这样的'世界诗歌'。"(Holz，1962：87)霍尔茨自认为，《幻想者》可以成为20世纪初自然科学时代的"世界诗歌"，甚至比歌德的《浮士德》还要复杂和伟大，因此，《幻想者》务必要足够丰富多彩，包罗万象。霍尔茨的友人斯特霍勃(Karl Hans Strobl)也称《幻想者》为一部"伟大的组诗"、一首"人类之歌"。(同上：88)同时，霍尔茨揭露《幻想者》的构思秘密在于："我(霍尔茨)不断地将自己分解成各种异质的事物和形象。"(同上)在这个分解的过程中，霍尔茨不仅是现代诗歌革新者霍尔茨，也是宇宙整体的任意一物。借助诗集《幻想者》，霍尔茨将成千上万个单个有机体逐渐整合成一个巨大的复杂有机体，追寻诗歌层面上的"世界统一"(Welteinheit)，而"诗人"将是未来世界中"最高级的人类形态"。(Klawitter，2015：275)从这一层面来说，作为世界诗人中最优秀的代表之一，李白是不可或缺的。

1923年，霍尔茨发表了一本诗歌特别彩绘本《德语诗人周年纪念日》(Deutsches Dichterjubiläum)，庆祝其60周岁生日以及成为诗人25周年(以1898年《幻想者》的出版作为肇始)。在其中一页插图中，霍尔茨邀请了诸多古希腊罗马神话中的人物参加纪念日庆祝宴会，而在宴桌上，坐在霍尔茨两侧的正是中国诗坛巨匠李白和欧洲文豪莎士比亚。霍尔茨情绪高涨，举杯高喊："干杯，李太白！干杯，莎士比亚！"可见，霍尔茨无比推崇李白和莎士比亚两位世界级作家，希望能像二人一样创作出优秀的世界文学作品。

总结来看，霍尔茨改译李白《江上吟》和《春日醉起言志》的初衷是丰富其巨著《幻想者》的内涵。《江上吟》中泛舟饮酒之景恰好符合霍尔茨对具有异国情调的理想世界的向往；而《春日醉起言志》中李白对敏感忧郁情绪的抒发和饮酒人生的刻画足以展现李白作为世界诗人的伟大之处。作为《幻想者》的重要组成单元，两首诗歌都取消了韵脚和格律，保留着"中间轴"，突出诗歌语言本身的内部节奏，体现了霍尔茨的诗歌革命理想。从 1898/1899 年、1916 年、1921 年到 1925 年若干改译版本的演变中，我们可以看到霍尔茨对自然主义文艺理论的坚持与发展，其精细入微的文风逐渐凸显。在霍尔茨创作和完善《幻想者》的二十多年生涯中，李白毫无疑问是他心目中最伟大的世界诗人。

尽管霍尔茨用自然主义的艺术手法和自身的诗歌革命主张对李白诗歌进行了包装和改译，但李白诗歌的精神核心无疑都得到了保留。霍尔茨借鉴《江上吟》前四句刻画的空间同时也是李白向往的一个理想世界：诗人伴随美酒和音乐泛舟江上，与大自然融为一体，物我两忘。而《春日醉起言志》中倘若抽去霍尔茨为凸显自然主义风格而增加的细节描写，它与李白的原作相差不远。两首改作都强调了一种"忘我"的超脱境界，《江上吟》中的诗人最后抵达一座遗忘之岛；《春日醉起言志》中的诗人在醉酒中失去意识，忘却自我。霍尔茨对李白诗歌中带有道家色彩的"忘我"思想的接受在一定程度上反映了 19 世纪末 20 世纪初德国知识分子对回归自然的渴望与精神自由的追求。在这一点上，霍尔茨从李白诗歌中感受到了相通的生命体验，这正是吕克特的"世界诗歌"中强调的超越时代民族界限的世界性因素。

第五章 "酒神精神"：德默尔对 李白诗歌的哲学阐释

在 19 世纪末 20 世纪初的德国诗坛，德默尔可谓是艺术圈中的核心人物，曾被同时代作家预言为世纪之交最伟大的德语诗人之一。（Fritz，1969：1）他不仅是印象主义诗歌流派的杰出代表，还深受青春风格、象征主义、表现主义等多重文学流派的影响，显示出其跨流派的艺术融合能力。德默尔的诗歌深受尼采哲学影响，其中透露着一种"礼赞生命"（Lebensbejahung）的价值观。（Hösel，1928：23）值得一提的是，德默尔在诗歌翻译，尤其是诗歌改译方面的造诣，也为他赢得了广泛的文学声誉。尽管德默尔改译的李白诗歌数量有限，仅有五首，但这些译作却跨越了从 1893 年至 1916 年的漫长岁月，彰显了他对李白诗歌持续而深厚的兴趣。德默尔改译的李白诗歌不仅体现了中德诗歌的交流，更体现了中德哲学观和精神的跨文化对话。

第一节 德默尔的创作经历

德默尔青年时期在柏林曾学习自然科学、国民经济和哲学，1887 年获得莱比锡大学经济学博士学位，但他从学生时代起就对诗歌产生了兴趣。待自然主义风暴在柏林掀起后，德默尔深受左拉和易卜生的感染，机缘巧合下接触到了柏林自然主义作家群体，再加上博士学习期间曾注意到德国一系列政治和社会问题，这促使德默尔写下了若干反映 19 世纪末柏林现实的自然主义诗歌，以表达对无产阶级者的同情。

1886 年，德默尔与诗人兼童话作家保拉·奥本海默（Paula Oppenheimer）一见钟情，两人于 1889 年结婚。爱情为德默尔带来慰藉和灵感，启发他在 19 世纪

80 年代末写下不少关于爱情和两性的诗篇。1891 年，德默尔发表了第一部诗集
《解脱》(*Erlösung*)，诗集销量一般，但令德默尔坚定地走上了文学之路。当时著
名印象主义诗人德特莱夫·冯·利里恩克龙 (Detlev von Liliencron) 阅读诗集后主
动与德默尔通信，两人结下终身友谊。在利里恩克龙的印象主义风格影响下，德
默尔逐渐认识到，尽管自然主义动摇了旧传统的根基，发掘出全新的创作领域，
但其追求客观现实的艺术手法已经过时，"艺术的真实必须与生活的真实区分开
来"(Bab, 1926：114)，此后德默尔转向印象主义创作。1893 年，德默尔发表了
印象主义诗集《但是爱》(*Aber die Liebe*)，该诗集由于含有大量色情内容而受到读
者投诉，但德默尔的知名度由此打开。同年 11 月，德默尔的婚姻和事业均遭遇
危机，他逃到意大利逗留了一个月。意大利的造型艺术给德默尔留下了不可磨灭
的印象，并为他的艺术创作注入新的灵感。1894 年，德默尔与诗人朋友奥托·
朱利乌斯·比尔鲍姆 (Otto Julius Bierbaum) 等共同成立了文艺期刊《潘》(*Pan*)，
成为自由作家。

1895 年，德默尔结识了有夫之妇伊达·奥尔巴赫 (Ida Auerbach)，两人陷入
热恋。借助爱情和感官的刺激，德默尔完成了诗集《女人与世界》(*Weib und Welt*,
1896)，其诗歌中赤裸的感官情爱描写再度引起争议，甚至遭到起诉，但同时德
默尔的诗歌艺术也达到了前所未有的新高度。高超的语言技艺、成熟的诗歌形
式，对生命意志肯定的理念使德默尔一跃成为德国诗坛的焦点人物，大量诗歌得
到同时代音乐家的谱曲，仅诗歌《晴朗的夜》(*Die helle Nacht*) 就被音乐家创作谱
曲不少于 23 次。(同上：311)1901 年，与保拉分手后的德默尔正式与伊达结婚，
两人的婚姻生活极大地丰富了德默尔的精神生活，并促使他于次年完成诗体小说
《两人》(*Zwei Menschen*)。1914 年"一战"爆发后，德默尔对德意志精神极度狂热
并自愿奔赴战争前线，两年后由于受伤退出战场。1920 年，德默尔逝世。

德默尔之所以能成为世纪之交最有影响力的德语诗人之一，与他多样的诗歌
风格以及本人性格特征有着密切联系。在世纪之交德语文坛纷繁复杂的文学运动
背景下，德默尔早期加入自然主义运动的队伍，很快又超越自然主义，转向印象
主义创作，关注个人的印象和情绪，其诗歌充满着朦胧感和含蓄感。同时，他还
积极投身当时的青春风格创作，在倡导青春活力和生命冲动的青春风格杂志《青
年》上继续发表诗歌。后期德默尔的诗歌则体现出表现主义的特征，十分注重个

人主观感受。他认为生命的激情在于人的创造力，尝试在诗歌中塑造与传统对立，肯定生命乐趣的"新人"形象。埃尔莎·拉斯克·许勒（Else Lasker-Schüler）等著名表现主义诗人纷纷以德默尔为榜样，从他那里汲取灵感和启发。（Fritz，1969：206）除了诗歌上的成就外，德默尔独特的人格魅力也助力他成为当时艺术家中的中心人物，他在柏林潘科（Pankow）的居住地是柏林放浪形骸的艺术家（die Berliner Boheme）的常聚地。（Henning，1995：23）不少德语文坛上举足轻重的文豪，如霍夫曼斯塔尔、托马斯·曼（Thomas Mann）、黑塞、赖内·马利亚·里尔克（Rainer Maria Rilke）等年轻时都曾与德默尔通信交流文学观点，并受到他的帮助和提携，托马斯·曼甚至称德默尔为他的"发现者"（Entdecker）。（Fialek，2009：31）

德默尔坦承自己并非语言天才，因此他选择效仿文学巨匠歌德的做法，广泛地从外国文学中汲取灵感，力求在诗歌内容和形式上达到完美统一。德默尔的文学视野极为开阔，他所改译的诗歌涵盖了法国、西班牙、意大利、中国等多个民族的文化瑰宝，并且其改译作品质量上乘，传记作家朱利乌斯·巴布（Julius Bab）评价德默尔的改译时说："在德语语言中从来没有出现过如此具有诗意、有价值的翻译。"（Bab，1926：125）在德默尔的心目中，有几位诗人格外受到他的青睐。他们分别是法国中世纪末期的诗人弗朗索瓦·维庸（François Villon）、象征主义诗人保罗·魏尔伦（Paul Verlaine）以及中国唐代的伟大诗人李白。德默尔深深地被他们身上所散发出的那种超脱世俗、不受外界束缚的孤独气质所吸引。（同上）从1893年至1916年，德默尔精心改译了李白的五首诗歌，包括《悲歌行》《静夜思》《春日醉起言志》《月下独酌四首·其一》以及《春夜洛城闻笛》。这些译作不仅在德语诗坛上极大地提升了李白诗歌的知名度，同时也为德默尔本人的创作注入了新的灵感和深刻的精神共鸣。

第二节 李白饮酒诗与"酒神精神"

19世纪后期至20世纪初期，伴随着科学技术的发展和资本主义的扩张，西方现代社会的弊端日益凸显，现代人失去信仰，陷入精神危机。以此为背景，尼采提出的"酒神精神""超人""重估一切价值"等哲学命题对时代进行了全面批判，成为世纪之交德国思想界的精神旗帜。而"酒"在李白生活和诗歌中都占据了一席之地，李白纵酒是他追求生命价值与意义不得志后的一种情感释放方式，其饮酒诗亦融入了"庄子的遗情和外物思想"，"超越了对酒的感官享受，上升到了审美的态度"（詹福瑞，2021：414），因此被德语诗人视作尼采酒神精神和生命哲学的东方呼应。德默尔最先在李白诗歌《悲歌行》中感受到尼采的悲剧生命观，如"富贵百年能几何，死生一度人皆有"流露出李白面对生死本质问题的豁达态度，"且须一尽杯中酒"则是以生命的强力和酒神的亢奋回应生命的悲剧本质。1893年，德默尔在《现代文艺年鉴》(*Moderner Musen-Almanach*)上发表了第一首李白改译作品：《中国饮酒诗——仿李太白》，原作对应的便是《悲歌行》。《现代文艺年鉴》的主编比尔鲍姆是德默尔的好友，同时也是一位中国通，曾在柏林跟随东方学家卡尔·阿伦特(Carl Arendt)学习过两年汉语，并于1890年在杂志上发表过一首李白《静夜思》的德语改作。德默尔之所以改译这首李白诗歌，很有可能与比尔鲍姆的鼓动有关。该诗全文如下：

Der Herr Wirt hier-Kinder, der Wirt hat Wein!	这儿的店主先生——孩子们，店主有酒！
aber laßt noch, stille noch, schenkt nicht ein:	但等会儿，住手，别斟：
ich muß euch mein Lied vom Kummer erst singen!	我得先给你们唱首悲歌！
Wenn der Kummer kommt, wenn die Saiten klagen,	如果悲来，如果弦鸣。
wenn die graue Stunde beginnt zu schlagen,	如果暮色降临，
wo mein Mund sein Lied und sein Lachen vergißt,	我的嘴不能唱也不能笑
dann weiß Keiner, wie mir ums Herz dann ist,	无人再能知道我的心。
dann woll'n wir die Kannen schwingen- die	那时再让我们痛饮——

Stunde der Verzweiflung naht.	直到绝望灰心。

Herr Wirt, dein Keller voll Wein ist dein,	店主先生,你有满窖的酒,
meine lange Laute, die ist mein,	我有长长的琉特,
ich weiß zwei lustige Dinge:	我知道两件趣事,
zwei Dinge, die sich gut vertragen:	两件相投的事,
Wein trinken und die Laute schlagen!	饮酒和弹琴!
eine Kanne Wein zu ihrer Zeit	那时的一壶酒
ist mehr wert als die Ewigkeit	比永恒
und tausend Silberlinge!	比千百个银币更有价值!
Die Stunde der Verzweiflung naht.	直到绝望灰心。

Und wenn der Himmel auch ewig steht	天虽久
und die Erde noch lange nicht untergeht:	地亦不会沉没毁亡:
wie lange, du, wirst Du's machen?	你,你能用多长时间?
du mitsamt deinem Silber-und-Goldkling- klange?	连同你的金币银币?
kaum hundert Jahre-das ist schon lange!	不到百年——最多!
Ja: leben und dann mal sterben, wißt,	是的:生和死,你们也知晓,
ist Alles, was uns sicher ist;	是我们唯一确定的事情;
Mensch, ist es nicht zum Lachen?!	哈,不是很可笑吗?!
Die Stunde der Verzweiflung naht.	直到绝望灰心。

Seht ihr ihn? seht doch, da sitzt er und weint!	你们看见它了吗?看,它坐在那儿哭泣!
Seht ihr den Affen? da hockt er und greint,	你们看见那只猿猴了吗?它蹲坐着抽泣,
im Tamarindenbaum-hört ihr ihn plärren?	在罗子望树下——听到它尖声哭闹了吗?

über den Gräbern, ganz alleine,	在坟墓上，孑然一身，
den armen Affen im Mondenscheine? -	月光下那只可怜的猿猴？——
Und jetzt, Herr Wirt, die Kanne zum Spund!	现在，店主先生，打开酒壶的木塞！
jetzt ist es Zeit, sie bis zum Grund	是时候，将它
auf Einen Zug zu leeren-	一饮而尽了——
die Stunde der Verzweiflung naht.	绝望伤心的时刻已然临近。（译文参
(Dehmel, 1918：213-214)	考：卫茂平，1996：292）

　　不难发现，该诗以德理文的法译本《悲伤的歌》(*La chanson du chagrin*)为蓝本，对应李白《悲歌行》的前半部分。法译本全文如下：

La chanson du chagrin　　　　　悲伤的歌

Le maître de céans a du vin, mais ne le versez pas encore:	店主先生有酒，但是先不要斟：
Attendez que je vous aie chanté la Chanson du chagrin.	等我为诸位唱首悲歌。
Quand le chagrin vient, si je cesse de chanter ou de rire,	如果悲来，我不唱歌也不大笑，
Personne, dans ce monde, ne connaîtra les sentiments de mon cœur.	世上无人了解我内心的感受。
Seigneur, vous avez quelques mesures de vin,	店主先生，你有不少酒，
Et moi je possède un luth long de trois pieds;	我有一架三尺长的琉特琴；
Jouer du luth et boire du vin sont deux	弹琴和饮酒相得益彰。

choses qui vont bien ensemble.

Une tasse de vin vaut, en son temps, mille onces d'or.

一杯酒不亚于上千盎司金子。

Bien que le ciel ne périsse point, bien que la terre soit de longue durée,

Combien pourra durer pour nous la possession de l'or et du jade?

Cent ans au plus. Voilà le terme de la plus longue espérance.

Vivre et mourir une fois, voilà ce dont tout homme est assuré.

尽管天不会消亡，尽管地有很长的期限，

金玉的拥有又能持续多长时间呢?

最多一百年，这是期望的最长期限。

生和死，是每个人可以确定的。

Ecoutez là-bas, sous les rayons de la lune, écoutez le singe accroupi qui pleure, tout seul, sur les tombeaux.

Et maintenant remplissez ma tasse; il est temps de la vider d'un seul trait. (Saint-Denys, 1862: 70-71)

听那边，在月光下，听，那只猿猴孤独地在坟墓上哭泣。

现在给我倒满酒，是时候一饮而尽了。

李白诗歌原文:

悲歌行

悲来乎，悲来乎。

主人有酒且莫斟，听我一曲悲来吟。

悲来不吟还不笑，天下无人知我心。

君有数斗酒，我有三尺琴。

琴鸣酒乐两相得，一杯不啻千钧金。

悲来乎，悲来乎。

天虽长，地虽久，金玉满堂应不守。

富贵百年能几何，死生一度人皆有。

孤猿坐啼坟上月，且须一尽杯中酒。

悲来乎，悲来乎。

凤凰不至河无图，微子去之箕子奴。

汉帝不忆李将军，楚王放却屈大夫。

悲来乎，悲来乎。

秦家李斯早追悔，虚名拨向身之外。

范子何曾爱五湖，功成名遂身自退。

剑是一夫用，书能知姓名。

惠施不肯千万乘，卜式未必穷一经。

还须黑头取方伯，莫谩白首为儒生。

（李太白，1999：413-414）

　　《悲歌行》是李白众多饮酒诗之一，与另一首《笑歌行》构成姊妹篇，一悲一笑之间，诗人傲谈古今，讽刺时弊，恣意挥洒笔墨抒发内心的感情。《悲歌行》全诗共计 18 行，在前九行中，诗人借酒浇愁，抚琴高歌，抒发其孤独寂寞的心境，并化用《道德经》中的语录"金玉满堂，莫之能守"，表达其价值观和生命观。后九行中，李白连用"李广""屈原""李斯""范蠡""惠施""卜式"六个人物典故，道出理想与现实的矛盾。李白早年一心求仕，希望遇到明主垂青，一展才华，但光阴荏苒，直至 42 岁才经贺知章引荐被召入宫。在宫廷生活中，李白未能如愿一展政治抱负，仅被封为御用文人。对此，他逐渐厌倦，加之受到奸臣离间，不到三年便离开了长安。李白内心希望自己能像"惠施"和"卜式"一样遇到明主"不拘一格降人才"，待施展才华后再像"范蠡"一样功成身退。这正是李白一生政治理想与现实的矛盾冲突，也是李白的命运悲剧。《悲歌行》的魅力之处在于李白将饮酒的豪情与现实的郁郁不得志结合得十分巧妙，其浪漫不羁的文风中流露着命运的苍凉感。

　　德理文的法译文《悲伤的歌》只译出了《悲歌行》的前九行，缘由在于原诗第一部分通俗易懂，而第二部分包含大量人名、典故。设若读者要读懂第二部分，首先要至少了解六个历史典故。德理文在注释中解释道："我本想将《笑歌行》与《悲歌行》并列译出，就像在汉语版本中一样，但是作者使用了大量专有名词、引用和历史典故……我必须给每行诗或每个词不断地注释，这和译文相比不合比例，也令读者十分疲倦。"(Saint-Denys，1862：71)考虑到读者的阅读体验，德理文不仅没有翻译《笑歌行》，而且仅节译了《悲歌行》的第一部分。此外，德理文还删去了原诗中重复四次的叠句"悲来乎，悲来乎"。叠句的功能在于强化诗歌的音乐性，并且通过重复营造一种强烈的感情氛围。但德理文认为"悲来乎"的主要功能在于拟声效果，它在汉语中"是模仿抽噎啜泣的拟声词"，"用法语无法找到对应的具有拟声效果的词汇"。(同上)因此，德理文在正文中删去了叠句。

在法译文中，德理文尽力用散文化的语言将原诗的意思一字一句地传达出来。但由于中法语言所处的文化背景不同，个别意象或词汇在法语中无法找到完全对等的词汇，对此德理文采用了归化的翻译策略，尽量使用文化意义相通的法语词汇。例如李白诗中的"酒"指的是用米酿造而成的酒，"酒"意象在唐朝文化中或隐喻借酒浇愁，抑或表现及时行乐、洒脱自由的处世之道。但在当时的西方文化中不存在李白诗中的白酒，德理文使用了法语词汇"葡萄酒"(vin)来替代。不过，西方饮酒诗歌中也存在着歌颂美酒和生命欢乐的传统，例如古希腊诗人阿那克里翁(Anacreon)和古罗马诗人贺拉斯(Horaz)的诗歌。与李白的及时行乐观相通，在西方自古希腊时代以来也存在着"享乐主义"(Hedonismus)的哲学，尤其是古希腊哲学家伊壁鸠鲁将"享乐(快乐)主义"发展为一个思想学派，在西方产生了深远影响。同样，对于乐器"琴"的翻译，德理文遵循在翻译中尽可能少地使用外来词的原则，选用了在西方诗歌中同样频繁出现的乐器"琉特"(luth)。德理文还在注释中对中西乐器文化进行了类比，他认为中国古代诗人吟诗抚琴就如同欧洲文化里中世纪游吟诗人身背琉特琴或曼陀林琴四处行走歌唱。(同上：72)可见，在处理难以翻译的文化意象时，德理文尽量寻找西方文化中的对应意象，既能促进读者理解原文，也展示出了中西文化在某种程度上的互通性。

此外也存在个别意象进入法语译文后虽然字面意思没有改变，但文化意义发生了迁移，此时，德理文通过注释对原意象进行解释。例如，原诗"孤猿坐啼坟上月"中的"孤猿"意象在中国文化背景中蕴含着悲伤的感情基调，尤其是北魏郦道元在《水经注》中引用的渔者歌"巴东三峡巫峡长，猿鸣三声泪沾裳"，促进了猿猴作为文化意象的传播。在《悲歌行》中，李白笔锋一转，从上句的道家哲理议论转到猿猴描写，但此"猿猴"并非实指，而是作为渲染悲伤气氛的工具，表现诗人失意落寞的心情。而相应的法语词汇"singe"（猴子）让西方读者联想到当时盛行的达尔文进化论中的人类先祖猿猴，抑或大自然中敏捷而又轻佻的动物猴子。德理文注意到翻译后中国特色文化意象的失落，特意为其作了详细注解："野外的猿猴在中国部分地区十分常见。它们常常在坟墓周围逗留。中国人为了爱惜耕地，通常将坟墓安置在最偏僻和最人迹罕至的地方。"（Saint-Denys，1862：72）德理文清晰地解释了"孤猿"与"坟墓"之间的关系，既纠正了译文中文化意象的失落，也实现了介绍唐朝风貌和中国文化的目的。

概而言之，德理文的《悲歌行》法译文仅节译了原诗的前九行，并且删去了原诗中起兴的叠句"悲来乎"。针对个别难以翻译的文化词汇，德理文选取西方文化中有着对等功能和共通之处的意象进行代替，或通过注释补偿失落的文化意象。

首先，德默尔在改译中将德理文的标题《悲伤的歌》改为《中国饮酒歌》（*Chinesisches Trinklied*）。"饮酒歌"秉承了古希腊诗人阿那克里翁开辟的传统，其诗歌主要歌颂美酒、爱情、青春、快乐、友谊等，洋溢着欢乐、享受的气氛。阿那克利翁的诗歌还传播至法国、英国、德国等欧洲国家，启蒙运动时期在德国出现了以哈格多恩（Friedrich von Hagedorn）和格莱姆（Johann Wilhelm Ludwig Gleim）为代表的"阿那克利翁派"诗人，形成了所谓的"阿那克里翁诗体"。西方饮酒歌一般出现在众人聚会中，为助酒兴而吟唱。德默尔对标题的改动使李白的饮酒诗歌与西方的阿那克利翁派饮酒歌建立了联系。在德默尔之后，佛尔克在其诗集《中国诗歌集萃——汉代和六朝诗歌选》中将李白的五首与饮酒相关的诗歌如《月下独酌四首》《将进酒》等归为一首组诗，同样命名为《饮酒歌》（*Trinklieder*）。奥托·豪塞尔（Otto Hauser）在其 1910 年出版的《世界文学史》（*Weltgeschichte der Literatur*）第一卷中也称李白为"中国的阿那克里翁"。（Hauser，1910：20）

其次，从诗歌结构上来看，德默尔保留了法译本中的四节划分，但扩展了每节诗行的数量。在法译本中，前三节每节四行，最后一节两行，每行诗句都与原作一一对应；而德默尔的改译每节长达九行，他将部分诗句拆分为两行，甚至三行,令每行诗句变得简短。相比德理文的散文长句,德默尔的改译短促有力,更富有节奏感。此外,德默尔阅读了德理文关于删除原作中叠句"悲来乎"的注释,特意在德语改译中恢复了叠句修辞,将"悲来乎"改为"直到绝望伤心"(Die Stunde der Verzweiflung naht),放置在每节末尾。叠句的恢复不仅深化了诗歌的主题,也强化了诗歌的音乐性。

再次,从诗歌韵律上来看,作为技艺高超的诗人,德默尔为每行诗歌选取了独特的韵脚和音步。四节诗歌严格遵循"aabccddbe"的韵脚模式,每节诗歌除倒数第二行为三音步外,其他诗行均为四音步。尤为值得注意的是,在每行诗歌重音数量固定的前提下,轻音的数量却是自由随意的,这种形式被称为"填词自由"(Füllungsfreiheit),即诗人在每个重音前后根据喜好随意安置轻音的数量(但很少超过三个),不受格律模式的限制。该形式多出现在德国打油诗(Knittelvers)或民歌中。以诗歌第一节为例,其韵律形式如下:

Der Herr Wirt hier - Kinder, der Wirt hat Wein!

aber laßt noch, stille noch, schenkt nicht ein:

ich muß euch mein Lied vom Kummer erst singen!

Wenn der Kummer kommt, wenn die Saiten klagen,

wenn die graue Stunde beginnt zu schlagen,

wo mein Mund sein Lied und sein Lachen vergißt,

dann weiß Keiner, wie mir ums Herz dann ist,

dann woll'n wir die Kannen schwingen-

die Stunde der Verzweiflung naht. (Dehmel, 1918: 213-214)

在德默尔精心编织的韵律之中,李白宛如一位在舞台上轻盈起舞的舞者,其动作自由而优雅。然而,这种自由并非无拘无束,它受限于诗歌的格律和重音数量的规定。德默尔通过这样的艺术手法,巧妙地揭示了李白如同"戴着镣铐跳舞"的命运象征。即便李白的性格再如何洒脱不羁,其人生依旧受到现实世界的重重制约,使得其壮志难以完全实现。另外,德默尔在改译中多次使用反问、感叹、重复等修辞手法，令诗歌感情充沛，极具感染力。

最后，德默尔在改译时对部分文化意象进行了个性化的解读和再创造。其中，"猿猴"这一意象的改译尤为突出。原诗中"孤猿坐啼坟上月"的描绘，在德默尔的笔下被扩展为五行深情而富有层次的诗句："你们看见它了吗？看，它坐在那儿哭泣！／你们看见那只猿猴了吗？它蹲坐着抽泣，／在罗望子树下——听到它尖声哭闹了吗？／在坟墓上，孑然一身，／月光下那只可怜的猿猴？——"从"哭泣"到"抽泣"，再到"尖声哭闹"，猿猴的形象被逐层深化，展现出一种既悲苦又带有讽刺意味的小丑形象。若将这一形象置于当时的德国文化语境中加以考察，便不难发现其与尼采哲学的深刻联系。

尼采在其著作《查拉图斯特拉如是说》中宣告了"上帝已死"的命题，并提出"超人"概念和"权力意志"学说，他从生物学的角度将人类视为猿猴与超人之间的过渡物种："对于人来说，猿猴是什么呢？一个笑柄或者一种痛苦的羞耻。而对于超人来说，人也恰恰应当是这个：一个笑柄或者一种痛苦的羞耻。"（尼采，2018b：8）在尼采看来，猿猴之于人，正如人之于超人，当人嘲笑或怜悯猿猴时，亦应自我反思，是否同样在被超人嘲笑或怜悯。李白诗中本为渲染悲伤气氛而引入的"猿猴"意象在德默尔的改译中迁移为尼采哲学中人类发展的初始阶段象征。"你们看见它了吗？……"德默尔连用三个疑问句，促使读者反思自我，即在超人眼中，人类也像猿猴一样悲哀而又可笑，因此，人类要克服自身，挣脱旧价值观的束缚，向着"超人"的目标前进。

对比德默尔的改作与李白原作中的情感变化，可以发现德默尔在改译过程中巧妙地融入了自己的人生态度。在"死生一度人皆有"后，德默尔增添了一句："哈，不是很可笑吗?!"李白原句中表达的生死观受到了道家思想的影响，表现出一种淡然洒脱、顺其自然的态度。而德默尔对待生命的态度受到尼采的生命意志学说影响，尽管认识到人生此在的恐怖和荒唐，依然要用积极的生命意志对抗生活，而让生活变得赖以开展的观念就是"崇高"和"可笑"。（尼采，2018a：231）"崇高"指的便是阿波罗的美丽幻想；而"可笑"便是酒神狄奥尼索斯面对宇宙的空洞发出的大笑，以发泄对生命的荒唐之厌恶。令这两种元素交织混合起来的正是"迷醉"（Rausch）的状态。相比李白的原作，德默尔的改译在一定程度上削弱了李白抑郁不得志的情感色彩，使原本沉浸在道家思想中的李白形象转变为沉醉在狄奥尼索斯精神中的现代"新人"。在世纪末悲观主义和颓废情绪弥漫的背景下，德默尔对《悲歌行》的改译无疑凸显了诗人对生命力量和生命乐趣的坚定肯定。

值得一提的是，德默尔于 1894 年又发表了一首《我的饮酒歌》(Mein *Trinklied*)，与前一年改译的李白饮酒诗遥相呼应：

Noch eine Stunde, dann ist Nacht;	再过一个小时，夜幕就要降临；
trinkt, bis die Seele überläuft,	畅饮吧，直到灵魂溢出来，
Wein her, trinkt!	斟酒过来，干杯！
Seht doch, wie rot die Sonne lacht,	看那太阳笑得多么灼红，
die dort in ihrem Blut ersäuft;	沉溺在自己的鲜血之中；
Glas hoch, singt!	举杯，唱吧！
Singt mir das Lied vom Tode und vom Leben,	为我唱一首死亡和生命之歌，
djagloni gleia glühlala!	呀格鲁尼格勒格吕！ (音译)
Klingklang, seht: schon welken die Reben.	丁零当啷，看吧：藤蔓虽枯。
Aber sie haben uns Trauben gegeben!	葡萄犹存！
Hei! —	嘿！——
Noch eine Stunde, dann ist Nacht.	再过一个小时，夜幕就要降临。
Im blassen Stromfall ruckt und blinzt	在浅色的河流中一抹灼红
ein Geglüh:	眯起眼睛：
der rote Mond ist aufgewacht,	一轮红月已经苏醒，
da kuckt er übern Berg und grinst:	越过山头望去，讥笑着：
Sonne, hüh!	太阳，加油！
Singt mir das Lied vom Tode und vom Leben:	为我唱一首死亡和生命之歌，
Mund auf, lacht! Das klingt zwar sündlich,	张嘴，笑起来！尽管听起来罪恶，

klingklang, sündlich! Aber eben: 丁零当啷，罪恶！但是：
trinken und lachen kann man bloß   嘴巴仅能用以畅饮和大笑！
mündlich!

        Hüh! —   加油！——

Noch eine Stunde, dann ist Nacht;   再过一个小时，夜幕就要降临；
wächst übern Strom ein Brückenjoch,   河流上方生出一架桥梁，
        hoch, o hoch.   干杯吧，哦干杯。
Ein Reiter kommt, die Brücke kracht;   一名骑士经过，桥梁嘎嘎作响；
saht ihr den schwarzen Reiter noch?   你们曾经见过那位黑马骑士吗？
        Dreimal hoch!!!   再来三杯！！！
Singt mir das Lied vom Tode und vom   为我唱一首死亡和生命之歌，
Leben,
djagloni, Scherben, klirrlala!   呀格鲁尼，碎落一地，啪啦啦！
Klingklang: neues Glas! Trinkt, wir   丁零当啷：再来一杯！狂饮吧，我
schweben über dem Leben, an dem wir   们紧贴着生命，在上方滑翔！
kleben!

        Hoch! —   干杯吧！——
(Dehmel, 1918: 216-217)

    《我的饮酒歌》记录了诗人傍晚时分与友人共享美酒、放声高歌的生动场景。诗中现实与想象交织，画面明丽，感情高昂。值得注意的是，该诗无论是在标题还是内容层面，均与德默尔所改译的《中国饮酒歌》形成了紧密的相互参照，从而构建了一种显著的互文性关系。具体而言，《中国饮酒歌》可被视为李白的"悲歌"，而《我的饮酒歌》则是德默尔对"死亡与生命"主题的深刻诠释，其中巧妙地化用了前者中的诗句，如"是的：生与死，你们也知晓，/是我们唯一确定的事情"。此外，两者在诗歌结构上也有所呼应，《中国饮酒歌》以"直到绝望伤心"作为每节的结尾，而《我的饮酒歌》则以"再过一个小时，夜幕就要降临"开启每节，并在诗中穿插使用"为我唱一首死亡和生命之歌"的叠句，进一步加深了两者之间

的互文关系。从这个角度来看,《我的饮酒歌》可以被视为德默尔在改译《中国饮酒歌》基础上的延续与升华。

《我的饮酒歌》全诗被分为三节,在贯穿全诗的酒神式迷醉中,每节均出现了一个关键的意象,分别为"灼红的太阳""初升的红月"和"黑夜中的黑马骑士"。这三个意象不仅按照时间顺序层层递进,而且在象征意义上也相互关联,共同构建了德默尔的"死亡与生命之歌"。"灼红的太阳"象征着生命;而"红月"又称"血月",在基督教文化中常常被视作世界末日审判的预兆;"黑马骑士"则在《约翰启示录》中象征着死亡,瑞士画家阿诺德·勃克林(Arnold Böcklin)于1871年创作的画作《死亡骑士》(Der Ritt des Todes)描绘的正是一位黑色骑士骑马奔向被战争摧毁的废墟,"黑马骑士"暗示了此地发生过的死亡。这三个象征物在德默尔的诗中汇聚,共同奏响了他对"死亡与生命"的深刻吟唱。

然而,在德默尔的诗中,"死亡"并非意味着消极和悲观,相反代表了另一种"新生"。太阳的消亡推动了月亮的新生,这一过程寓意着有毁灭才有新的创造。吟唱"死亡"在德默尔的诗中成为了一种对生命恐惧的真正克服,以及对生命活力的肯定,这与尼采所推崇的酒神精神不谋而合。

从每节诗歌的结尾部分,我们也可以发现德默尔对生命和此在的崇尚。在第一节末尾,他对于枯萎的葡萄藤并无惋惜之情,反而强调其曾经奉献出的累累葡萄和醉人的美酒;第二节末尾则申明了嘴巴的功能在于痛饮高歌或开怀大笑;而在第三节末尾,诗人在吟唱完一曲死亡和生命之歌后,选择紧拥生命并盘旋其上,生命的重要性不言而喻。在肯定生命的立场上,德默尔和尼采无比接近。尼采在诗歌《生命的定律》(Lebensregeln)中同样写道:"要真正体验生命,你必须站在生命之上!为此要学会向高处攀登,为此要学会——俯视下方!"(Nietzsche,1993:42,译文参考:周国平,1986:50)对于德默尔和尼采而言,生命都是不断自我超越的过程,站在生命之上才能更好地把握生命的意志。

《我的饮酒歌》发表后感染了不少同时代诗人,它给作家朱利斯·迈耶-格拉斐(Julius Meier-Graefe)留下了深刻印象:"直到今天我依然十分激动,那首饮酒歌就像是给我们这一代人、这个圈子的赞歌……"(Meier-Graefe,1933:646)文学评论家弗里茨·霍斯特(Fritz Horst)评价道:"从这首诗歌的语言特征中可以感受到自我的酒神状态。通过一系列命令句和心醉神迷的呼喊,诗人洋溢的感情得到抒发，尽管这些命令和呼喊没有具体的内容，但它直接表现了诗人的内心。其他补充的画面以及主色调'红色'体现了一种沉醉的超脱状态。洋溢四射的感情最清晰地说明了这种生机主义倾向的主观性，自我将'此在'的张力置于生机主义中，并投射到其内心深处一片同样空白的区域中。"（Fritz，1969：144-145）与《中国饮酒歌》相比，德默尔的饮酒歌多了肆意挥洒的激情和狂饮高歌的迷醉，更像是一曲对"酒神精神"赞歌。

　　由海尔曼翻译的《中国抒情诗》于 1905 年在德国出版后，德默尔再次燃起对李白诗歌的热情。翌年，他在杂志《新展望》(Neue Rundschau)上发表了三首李白诗歌的改译作品，包括两首饮酒诗《春日醉起言志》《月下独酌四首·其一》，其中可看到"酒神精神"对德默尔改译的持续影响。德默尔对《春日醉起言志》的改译如下：

Frühlingsrausch	**春日迷醉**
Nach Li-Tai-Pe	仿李太白

Wenn das Leben Traum ist, wie sie meinen,	如果生活是梦，如他们所说
wozu dann ihre nüchterne Plage!	他们那清醒的辛劳又是为何！
Ich, ich berausche mich alle Tage;	我，我整日醉酒；
und wenn ich nachts nichts mehr vertragen,	当我夜里不能再喝，
leg ich mich schlafen auf den Pflaster-steinen!	我就躺上路石去睡！
Morgens erwache ich sehr bewußt;	早上我非常自觉地醒来；
ein Vogel zwitschert zwischen blühenden Reben.	一只小鸟在开花的葡萄枝蔓间啾鸣。
Ich frage ihn, in welcher Zeit wir leben.	我问它，我们身处何时。
Er sagt mir: in der Zeit der blühenden	它对我说：在葡萄开花的季节！

Reben!

das ist die Zeit, in der die Frühlingslust 这是春天的喜悦的季节

die Vögel zwitschern lehrt und leben, 它教鸟儿歌唱和生活，生活！

leben!

Ich bin erschüttert. ich raff mich auf wie 我深为所动，我迷乱地直起身子，

toll;

wütende Seufzer pressen mir die Kehle. 沉重的叹息挤破我的喉咙。

Und wieder geiß ich mir den Becher voll, 我重又斟满酒杯，

bis in die Nacht, und pfeiff auf meine 直到夜间，对自己的过错毫不理会。

Fehle.

Wenn dann mein Mund ausruht, ruht auch 当我止口休息，我的烦恼同样止息，

mein Groll,

ruht Alles, was ich will und kann und soll, 我所欲、所能、所应做的一切都止

息，

ruht rings die Welt- o ruhte auch die Seele! 还有周围的世界——啊灵魂也止息。

Wer aber kann mit Wein den Gram 谁能用酒驱走愁闷？

verjagen?

wer kann das Meer mit einem Schluck 谁能一口喝干大海？

verschlingen?

Der Mensch, in diesen Lebensrausch 人类被打入这生活的迷醉，

verschlagen,

in dem sich Sehnsucht und Erfüllung jagen, 渴望和满足在里面互相追逐，

kann nichts tun als in einen Nachen 只能跳上小船，

springen,

mit flatterndem Haar im Wind die Mütze 风中飘舞着头发，晃动着小帽

schwingen

und, während ihm die Elemente tragen,	自然力把他提带，
sich ihrer Willkür stolz zum Opfer bringen！	傲然让其成为它专横的祭品！
(Dehmel, 1918：215-216)	（译文参考：卫茂平，1996：295-296）

　　本诗前三节改译自李白的《春日醉起言志》，最后一节则源自另一首李白诗歌《宣州谢朓楼饯别校书叔云》："人生在世不称意，明朝散发弄扁舟。"可以发现德默尔改译李白诗歌的新特点：将不同诗歌的主题汇入同一首诗歌中。德默尔参考的蓝本来自海尔曼的《中国抒情诗》，其《春日醉起言志》译文可参见本书第75页，此处不再赘述；《宣州谢朓楼饯别校书叔云》最后一节译文如下：

Wer kann den Wasserstrahl mit dem Schwert zertrennen；	谁能用剑劈开水流；
Wer vermöchte im Wein seinen Gram zu ertränken！	谁能用酒消愁！
Der Mensch, der in diesem Leben zwischen Sehnsucht und Erfüllung schwebt,	人生在世飘荡在渴望和满足之间，
Kann nichts tun als sich in den Nachen werfen und, das Haar im Winde flatternd,	只有跳进小船， 披头散发，
der Willkür der Elemente ergeben.	屈服于专横的自然力。
(Heilmann, 1905：30)	

　　海尔曼用德语忠实流畅地再现了德理文和戈蒂耶的法译唐诗，但他并未考虑诗歌的节奏、韵律等形式。德默尔则在诗歌形式上花费了大量心血，形成了独特的风格，他改译的《春日迷醉》共四节，每节诗行数呈递增趋势：第一节5行，第二节6行，第三节7行，第四节8行，随着诗行的递增，诗节的内容和感情也愈加丰富和复杂。另外，诗歌的音步和韵脚也遵循一定的规律，整首诗歌都由四音步或五音步组成，行末严格押韵，如第一节首句末词 meinen 与尾句末词 Pflastersteinen 押韵，第二句末词 Plage 与第三句末词 Tage 押韵；其他三节分别以

abbbab、cdcdccd、efeeffef 的形式押韵。经过如此润色，德默尔的改译节奏酣畅、
抑扬顿挫。

　　通过比较德默尔与海尔曼两个译本间的差异，我们可以发现德默尔改译《春日
醉起言志》的深层动机和目的。首先，从标题的处理上来看，海尔曼仅保留了原标
题《春日醉起言志》中的"春日"二字；德默尔则捕捉到了原诗的核心字眼——醉，
并创造性地构造了一个全新的德语复合词"春日迷醉"（Frühlingsrausch），中心词为
"迷醉"（Rausch）。从标题开始，读者就直接踏入了李白的迷醉世界。

　　在第一节中，德默尔沿用了海尔曼译文中的多数词汇和句子结构，但在细节
上进行了细微但富有深意的调整。首先，他删去了海译首句"人生如一场梦"中的
不定冠词，将其改为"人生如梦"，后者表示泛指，表述更抽象。在第二句中，德
默尔在名词"辛劳"（Plage）前增加了一个限定词"清醒的、理智的"（nüchtern）。
李白原诗从佛家和道家思想出发，认为"浮生若梦"，世人大彻大悟后才意识到终
生辛苦并不值得；而德默尔和古希腊哲学观点一致，认为世人自知生活是梦和虚
幻，但依然清醒着积极地过着劳碌的生活，赋予生活意义，这恰好证明生命有着
虚幻不可摧毁的力量。李白诗歌中"梦"与"醉"的对立令德默尔联想到尼采《悲剧
的诞生》中"梦"和"醉"的概念。希腊艺术中的阿波罗艺术与狄奥尼索斯艺术分别
对应的就是"梦"（Traum）和"醉"（Rausch）两个现象。（尼采，2018a：23-24）
"梦"象征"美的假象"，在"梦"的精神或"假象"中，世间万物都井然有序地存在
着。而在"醉"的精神中，狄奥尼索斯的激情得以显现，人与人、人与自然、人与
世界合为一体，陷入狂喜和满足之中。（同上：24-31）德默尔从李白的"梦"与
"醉"对立中，引申出尼采《悲剧的诞生》中的核心概念，进一步丰富了诗歌的哲
学内涵。

　　进入第二节，德默尔的改动更为明显。原诗"一鸟花间鸣"展现出一幅春光明
媚、鸟语花香的春景图。德默尔将"花间"具体化为"开花的葡萄枝蔓"，葡萄枝
蔓恰好与"迷醉"（Rausch）主题呼应，彰显了诗人对美酒的热爱与享受。"借问此
何时，春风语流莺"被德默尔改为："在葡萄藤开花的季节！/这是春天的乐趣教
会/小鸟们叽喳鸣叫和生活，生活的季节！""春天的乐趣"（Frühlingslust）特指人在
春天中独有的喜悦之情和乐趣，它带动小鸟婉转鸣叫，展示出生命的活力。除了
烈酒，"自然欣欣向荣的春天强有力的脚步声"也令狄奥尼索斯的酒神精神苏醒过

来。(同上：29)读德语原文可以发现，德默尔让本应置于关系从句框架结构中的动词"生活"(leben)"破框而出"，置于句末，并连续重复两次加以感叹，凸显出诗人面对生命和生活昂扬的情绪。

尾句"曲尽已忘情"是原诗主题的升华，诗人陷入无意识状态，抵达醉酒吟诗的最高境界。海尔曼直接译为："当歌声停止时，我再次失去了对周围世界的感知。"德默尔则将此境界细分为三个层次：首先烦恼和痛苦安息下来，然后一切欲望、能力和义务都被抛诸脑后，最后世界万物安息下来，缥缈的灵魂也得到安息。诗人陷入无边无际的迷醉中，和宇宙万物融为一体，与诗歌标题"春日迷醉"形成呼应。

德默尔还将《宣州谢朓楼饯别校书叔云》的最后两行诗歌组合到《春日迷醉》中。《宣州谢朓楼饯别校书叔云》是李白在安徽宣城送别友人兼秘书省校书郎李云时所作，虽名为饯别诗，实则借饯别之酒兴抒发诗人怀才不遇的愁情。在海尔曼的译文集中，《宣州谢朓楼饯别校书叔云》紧接在《春日醉起言志》之后，二者均属"饮酒诗"，抒发了同样的叹息与愁闷，而且诉说愁闷之余，诗歌风格却不阴郁，都有大气磅礴之势，或"浩歌待明月，曲尽已忘情"，或"俱怀逸兴壮思飞，欲上青天揽明月"。或许这是德默尔将两首诗歌拼贴在一起的原因之一。

"人生在世不称意，明朝散发弄扁舟"中"散发"和"弄扁舟"两个典故都指代解冠归隐，李白的人生理想是像范蠡一样功成身退后乘扁舟而去。海尔曼的译文为："此生飘荡在渴望和满足之间的人，只有跳进小船，披头散发，屈服于专横的自然力。"尽管译文传达了原文的字面含义，但未对典故进行注释说明。由于缺乏文化背景知识，李白道家式随波漂荡、归隐身退的行为被海尔曼诠释为"听任自然的处置"。德默尔进一步改译为：终日醉饮、被打入生活迷醉中的人成为自然的"祭品"，走向毁灭。在尼采笔下，"酒神精神"恰恰通过个体的毁灭体现出宇宙生命的充盈，进而肯定生命整体生生不息的力量。在《偶像的黄昏》中，尼采写道："甚至在其最陌生、最艰难的问题上也肯定生命，生命意志在其最高类型的牺牲中感受到自己生生不息的乐趣——我把这叫作狄奥尼索斯式的……"(尼采，2015：200)尼采歌颂自我毁灭和牺牲的生命意志，将它视作一种积极创造的力量。在德默尔的改译中，李白在"曲尽已忘情"中抵达迷醉的自我遗忘境界，最终通过个体毁灭的形式实现对生命的高级肯定。德默尔将两首诗歌组合后开辟出了新的阐释空间，在李白作品中融入了尼采的生命意志学说。

综上所述，首先，德默尔改译的《春日醉起言志》诗歌在形式上独具匠心，每节诗行数目随着诗歌内容和情绪而逐节递增，诗中多处以感叹语气结尾，感情充沛，极具感染力。其次，改作由两首诗歌拼贴而成，其意义和感情与原作迥然不同。在原作中，李白醉酒后忘却失意和烦忧，畅怀豪饮，以酒抒怀。而德默尔运用尼采的"酒神精神"解读和改译此诗，在日神精神和酒神精神，即"梦"与"醉"中，李白选择了"醉"，用"酒神精神"解决人生的存在问题。饮酒和春天的气息令李白的狄奥尼索斯式的激情得到复苏。在德默尔的诠释下，李白的醉酒状态成为了与宇宙万物融为一体的象征，充分展现了宇宙的新陈代谢与旺盛生命力。

德默尔改译的第二首饮酒诗《月下独酌四首·其一》全文如下：

Der Dritte im Bunde
Nach Li-Tai-Pe

In der Blütenlaube sitz ich beim Wein,
säße gern in guter Gesellen Mitte.
Kommt der Mond, lädt sich leise ein,
nimmt mein Gläschen in Augenschein,
und mein Schatten tut, als wär er der Dritte;
ist eine herrliche Tafelrunde!

Bruder Mond kann nicht mit trinken;
Schatten macht nur nach, was ich tu.
Sei's! Solange noch Tropfen blinken,
will ich euch doch Willkommen winken,
zechen, bis wir zu Boden sinken!
Glas hoch, Freunde, auf Du und Du,
noch schmeckt's dem Munde, es lebe die

同伴中的第三人
仿李太白

我坐在花团锦簇的凉亭间饮酒，
多么希冀是坐在好朋友中间啊。
月亮不请自来，
盯着我的小杯子，
影子也现身，仿佛是第三个同伴；
真是一场美好的聚会啊！

月亮兄弟无法一起畅饮；
影子只会随我起舞。
随它去吧！只要酒滴仍熠熠流光，
我就无比欢迎你们，
畅饮吧，直到我们酣醉倒地！
举杯吧，朋友，敬你们每一个人，
唇齿尚留余香，愿此刻即成永恒！

Stunde！

Noch！Wie lacht der Mond in mein Glas，	杯里的月亮笑得多甜，
wie tut mein Schatten tanzen und springen！	影子跳着美妙的舞蹈！
Solang ich noch stehn kann，Freunde，was？	只要我还能站着，朋友们，怎么？
solange dauert der Freundschaftspaß.	友谊就永远常在。
Freut euch，Brüder，bald fall ich ins Gras！	开心起来，兄弟们，我要倒地不起了！
Dann ist's aus！kein Lebwohl wird klingen，	那就结束吧！无人说起再见，
nur der Dritte im Bunde lacht im Grunde：	只有同伴中的第三人笑着问：
wann feiern wir Wiedersehensrunde？！	什么时候我们再次聚会庆祝呢？！
（Dehmel，1918：215）	

李白原作如下：

月下独酌四首·其一

花间一壶酒，独酌无相亲。

举杯邀明月，对影成三人。

月既不解饮，影徒随我身。

暂伴月将影，行乐须及春。

我歌月徘徊，我舞影零乱。

醒时同交欢，醉后各分散。

永结无情游，相期邈云汉。

（李太白，1999：1063）

在《月下独酌四首·其一》原作中，李白借酒抒发怀才不遇的寂寞和失意情感，同时他在酒中发现全新天地，豪迈地邀请"月""影"共舞，令诗歌别具旷达豪放之趣。通过对比德默尔德的改译版本和海尔曼的译文，可以确认德默尔的改译在很大程度上是建立在海尔曼译本的基础之上，后者译文如下：

Die drei Gesellen

In der Blütenlaube sitz ich beim Weine
und hätte gern einen guten Gesellen.
Da kommt der Mond, grüßt mich mit
leuchtendem Schein,
Und mein Schatten tut, als wär er der
Dritte im Bunde.

Der Mond kann nicht mit trinken,
Und mein Schatten macht nur meine
Bewegungen nach.
Aber ich will doch ihre Freundschaft mir
leihen
Und zechen und fröhlich sein, so lange der
Frühling blüht.

Seht den Mond, wie er lacht zu meinem
Gesang,
Seht meinen Schatten, wie er tanzt und
springt.
So lange ich noch bei Sinnen bin, bleibt ihr
beiden mir treu,
Aber wenn der Rausch meiner Herr wird,
ist's mit der Freundschaft aus.
Dann trennen wir uns ohne Lebewohl,
Doch am nächsten Abend feiern wir ein
fröhliches Wiedersehn! (Heilmann, 1905:
46-47)

三位朋友

我坐在花园的凉亭里饮酒
多么希望有位好朋友一起啊。
月亮升空，闪烁着光芒问好，

影子也现身，仿佛是第三个同伴。

月亮无法一起畅饮，
影子只会模仿我的动作。

但我还是想借来她们的友谊

痛饮吧，开心起来，只要春天绽放
着。

看那月亮，他笑着回应我的歌声，

看那影子，他跳得多么美妙。

只要我还清醒着，你们二位就对我
真心实意，
但当我醉倒后，友谊随之结束。

我们各自分别，无需说再见
但多么希望我们明晚还能愉快地欢
聚啊！

上文中标注下划线的词汇和句子即为德默尔改译作品与海尔曼译本中重复的部分，这初步揭示了德默尔在何种程度上借鉴了海尔曼蓝本中的表达方式。但需要注意的是，海尔曼译本相比原作偏差依然很大，并且《唐代诗歌选》和《玉书》两部法语译诗集都未收录诗歌《月下独酌四首·其一》。进一步追溯和考证可以发现，海尔曼所参考的蓝本来源于英国汉学家翟理斯于 1901 年出版的《中国文学史》，此处以该诗第一小节为例：

An arbour of flowers	花朵凉亭
and a kettle of wine：	和一壶酒：
Alas！in the bowers	唉！在凉亭里
no companion is mine.	没有我的同伴。
Then the moon sheds her rays	月亮闪着光芒
on my goblet and me，	照在高脚杯和我身上，
And my shadow betrays	我的影子显得
We're a party of three！（Giles，1923：153）	我们是三人聚会！

翟理斯严格按照英语韵体诗格律翻译中国诗歌，其英译文音步和韵律都十分工整，每行诗均为六音节三音步，相邻四行诗行交叉韵 abab。无论是对于韵律还是对于译语词汇的选择，翟理斯都尽力让译诗更符合西方文化传统，如"高脚酒杯""格罗格酒"等词汇都属于归化的翻译策略。其次，正是由于翟理斯的韵体翻译主张，译文难免会出现"因韵害意"的现象，即译者为了实现韵律的完美，扭曲原诗的内容和感情，如末尾"without a goodbye"仅是为了与上一行"in the sky"押韵，在内容上与"无情游"毫无关联。

值得注意的是，翟理斯对《月下独酌四首·其一》原作的理解直接影响了其译作的感情基调。在译文之前，翟理斯这样阐释原诗创作背景："在经历众多游历和冒险后，一天夜晚，他（李白）醉酒后想要拥抱水中的月光，却因偏离船舷太远，最后溺水而亡。在这不久之前，他创作了以下诗行。"（同上：153）翟理斯于1898年发表的译著《中诗英韵》（*Chinese Poetry in English Verse*）也收录了《月下独酌四首·其一》，他将标题改为《遗言》（*Last Words*）。显然，他将此诗视为李白的临终遗作。然而，事实上，《月下独酌四首·其一》写于天宝三年（744年），当时的李白年仅43岁，身处长安，虽然仕途上遭遇挫折，但正值壮年，对未来仍怀有无限的理想与希望。因此，与原作相比，翟理斯的译文所塑造的李白形象更多地透露出晚年的孤寂与凄凉，而缺少了原诗中的豪情与旷达。

海尔曼译文的标题为"Die drei Gesellen"（三位同伴），与李白原题"月下独酌"中"独"字形成反差，德译新标题为全诗奠定了热闹的基调。相较于翟理斯译文中透露的凄凉与落寞，海尔曼的译文显得更为明快与活泼。他将"独酌无相亲"改为"多么希望有个好朋友在一起啊"，通过虚拟语气表达出诗人对朋友陪伴的期盼。同时，他还删除了英译本中表示悲伤遗憾的语气词"Alas"，从而削弱了诗人的孤独、失意等负面情绪。"月亮"被赋予了更多的主动性，它闪烁着光芒主动向诗人"我"打招呼，而"影子"也积极加入，共同构成了一个愉快的聚会。这与原作"举杯邀明月，对影成三人"中诗人主动寻求陪伴的情境有所不同。"行乐须及春"被翟理斯译为"笑对忧愁/只要春天允许"，其中"允许"（allow）一词显得诗人颇为被动与无奈，而"忧愁"则加深了整首诗歌低沉与伤感的气氛；相比之下，海尔曼在未曾读过原作的情况下，其所译的译文却意外地更为贴近原文的意境："痛饮吧，开心起来，只要春天绽放着。"这正是原文"行乐须及春"要表达的内涵。

倘若说李白的《月下独酌四首·其一》原诗主要强调的是"独"的意境，翟理斯的英译文更注重抒发"悲"的情感，那么海尔曼的德语译文《三位同伴》则主要凸显了人、月、影三者聚会的愉悦氛围。在海尔曼的译文中，诗人刚刚萌生出对陪伴的渴望，月亮与影子便仿佛感应到一般主动"上门拜访"。在它们的陪伴下，诗人尽情地饮酒、歌唱、舞蹈，度过了一个愉快的夜晚。即使醉酒之后，诗人依然恋恋不舍，与月亮和影子约定明晚再会。整首译文中并未出现孤独、悲伤等字眼，所传达的是诗人旷达的心胸与善于排遣寂寞的情怀。

再看德默尔的改译。同《春日迷醉》一样，德默尔采用了每节诗行数目递增的形式，全诗分三节，第一节为六行，第二节为七行，第三节为八行，除了第一节出现三行五音步诗行，其他诗行都为四音步。第一节诗行押尾韵"abaabc"，第二节诗行押尾韵"dedddec"，第三节押尾韵"fgfffgcc"，同时每节诗歌的最后一行又押同一尾韵"-unde"，使三节诗歌在韵律上统一为整体。可见德默尔对诗歌韵律的巧妙匠心。

标题作为诗歌的核心组成部分，不仅揭示了诗歌的主旨，也体现了作者的情感倾向。德默尔将标题由海尔曼的"三位同伴"（Die drei Gesellen）改为"同伴中的第三人"（Der Dritte im Bunde），即两人同盟中加入了第三位参与者。德默尔的重点在于"第三位参与者"，同时给读者留下了悬念，第三位参与者究竟是谁？纵观全诗，直到第一节第五行，"第三位参与者"才首次出场，"我的影子好像是第三位参与者"，但德默尔使用了表示非现实的虚拟语气（und mein Schatten tut, als wär er der Dritte），其实在暗示读者，"第三位参与者"另有其人。直至最后一节的倒数第二行，"月""影"散去后才留下了真正的"第三位参与者"，原来就是诗人自己。因此，"同伴中的第三人"这一标题，实则是诗人对自我身份的一种隐喻。

值得一提的是，"der Dritte im Bunde"（同伴中的第三人）这一短语，源于德国古典主义作家弗里德里希·席勒（Friedrich Schiller）的著名叙事谣曲《人质》（*Die Bürgschaft*，1799）。《人质》的主人公默罗斯（Möros）刺杀暴君迪奥尼斯（Dionys）未果被捕，在被处决前默罗斯请求暴君宽限三日时间，待默罗斯回家为妹妹举行婚礼后回来接受处决，并将挚友留作人质。国王怀着恶意答应了默罗斯。处理好妹妹婚礼后，默罗斯在返程途中历尽磨难，暴雨狂涛、拦路强盗、炙热的骄阳都没有动摇他回去的信念，最终他在挚友被处决的前一刻到达城门。国王被二人的友谊和忠诚征服，并提出要加入二人成为朋友的愿望："如果你们同意我的请求，我愿意成为你们中的第三人！"（Ich sei, gewährt mir die Bitte, In eurem Bunde der Dritte!）（席勒，2005：255）在这首谣曲中，席勒展现了友谊和忠诚的理想典范。从这一层面来解读，德默尔的标题"同伴中的第三人"在德语文学语境中引发的是读者对席勒所创作的谣曲《人质》的联想，读者由此产生的阅读期待是一首与友谊、忠诚相关的诗歌。

德默尔对诗歌正文的改动主要体现在扩写和细节上。在第一节中，他将四行诗歌扩写为六行：在花团锦簇的春天凉亭中，李白一杯一杯地斟酒豪饮，突然寂寞涌上心头，在朦胧的迷醉中，他看到月亮和影子不请自来。德默尔将李白与"月""影"的聚会比喻为"圆桌骑士"（Tafelrunde）聚会。"圆桌骑士"最早出现在英国亚瑟王的传奇中，相传亚瑟王发明了圆桌，其麾下最勇敢忠诚的骑士可以与他一同围坐在圆桌旁，大家平等而又和谐，不必因为位置的优劣而争吵，"圆桌骑士"寓指诗人、"月"和"影"三者之间和谐美好的关系。此处月亮代表着"天空"，影子代表着"大地"，"天空""大地"和中间的李白形成一个宇宙空间。

第二节中，诗人与"月""影"的关系更进一步，他直接称呼月亮为"兄弟"，诗歌气氛随着饮酒的推进而逐渐高涨。德默尔将"行乐须及春"一句扩展至五行，"畅饮吧，直到我们酣醉倒地"，狄奥尼索斯式的激情支配着李白，"举杯吧，朋友，敬你们每一个人，/唇齿尚留余香，愿此刻即成永恒！"生之欢乐和醉之喜悦一起得到宣泄。原作中"行乐须及春"暗含着春光短暂、欢乐易逝的悲观情绪，而在德默尔的改作中，诗人克服了内心的悲观主义，完全沉浸在当下友谊和美酒的欢乐和愉悦中，希望美妙时刻永驻心头。德默尔赋予了李白更加激昂、肯定生命的性格特征。从着墨上也可以看出，德默尔对李白的孤独感进行了淡化，更侧重塑造一个及时行乐、豪饮豁达的李白形象。

在诗歌的最后一节中，"欢笑的月亮"和"舞蹈的影子"分别对应原作中"我歌月徘徊，我舞影零乱"。其中，"欢笑"和"舞蹈"同样是尼采笔下酒神精神的象征。在《查拉图斯特拉如是说》中，尼采（2018b：357）写道："因为在笑声中并存着所有的恶，却通过自己的极乐而得到圣化和赦罪。"在尼采看来，欢笑是神圣的，令一切恶的东西都神圣化，具有酒神精神的人应该对人生的幸福、失败、悲剧和痛苦都投以欢笑。尼采（2018b：357）接着又写道："而且，如果我的关键就在于，一切重者都要变轻，一切身体都要变成舞者，一切精神都要化为飞鸟：而且真的，这就是我的关键所在！""舞蹈"在尼采那里不仅意味着轻盈向上的身体状态、欢乐愉悦的精神状态，而且还代表着不断超越自己的生命状态。（王路灵，2013：142-144）查拉图斯特拉自称为"欢笑者"和"舞蹈者"，他指责那些高等人："你们这些高等人呵，你们最糟糕的地方在于：你们全部没有学会跳舞，就像人们不得不舞蹈的那样——越过你们自己而舞蹈！你们失败了，这又算得了什么！……提升你们的心灵吧，你们这些优秀的舞蹈者，高些！更高些！也别忘了好好欢笑！"（尼采，2018b：455）在德默尔的改译中，欢笑的月亮、舞蹈的影子和醉酒的李白三者共同谱写了一曲对生命的热烈赞歌，象征着超越自我、向前发展的人生态度，这种超越自我的生命状态正是尼采呼唤的"超人"。

德默尔改译的语气和感情同样值得注意。海尔曼的译文仿佛一首欢快的小曲，语气轻松明快，仅在末句用感叹号增强了语气，强调诗人对三人再次聚会的憧憬。而德默尔的改译语气强烈，感情充沛，感叹号使用次数达七次之多，整首诗歌读起来仿佛是诗人狂热感情的宣泄。从感叹号的位置可以推断出，诗人宣扬友谊带来的愉悦和饮酒后的陶醉，这些美好的事物使诗人珍惜当下，面对生命更加乐观和积极。

第三节 《静夜思》与印象主义

除了饮酒诗外，德默尔在 1893 年还选择了李白的另一首脍炙人口的诗篇《静夜思》进行改译。这一译作被收录在印象主义诗人尤利乌斯·哈特（Julius Hart）的著作《世界文学史和一切时代和民族的戏剧史》(*Geschichte der Weltliteratur und des Theaters aller Zeiten und Völker*)中，此举无疑与德默尔当时所处的印象主义文学环境息息相关。值得一提的是，《静夜思》在德语世界的译介颇具影响力，据统计，在 19 世纪和 20 世纪，该诗在德国出现了至少 22 个不同的译本，足见其受欢迎程度。（曹乃云，2003：60-65）在德默尔之前，已有德国东方学家威廉·硕特（Wilhelm Schott）、卡尔·阿多夫·弗洛伦茨（Carl Adolf Florenz）、政治家戈特弗里德·博姆（Gottfried Böhm）以及诗人比尔鲍姆等人将《静夜思》译为德语，这些译作在一定程度上推动了李白诗歌在德国的传播与接受。（张杨，2016：3-13）然而，德默尔的改译作品在其中独树一帜，展现了其独特的艺术风格：

Auf der Reise　　　　　　　　　　**在旅途中**

Nach Li-tai-po　　　　　　　　　　仿李太白

Vor meinem Lager liegt der helle　　　在我的小床前，
Mondschein auf der Diele；　　　　　明亮的月光洒满地板；

mir war, als fiele	我仿佛觉得，
auf die Schwelle	晨光
das Frühlicht schon,	落在了门槛上，
mein Auge zweifelt noch.	我的眼睛还在怀疑。
Und ich hebe mein Haupt und sehe,	我抬起头，看到，
sehe den hellen Mond	看到明月
in seiner Höhe	在高空中
glänzen. Und ich senke,	璀璨生辉。我低下，
senke mein Haupt—und denke	低下头——想起
an meine Heimat.（Dehmel，1893：85-	我的故乡。
86）	

德默尔参考的蓝本是德理文的法译本：

Pensée dans une nuit tranquille	**静夜里的思念**
Devant mon lit, la lune jette une clarté très vive ;	在我床前，月亮洒下清澈的月光；
Je doute un moment si ce n'est point la gelée blanche qui brille sur le sol.	我迟疑了片刻，是不是地上的白霜发光。
Je lève la tête, je contemple la lune brillante ;	我抬起头，对着发光的月亮沉思；
Je baisse la tête et je pense à mon pays. （Saint-Denys，1862：44）	我低下头，就想到我的故乡。（译文参考：孟华，2012：51）

孟华评价道，德理文的译文剔除"因中、法语言转换而不得不添加的主语、变位动词等因素"，译文可以说"相当纯粹，或曰相当'信'，几乎无任何自由发挥之处"。（同上）而德理文在译文后附录的详细注释，则为读者深入理解了《静

111

夜思》的文化底蕴和创作特色提供了宝贵的参考："李太白用简洁清晰、自然的方式表达自我，令诗歌产生言有尽而意无穷的韵味……尾句'低头思故乡'触发了读者的悲伤情绪，使其深深沉醉在（思乡）梦境里。"（Saint-Denys，1862：45）尽管德默尔不懂中文，但他通过德理文的注释，对原诗的创作特点有了深刻的理解。

德默尔的《静夜思》改作诗行简短，语言质朴，更贴近李白原诗五言绝句的简洁风格。相比德理文的散文译作，德默尔更注重诗歌的韵律感，如第一节前四行诗句以"abba"形式而行成的包围韵，第二节第四行、第五行末尾的动词"senke"（低下）与"denke"（想起）押韵，大大增加了诗歌的音乐性。德默尔还多次使用"跨行连句"（Enjambment）的修辞手法，即诗行末尾不留标点符号，使诗意得以延续至下一行。这种手法的运用不仅在诗行间产生了一种张力，使得诗意的释放得以延缓，从而加深了读者的期待感；同时也减缓了诗歌的节奏，让读者能够更充分地领略诗中蕴含的情感与意境，读后回味无穷。

德默尔对原诗内容主要进行了三处改动。首先，他将标题由《静夜里的思念》改为《在旅途中》，这一改动更强调诗人的"旅者"身份，展现"游子"在旅途中的所见、所感、所悟，使得诗歌的主题更加鲜明。其次，德默尔将原诗中的"霜"改为了"晨光"。原诗中的"霜"不仅作为比喻修辞，还暗示了诗人处在秋末冬初的霜降季节，寒冷的异乡之夜与诗人思念家乡的温情形成强烈的对比。而改译为"晨光"后，虽然失去了原诗中秋天的肃寒气氛，但却更符合旅者的心态，表现出对黎明的期待与旅途的奔波。这一改动十分符合德默尔当时的印象主义倾向，印象主义者着力捕捉光、影的变化，营造出一种朦胧的气氛。最后，"举头望明月"被德默尔改译为"看到明月/在高空中/璀璨生辉"。这一改动表明，他更关注月亮所映出的光影及其带来的瞬间印象，而非月亮本身。这种处理方式与印象主义强调瞬间感受和光影变化的理念相呼应，同时也与诗人复杂而微妙的情绪相得益彰。

尽管德默尔的改译长达 12 行，乍看之下与原诗五言绝句偏离较大，但与德理文、比尔鲍姆等前人的译作相比，德默尔的改译效果得到的评价最好。汉学家舒斯特评价德默尔的改译在整体效果上比其他版本都更贴近原作《静夜思》："句子结构和语法都十分合适，语言质朴，诗意十足。"（Schuster，1977：95）此外，德默尔的改译还被其好友兼诗人尤利乌斯·哈特收录在著作《世界文学史和一切时代和民族的戏剧史》中。哈特对《静夜思》的阐释或许可以解释该诗一再被德语诗人争相翻译的原因："人们可以在李白的诗歌《静夜思》——也可以称之为'漫游者思乡情'——中识别出歌德的特征，即在极度简洁的表达中蕴藏着最丰富细腻的联系和全面详尽的感触。"（Hart，1894：48）的确，《静夜思》的简洁特色与歌德的诗歌特征十分接近，例如歌德的一首小诗《在众山之巅》（*Über allen Gipfeln*）与《静夜思》有异曲同工之妙。

Über allen Gipfeln	群峰一片
Ist Ruh,	沉寂，
In allen Wipfeln	树梢微风
Spürest Du	敛迹。
Kaum einen Hauch;	林中栖鸟
Die Vögelein schweigen im Walde.	缄默，
Warte nur！Balde	稍待你也
Ruhest du auch.	安息。
	（译文参考：钱春绮，转引自邹绛，1983：33）

同《静夜思》一样，这首诗歌无须过多阐释，其简洁的语言与丰富的感情形成强烈对比，散发出审美张力，打动读者的内心。

考察德默尔同一时期的其他创作后可以发现，他改译《悲歌行》和《静夜思》均是基于某种特定考量。两首诗歌都被收录在德默尔于1893年出版的诗集《但是爱》中，该诗集的副标题为"一本已婚男人和人类之书"（*Ein Ehemanns und Menschbuch*）。彼时，德默尔陷入严重的婚姻危机，他从前一年开始对妻子保拉的好友赫德维希·拉赫曼（Hedwig Lachmann）产生了爱慕之情，在三角关系中纠结万分。这部诗集的中心题材正是德默尔无法克制的激情式爱情。（Hagen，1932：68-69）

从文学风格上来看，《但是爱》是一部典型的印象主义诗集。19世纪90年代初，受利里恩克龙的影响，德默尔开始质疑自然主义流派的艺术手法，认为自然主义扼杀了艺术家的主体创造性，转向创作印象主义文学作品，主张捕捉刹那的情绪和印象，而非生硬地复制生活。该诗集的第一首诗歌《瞧！诗人》(*Ecce Poeta!*)正是献给印象主义诗人代表利里恩克龙的，该诗着重呈现了利里恩克龙作为成功诗人，在名气和鲜花背后承受的不为人知的痛苦和烦恼。第四首诗歌《私生子》(*Bastard*)的灵感来源于荷兰画家伦勃朗(Rembrandt)明暗交织的画作《掠夺珀耳塞福涅》，诗作凸显了印象主义含蓄朦胧的特点。而在德默尔改译的两首李白诗歌中，《悲歌行》恰好是李白的一篇内心独白，反映了他的孤独与寂寞，以及面对理想与现实的矛盾心理，是绝佳的印象主义诗歌创作素材；《静夜思》中朦胧的月光和欲说还休的思乡情绪也颇符合印象主义的美学追求，德默尔还将"疑是地上霜"的"霜"改为"晨光"，使《静夜思》更具有印象主义风格。

德默尔改译的最后一首李白诗歌名为《遥远的琉特》：

Die ferne Laute

Nach Li-Tai-Pe

Eines Abends hört'ich im dunkeln Wind
eine ferne Laute ins Herz mir dringen.
Und ich nahm die meine im dunkeln Wind,
die sollte der andern Antwort singen.
Seitdem hören Nachts die Vögel im Wind
manch Gespräch in ihrer Sprache erklingen.

Ich bat auch die Menschen, sie möchten lauschen,
aber die Menschen verstanden mich nicht.
Da ließ ich mein Lied vom Himmel

遥远的琉特

仿李太白

夜晚在黑暗的风中，我听到
远方的琉特弹奏，它击中我的心房。
在这黑暗的风中我拿起自己的琉特，

吹奏一曲予以回应。
从此以后，人们在夜色中听到
风中响起鸟儿们用它们语言谈话的声音。

我也邀请了人们，他们想要倾听，

但是却不能理解。
我让天上的神灵倾听，

belauschen,

und da saßen nachts um mein Herzenslicht
die Unsterblichen mit hellem Gesicht.
Seitdem verstehn auch die Menschen zu lauschen
und schweigen, wenn meine Laute spricht.
(Dehmel, 1918: 237-238)

夜里他们围坐在我身旁
心中的光芒照亮仙人的脸庞。
从那以后, 人们也懂得倾听

和沉默, 当我弹起琉特的时候。

德默尔依旧参考了海尔曼的译诗集《中国抒情诗》, 并且参考的并非一首独立诗歌, 而是将两首诗歌组合为一首新诗, 分别为海尔曼翻译的《神秘的笛子》和《仙人之舞》:

Die geheimnisvolle Flöte

神秘的笛子

Eines Abends trug mir der Wind durch den Duft der Blätter und Blumen den Ton einer fernen Flöte zu.
Da hab ich einen Weidenzweig abgeschnitten und mit einem Liede geantwortet.
Seitdem hören nachts, wenn alles schläft, die Vögel ein Gespräch in ihrer Sprache.
(Heilmann, 1905: 31)

夜晚风儿穿过树叶和花儿的芬芳送来远方的笛声。

我剪下一枝柳条, 用一首歌曲回应。

从此以后, 当夜晚一切安息时, 便可听到鸟儿用它们语言谈话的声音。

Der Tanz der Unsterblichen

仙人之舞

Zu meiner Flöte von Jade habe ich ein Lied den Menschen gesungen; aber die Menschen haben mich nicht verstanden.

伴着玉笛, 我给人们唱了一首歌曲; 但是人们没有理解我。

115

Da habe ich meine Flöte zum Himmel erhoben und habe mein Lied den Unsterblichen gesungen.

我把玉笛举向天空，唱歌给仙人听。

die Unsterblichen hat es erfreut; sie haben zu tanzen begonnen auf den erglühenden Wolken;

仙人十分开心；他们在炽红的云端翩翩起舞；

Und nun verstehen mich auch die Menschen, wenn ich singe und mich begleite auf meiner Flöte von Jade.（同上：56）

现在当我伴着玉笛唱歌的时候，世人终于理解了我。

经考证，上述两首诗歌均源自戈蒂耶的法译本《玉书》，法语译名分别为 *La flûte mystérieuse*（《神秘的笛子》）和 *Les sages dansent*（《仙人之舞》）。从《神秘的笛子》中"玉笛""风""夜""曲""折柳"等意象可以推测该诗源头为李白的《春夜洛城闻笛》。

春夜洛城闻笛

谁家玉笛暗飞声，散入春风满洛城。
此夜曲中闻折柳，何人不起故园情。

（李太白，1999：1161）

《春夜洛城闻笛》是李白在客居洛阳时，因夜里听到笛声而触景生情所作的一首思乡诗。诗人将音乐与思乡的主题相结合，诗歌语言通俗，感情真挚。戈蒂耶首先对原诗进行了创意性的改编，将原诗七言绝句改为三行，仅选取了原诗中"风""笛""柳""曲""夜"五个字符，演绎出一首全新的诗歌。除了原有的"风""笛"意象，戈蒂耶还加入了"树叶"和"花儿"等新意象，使诗歌画面鲜艳明丽。原诗"此夜曲中闻折柳"的"折柳"一语双关，不仅指吹笛人所吹的曲子名为《折柳曲》，也暗指习俗"折柳送别"，"柳"同"留"字谐音，"折柳"蕴含了无限的离愁情绪。戈蒂耶依照字面含义将"折柳"简单译为"coupé une branche de saule"（剪下一枝柳条），柳条仅意味着简易的音乐工具，这样的处理大大减弱了原诗中"折柳"所蕴含的离愁别绪和文化内涵。尾句中新增的"小鸟"意象代表着与人类世界相对应的自然世界。

对于戈蒂耶的译文，学者余宝琳提出了独到的见解："这首诗是关于声音的，但不是唤起怀旧的乡愁，而是成为人类世界和自然世界中不同的、平行的交流方式的客观场面。"（Yu，2014：267）余宝琳认为，戈蒂耶的译文之目的不在于表达特定的感情或思想，而是不动声色地呈现出人类世界和自然世界的两种交流方式。值得注意的是，从文本结尾可以看出，人类世界与自然世界的交流在音乐上找到了共鸣，鸟儿似乎在聆听诗人与神秘的吹笛人之间的"音乐对话"，这表明音乐不仅触动人类的心灵，也是自然界通用的语言。

对于第二首诗歌《仙人之舞》，学界研究一直停留在尚待考证的阶段，（Stocès，2006：343）直到2014年，余宝琳提出新的观点，认为该诗原型可能为李白的《江上吟》，原因在于"玉笛"对应"玉箫金管坐两头"中的"玉箫"，"仙人"则对应"仙人有待黄鹤去"中的"仙人"。（Yu，2014：269）但除了这两处对应之外，《仙人之舞》与《江上吟》在主旨上无任何内在联系。因此，可以认为戈蒂耶是以"玉笛"和"仙人"这两个意象为基础，进行了全新的创作。

《仙人之舞》叙述了诗人的才能（吹笛唱歌）最初不被普通世人理解，但当天上的仙人随歌起舞，给予回应后，普通世人也认可了诗人的才能。此诗名义上的作者为李白，故而从李白的角度可以阐释为怀才不遇的诗人李白得不到世人认可，他渴望有仙人指点世人，只有当仙人承认其才华后，普通世人才会跟随仙人认可自己。这是戈蒂耶假李白之名的自创诗歌，但其在西方流传之广却令人瞠目结舌，仅在德语世界，除了海尔曼和德默尔外，贝特格和克拉邦德也分别以《众神的舞蹈》（*Der Tanz der Götter*）和《云端的舞蹈》（*Der Tanz auf der Wolke*）为名改译过该诗。

德默尔将《神秘的笛子》和《仙人之舞》两首独立的诗歌整合为一首，并自创新标题为《遥远的琉特》。尽管两首诗歌在内容上是相互独立的，但"笛声"和"音乐"构成了二者的内在联系，成为串联新诗歌的红线。诗歌共两节，第一节为六行，第二节为七行，每行都为四重音。第一节押"ababab"尾韵，第二节押"cdcddcd"尾韵，其中第一节的第一行、第三行、第五行都以词汇"Wind"（风）结尾，第二节的第一行、第三行、第六行都以词汇"(be)lauschen"（倾听）结尾，读来颇具节奏感。

首先，德默尔将蓝本中的完成时态悉数改为过去时态，使语言风格更加优雅和书面化。其次，他将乐器"玉笛"改为"琉特"。"笛"是唐诗中具有非常丰富的文化内涵的意象，笛声悠扬嘹亮，清旷悠远，深受唐朝统治阶级和诗人的喜爱。尤其是"玉笛"，其凭借天然华贵的材质，在唐诗中大放异彩，营造出极其优美浪漫的意境，给世界读者留下了深刻印象，贝特格直接以《中国之笛》命名其中国诗歌改译集。但笛子主要适用于独奏或合奏，不似吉他、琵琶、琉特等乐器演奏者可以边弹边唱，因此在《神秘的笛子》和《仙人之舞》的法语蓝本中，诗人"我"一边吹笛一边唱歌，这一现象存在逻辑上的不合理性。海尔曼意识到不妥之处，特意给"玉笛"注释道："中国人不仅弹着琉特唱歌，而且也喜欢吹着笛子唱歌，在缺少搭档的情况下自我吹笛'伴奏'，他们交替着一会儿唱歌一会儿吹笛。"（Heilmann，1905：138）事实上，在中国文化中，诗人交替着唱歌吹笛的行为并不常见，海尔曼的注释是否确凿有待商榷。德默尔不习惯给诗歌添加注释，他惯用归化策略，善于将诗歌内容德国化，故而将"玉笛"改为"琉特"，使诗歌更加流畅自然。

尽管两首原诗的内容变动不大，但经过德默尔的巧妙组合，《遥远的琉特》呈现出了全新的阐释维度。在这首诗中，诗人"我"通过弹奏琉特与夜色中的音乐进行对话，甚至鸟儿也被这美妙的乐声所吸引。然而，当"我"尝试邀请普通世人共赏时，却遭遇了理解上的障碍。唯有当天上的仙人表达赞赏后，普通人才开始表示理解与接纳，愿意倾听这音乐。这一情节可以映射到德默尔所处时代中艺术家所面临的现实困境：像"琉特曲"这样的艺术音乐作品，虽然能被自然界（如小鸟）所欣赏，却往往难以被当时的普通民众所理解。唯有那些被神化、富有象征意义的歌曲，才能获得大众的青睐。（Klein，1957：218）通过李白的口吻，德默尔表达了对当时艺术环境的不满，并批评了读者的审美品位未能与时俱进，未跟上艺术家在现代革新方面的追求。

第四节　李白作为表现主义"新人"

在 1906 年改译的三首李白诗歌《春日迷醉》《同伴中的第三人》《遥远的琉特》中，德默尔的个人风格十分突出。他不再局限于对诗歌一对一地改译，而是采用了将不同诗歌拼贴成为一首新诗歌的全新模式，诗歌结构呈现出每节行数递增的趋势。德国著名作家、诗人霍夫曼斯塔尔阅读过德默尔改译的唐诗后曾经十分激动，盛邀他为其编辑出版的《晨报》(Morgen)撰稿："类似您从中国翻译出的这些绝妙作品，我们也非常乐意刊登，多多益善！"(转引自 Schuster，1977：93)

在同年写给友人兼作家鲁多尔夫·弗兰克(Rudolf Frank)的信件中，德默尔直接阐明了自己的改译方法："我所改译的李太白，您可以在海尔曼的译诗集《中国抒情诗》中查阅到。因为中国诗歌的结构无法用任何一门欧洲语言再现，我当然非常自由地进行改译，例如在《遥远的琉特》和《春日迷醉》中将李白的不同诗歌的主题合并到一个框架内，同时对意义和感情也作出了较大改动。但是类似的诗歌结构您可能在我以前很多诗歌中可以发现，例如《三次目光》(Drei Blicke)(诗行数目递增)或《城堡》(Das Schloß)(诗行数目下降和增多)。"(Dehmel，1923：114)至于为何如此改译，德默尔幽默地回应道："那您必须去问亲爱的上帝；这正是感情活动的形式，它随着画面的出现而出现。"(同上)在德默尔看来，诗歌形式呈现出特殊的数学效果，完全是诗歌内部感情活动的自然产物。在《春日迷醉》和《同伴中的第三人》中，诗歌感情节奏都随着每节诗行数目递增而愈加激昂。

相比 1893 年德默尔对《静夜思》的印象主义风格改译，其于 1906 年对三首李白诗歌的改译作品更多地浸染了表现主义式激情。在诗歌《春日迷醉》中，德默尔笔下的李白在最高级的迷醉中忘却自我，表现出和宇宙本体融为一体的冲动，透过个人的毁灭传达出宇宙生生不息的生命乐趣。在《同伴中的第三人》中，李白则摆脱了原作中的孤独和寂寞，以举杯共饮、放歌狂舞的姿态享受着友情的温暖与美酒带来的愉悦，并化身为高蹈轻扬的舞者，超越自我，不断向前。而在《遥远的琉特》中，德默尔更是让李白变身成为讽刺者，抨击读者跟不上艺术家的革新需求。德默尔还在信中写道："李太白的诗我知道的就有几十首，不想再多了解了；要把这个中国的古代人改造成新人，只能通过最独具匠心的节奏才能获得成功。无法做到这一点的人，就不应染指李白。"（同上：118）可见，将李白塑造成符合德国时代革新需求的表现主义"新人"，是德默尔再次操刀改译李白诗歌的动机。"新人"这一概念根植于尼采创造的"超人"概念，在德默尔的诗歌中，"新人"体现了一种生活态度，即"无条件对生活肯定和以生活为乐的态度"，"这种生活乐趣可以上升至生命的沉醉，也是一种对生命的真正敬畏和迷醉"。（Viering，1990：167-168）"新人"不仅与传统基督教价值观划清了界线，还否定了世纪末的颓废主义倾向，成为20世纪初表现主义的革新口号。从诗歌《自白》（*Bekenntnis*）中可以一窥德默尔作为"新人"的生命态度：

> 我想要探索一切乐趣
> 尽我能渴望的那样；
> 我要从全世界得到它，
> 并为它而死。（Dehmel，1918，Band 1：11）

为了探索生命的激情，德默尔甚至愿意牺牲自我，在个体的毁灭中感受生命的律动。诗中"乐趣"不仅指代生活乐趣，而且更多地指向艺术的创造力和创造乐趣，"艺术就是肯定生命"（Dehmel，1926：129），德默尔和尼采一样认为是艺术赋予生命意义，不断创造的人生意味着对生命的真正肯定。

在千年前的中国诗人李白身上，德默尔发现了与20世纪初表现主义"新人"相似的特质。李白追求个性自由，反对陈规陋习，蔑视权贵，同时热爱生活，游历四方，寄情山水与艺术。其诗作展现了非凡的想象力与激情，以及源源不断的艺术创造力。面对困境与失意，他保持豁达与不羁，"天生我材必有用"的自信与豪情溢于言表。李白的嗜酒与醉酒中的诗作更增添了他的浪漫主义色彩。这些特质与19世纪末尼采提出的酒神精神相呼应，其饮酒诗中的"迷醉"与自由精神跨越时空与民族，在德默尔眼中仍具有强烈的普适性，成为世界精神的重要组成部分。

在此基础上，德默尔将李白诗歌与尼采的酒神精神巧妙地结合起来，一方面通过李白的诗歌形象地阐释出酒神精神的核心所在：面对人生的虚幻和无常，个体与生命意志融为一体,在迷醉的幻景中得到解脱,不断超越自己,追寻真正的永恒和太一;另一方面德默尔也借用酒神精神拓延了李白诗歌的艺术空间,让李白诗歌在 19 世纪至 20 世纪之交的德国既呈现出特殊的审美趣韵与现实意义,又彰显出李白诗歌作为"世界诗歌"的魅力。

第六章 "中国精神"：克拉邦德
对唐诗的直觉重塑

克拉邦德是德国表现主义时期的重要诗人和作家，原名阿尔弗雷德·亨史克（Alfred Henschke），"Klabund"（克拉邦德）是其笔名，由德语单词"Klabautermann"（船怪）和"Vagabund"（流浪汉）组合而成，反映出克拉邦德内心的浪漫情怀以及对"流浪诗人"身份的向往。在当时接受和改译唐诗的德语诗人中，译作最受欢迎的当属克拉邦德。他于 1915 年至 1921 年发表了三部中国诗歌改译集，依次为《沉鼓醉锣》《李太白》《花船》。其中诗集《李太白》不断再版，影响了一代德语读者，为克拉邦德赢得了空前声誉。德国当代汉学家德博评价道："德语读者是通过克拉邦德和贝特格的改译熟悉李太白的。他能被读者熟悉，归功于这两位诗人。"（Debon，1958：37）另一位钟情于中国古典诗词的德国汉学家吕福克也颇认可克拉邦德的贡献："若论李白或李太白这个名字今日所以在德国的诗文爱好者中犹不算陌生，'卡拉崩'（即克拉邦德）首居其功。"（吕福克，2001：43）。作为世纪之交德语文坛"唐诗热"现象的典型案例，克拉邦德对唐诗的重新诠释不仅展现了其独特的诗学韵味，更在深层次上体现了丰富的哲学意蕴与对社会的深刻批判。

第一节 克拉邦德与中国文化

1890 年，克拉邦德出生在奥得河畔的克罗斯诺市（Crossen an der Oder）的一个药剂师家庭，受家庭影响，他在大学期间学习化学和制药，但之后转向学习哲学、语言学和戏剧学，在文学领域渐露锋芒。不幸的是，克拉邦德自 16 岁起感染肺结核，饱受病痛折磨，38 岁便英年早逝。虽然克拉邦德的写作生涯较为短暂，但他给后世留下了丰富多彩的作品。

克拉邦德一生创作了诗集 14 部、戏剧 5 部以及中短篇小说散文 20 多部，还改译了数十部外国诗歌集。1913 年，克拉邦德发表了第一部诗集《曙光！克拉邦德！天色破晓！》（*Morgenrot！Klabund！Die Tage dämmern！*），他将矛头对准传统宗教价值观，呼唤德国青年从黑暗中觉醒，用全新的价值观念衡量生活。1914 年第一次世界大战爆发后，同诸多时代青年一样，克拉邦德受到战争激情的蒙蔽，对战争抱着浪漫幻想，甚至自愿报名奔赴前线。由于身体健康原因，他无法亲身参加战争。为了鼓舞德国士兵积极作战，克拉邦德开始创作诗歌来鼓吹战争，发表了诗集《士兵之歌》（*Soldatenlieder*，1914）。1915 年，克拉邦德接触了中国战争题材诗歌，以此为素材出版了第一部诗歌译著：《沉鼓醉锣——中国战争诗歌译本》。该诗集首次出版时便发行一万册，备受好评，截至 1952 年，再版了八次。除了激励士兵勇往直前的主题外，中国战争诗歌用大量篇幅控诉了战争期间百姓流离失所、饿殍遍野的惨状，这促使克拉邦德开始反思战争的本质。此外，中国诗歌，特别是李白的诗歌，蕴含的审美情趣和意境尤其吸引克拉邦德。1916 年，克拉邦德改译了 41 首李白诗歌，发表了诗集《李太白》。随后，克拉邦德将目光投向波斯和日本，相继出版了改译诗集《波斯天幕制造者的格言诗——仿欧玛尔·海亚姆的新四行诗》（*Das Sinngedicht des persischen Zeltmachers：Neue Vierzeiler nach Omar Khayyâm*，1917）、《艺妓欧森——仿日本主题的艺妓诗歌》（*Die Geisha O-Sen：Geisha-Lieder nach japanischen Motiven*，1918）、《拜火教徒——改译哈菲斯》（*Der Feueranbeter：Nachdichtungen des Hafis*，1919）。1921 年，克拉邦德重拾中国古典诗歌，改译了李白、杜甫、苏东坡等诗人的诗作，出版了诗集《花船》。克拉邦德的诗歌改作给德语读者打开了一扇通往东方文化的窗户。

与此同时，克拉邦德与中国道家哲学也结下不解之缘。卫礼贤翻译的《道德经》引起克拉邦德的极大兴趣，为他提供了精神慰藉。1919 年，克拉邦德以《道德经》第 14 章为素材，发表了诗集《三声》（*Drei Klang*），他不仅将"道"看作治愈个人精神创伤的良剂，而且也是拯救遭受战争和资本主义摧残的西方世界的灵丹妙药。在克拉邦德看来，危机中的欧洲应以东方的思维方式为榜样。翌年，克拉邦德改译了《道德经》中多处政治和伦理箴言，出版了《人，回归本质！老子，箴言》（*Mensch，werde wesentlich！Laotse，Sprüche*）。

1925 年，克拉邦德发表了一部以中国为题材的戏剧：《灰阑记——中国五幕剧》(*Der Kreidekreis：Spiel in fünf Akten nach dem Chinesischen*)。该戏剧改编自元杂剧《包待制智勘灰阑记》，在柏林被搬上舞台后大获成功。另一位表现主义作家布莱希特观看演出后深受触动，在此基础上又创作出戏剧《高加索灰阑记》(*Der kaukasische Kreidekreis*)，成为中德文学交流史上的佳话。此外，克拉邦德还翻译了道教经典《太上感应篇》(*Das Buch der irdischen Mühe und des himmlischen Lohnes von Wang-siang*)，创作了四部与中国有关的小说，它们或以中国文学故事为创作源头，或将中国设立为故事发生的场所。从克拉邦德的创作和翻译领域可以看出他对世界文学的兼收并蓄。在文学创作之外，克拉邦德对文学史也颇有研究，于1920 年接连出版了《一小时德国文学史》(*Deutsche Literaturgeschichte in einer Stunde*)和《一小时世界文学史》(*Geschichte der Weltliteratur in einer Stunde*)两部文学史著作。

第二节 《沉鼓醉锣》：反战心声

克拉邦德首次萌生改译中国诗歌的想法发生在 1915 年，时间上比前两位诗人——霍尔茨和德默尔——要晚得多。据友人圭多·冯·卡乌拉(Guido von Kaulla)回忆，克拉邦德当时与朋友围坐在火堆旁，"互相朗诵着世界文学中最美的段落"：

> 当弗兰克(Bruno Frank)朗诵到李太白的《瓷亭》(由贝特格改译)时，克拉邦德一跃而起："难以相信这首诗歌这么美妙。但是必须换种方式来翻译。明天我就去图书馆。"……克拉邦德第二天来到国家图书馆，沉浸在浩瀚的中国诗歌中。除了德法汉学家(如海尔曼、佛尔克以及戈蒂耶)的译本外，德理文的散文式译作最吸引克拉邦德。他首先专心研究了战争诗歌和李太白的诗句……(Kaulla，1971：75-76)

激发克拉邦德对中国诗歌产生兴趣的《瓷亭》出现在贝特格的中国诗歌译文集《中国之笛》中，该诗全文如下：

Der Pavillon aus Porzellan

Mitten in dem kleinen Teiche
Steht ein Pavillon aus grünem
Und aus weißem Porzellan.

Wie der Rücken eines Tigers
Wölbt die Brücke sich aus Jade
Zu dem Pavillon hinüber.

In dem Häuschen sitzen Freunde,
Schön gekleidet, trinken, plaudern,
Manche schreiben Verse nieder.

Ihre seidnen Ärmel gleiten
Rückwärts, ihre seidnen Mützen
Hocken lustig tief im Nacken.

Auf des kleinen Teiches stiller
Oberfläche zeigt sich alles
Wunderlich im Spiegelbilde.

Wie ein Halbmond scheint der Brücke,
Umgekehrter Bogen. Freunde,
Schön gekleidet, trinken, plaudern,

Alles auf dem Kopfe stehend
In dem Pavillon aus grünem

瓷亭

小池中央
一座绿白相间的
瓷亭。

像老虎脊背，
玉桥弯拱
通向凉亭。

友人坐在亭子里，
衣着华丽，饮酒，聊天，
有人写下诗篇。

丝绸衣袖轻轻
掠过，丝绸帽子
蜷在脖颈处，别有情趣。

小池水平如镜，
一切神奇地
倒映其中。

小桥似弯月，闪闪发光，
似弯弓倒立。衣着华丽的友人，
饮酒聊天，

在绿白相间的
瓷亭中，

Und aus weißem Porzellan.（Bethge, 一切好像倒立着。
1955：19-20）

这首诗歌是由贝特格转译自戈蒂耶《玉书》中的同名诗歌《瓷亭》(*Le Pavillon de Porcelaine*)，据考证，其源头或许为李白的《宴陶家亭子》：

> 曲巷幽人宅，高门大士家。
>
> 池开照胆镜，林吐破颜花。
>
> 绿水藏春日，青轩秘晚霞。
>
> 若闻弦管妙，金谷不能夸。
>
> （李太白，1999：948）

经过戈蒂耶的再创作，《瓷亭》与原作《宴陶家亭子》相去甚远，读者仅能从"亭""池""镜""绿"四处字眼依稀识别出原作轮廓。《瓷亭》营造了一个具有中国特色的浪漫世界：由瓷器建成的凉亭、玉制的拱桥、平静的小池塘、光滑的丝绸锦缎、饮酒作诗的友人。克拉邦德读到《瓷亭》时，第一次世界大战已爆发近一年，《瓷亭》中的浪漫世界仿佛世外桃源般平静美好，与彼时战火纷飞的欧洲现实形成强烈对比，同时中国诗歌也向克拉邦德呈现出了全新的艺术世界。1915 年，在研究中国战争诗歌后，克拉邦德出版了首部中国诗歌改译集《沉鼓醉锣——中国战争诗歌译本》。

该诗集收录有李白诗歌 12 首、杜甫诗歌 9 首、《诗经》3 首以及孔子、屈原、苏武、王昌龄等诗人诗歌 6 首，共计 30 首。由于克拉邦德的改译极其自由，部分诗歌的原作已难以考证。在标注诗歌作者时，克拉邦德还偶尔出现张冠李戴的错误，例如杜甫的《前出塞》被克拉邦德归到诗人"崔涛"(Tsui-Tao)名下。在已考证的诗歌中，有 10 首为李白诗歌、5 首杜甫诗歌、2 首《诗经》诗歌，此外还有屈原《国殇》、苏武《留别妻》、王昌龄《闺怨》等，具体对应篇目如表 6.1 所示：

表 6.1　　　　克拉邦德《沉鼓醉锣——中国战争诗歌译本》译作对应表

德 语 标 题	汉 语 译 文	对应汉语诗歌
Klage der Garde	卫兵的控诉	《诗经·祁父》
Chinesisches Soldatenlied	中国士兵歌	《诗经·秦风·无衣》
Der müde Soldat	疲惫的士兵	待考证
Epitaph auf einen Krieger	士兵墓志铭	待考证
Tod der Jünglinge auf dem Schlachtfeld	战场上少年之死	屈原《国殇》
Abschied	告别	苏武《留别妻》
Waffenspruch	武器格言	杜甫《前出塞》
Vom westlichen Fenster	从西窗向外望	王昌龄《闺怨》
Der weisse Storche	白鹤	待考证
Ausmarsch	行军	杜甫《兵车行》
Die Maske	面具	待考证
Der Werber	招募士兵者	杜甫《石壕吏》
Nachts im Zelt	夜晚在帐篷中	待考证
Die junge Soldatenfrau	年轻的士兵妻子	杜甫《新婚别》
Sieger mit Hund und schwarzer Fahne	带着狗和黑旗的胜利者	待考证
Rückkehr in das Dorf Ki-ang	返回姜村	杜甫《羌村·其三》
O mein Heimatland	哦，我的祖国	待考证
Ritt	骑马	待考证
Krieg in der Wüste Gobi	戈壁沙漠里的战争	李白《出自蓟北门行》
Die weisse und die rote Rose	白玫瑰与红玫瑰	待考证
Nach der Schlacht	战役之后	李白《军行》
Die Vier Jahreszeiten	四季	李白《子夜吴歌四首》
Schreie der Raben	乌鸦啼叫	李白《乌夜啼》
Der grosse Räuber	大盗	李白《侠客行》
An der Grenze	边境	李白《塞下曲》
Die junge Frau steht auf dem Warteturm	年轻少妇站在瞭望塔上	待考证
Winterkrieg	冬季战争	李白《北上行》
Fluch des Krieges	咒骂战争	李白《战城南》

续表

德 语 标 题	汉 语 译 文	对应汉语诗歌
Ode auf Nanking	南京颂	李白《金陵三首·其三》
Das Friedensfest	和平节日	李白《春日行》

（Pan-Hsu，1990：276-278）

　　该诗集主题均与战争相关，既有直接描写战争场面、宣扬保家卫国精神的诗篇，如《戈壁沙漠里的战争》（*Krieg in der Wüste Gobi*，对应《出自蓟北门行》）；也有抒发诗人吊古伤今之情的作品，如《南京颂》（*Ode auf Nanking*，对应《金陵三首·其三》）；还有展望和平盛象的诗歌，如《和平节日》（*Das Friedensfest*，对应《春日行》）。值得注意的是，以反战或厌战为主题的诗歌达 20 首之多，占诗集作品总数的三分之二，如《募兵者》（*Der Werber*，对应《石壕吏》）等。这些反战诗歌中有 7 首诗歌从女性角度出发，展现了征妇的悲苦心境，如《从西窗向外望》（*Vom westlichen Fenster*，对应《闺怨》）等。与诗集《士兵之歌》中大量鼓励士兵参战的诗歌相比，克拉邦德逐渐从民族主义热情中觉醒，反思战争为普通百姓带来的苦难。

　　克拉邦德不懂中文，他阅读和翻译中国诗歌依靠的是当时已有的德语或法语译本。据克拉邦德在后记中介绍，他参考的中国诗歌法语译本有三部，除了《唐代诗歌选》和《玉书》外，还有由比利时东方学家何赖思（Charles de Harlez，1832—1899）于 1892 年在《比利时皇家学院公报》（*Bulletins de L'académie Belgique Royale*）上发表的《中国诗歌》（*La Poésie Chinoise*）。克拉邦德还提到了施特劳斯翻译的《诗经》、佛尔克的《中国诗歌集萃——汉代和六朝诗歌选》、豪赛尔的《李太白》（*Li-Tai-Po*）与《中国诗歌》（*Die Chinesische Dichtung*）、格鲁伯的《中国文学史》、海尔曼的《中国抒情诗》以及费之迈翻译的《离骚》。可见，克拉邦德参考了当时欧洲几乎所有已出版的中国诗歌译本，其关注和涉猎的范围比霍尔茨和德默尔更宽广。

　　在后记中，克拉邦德直接阐明，呈现在读者面前的"中国诗歌"并非译作，而是诗意的"再创造"，是"改译"（Nachdichtungen），它"直接源自精神"，以"直觉"为基石"重塑"中国诗歌。（Klabund，1952：48）为了追求韵律和效果，克拉邦德对诗歌中部分画面和意象进行了改动与重构。例如李白在《出自蓟北门行》中写道: "画角悲海月, 征衣卷天霜。挥刃斩楼兰, 弯弓射贤王。"诗中虽言及战争的胜利, 但传达的并非喜悦, 而是悲壮之情。克拉邦德以佛尔克的译文为蓝本, 将其改为: "楼兰王的头颅滚落在剑下。弓箭射中了可汗的眼睛和额头。秋霜落在士兵的胡子上。豺狼撕咬着人的头颅。"(同上: 29) 两者相比, 不仅画面顺序有所改变, 而且改作中增加了豺狼撕咬士兵遗骸的场景, 更凸显战争的残酷和凄凉。

诗集标题"沉鼓醉锣"出自克拉邦德的改作《战役之后》(*Nach der Schlacht*), 对应李白的诗歌《军行》:

> 骝马新跨白玉鞍,
> 战罢沙场月色寒。
> 城头铁鼓声犹震,
> 匣里金刀血未干。

李白用短短四行诗句勾勒了一场惊心动魄的战斗场面, 刻画出战争胜利者的昂扬自信的神态, 读罢让人不禁心潮澎湃, 心生驰骋沙场、建功立业的愿望。克拉邦德阅读的蓝本来自佛尔克《中国诗歌集萃——汉代和六朝诗歌选》中收录的同名诗歌《战役之后》:

Frisch sattelt man den Braunen itzt;	现在给棕马套上新鞍;
Manch heller Stein am Sattel blitzt.	有块明亮宝石在鞍上闪闪发光。
Nur der frostige Mondstrahl noch Wacht hält	夜晚, 在战斗过后的战场上
in der Nacht nach dem Kampf auf dem Schlachtfeld. —	只有寒冷的月光还在放哨站岗——
Wie Donner von den Mauerhöh'n	如同城墙上传来的雷声一样

Tönt Pauken und das Gonggedröhn.　　　　锣鼓阵阵声响。

In den Scheiden die Schwerter schon 　　滴着鲜血的刀剑
stecken,

Die noch blutigen Tropfen beflecken. 　　已经还入刀鞘。

（Forke, 1899: 124）

　　佛尔克的译文十分忠实，同时也尽量向诗歌形式靠拢。在每节诗歌的前两行中，佛尔克采用的是常见的抑扬格四音步，后两行则采用抑抑扬格三音步，诗歌末尾押联韵 aabb。相较之下，克拉邦德的改译充分体现了"再创造"的特征：

Ich dehne mich im edelsteinbestickten Sattel 　　我在敌人镶嵌宝石的马鞍上舒展着
meines Feindes. 　　四肢。

Mein braunes Pferd, jetzt sei der Heimat 　　我的棕色战马，似乎已经转向家乡
zugewandt! 　　的方向！

Die Luft ruht aus in Stille vom Gekrächz der 　　矛戟撞击的喧响已然褪却，四周寂
Lanzen. 　　静无声。

Vereinzelt Pfeile noch wie Mücken 　　唯余零星箭矢发出蚊子般的嗡嗡声
summen. 　　响。

Der Mond geht kalt und ruhig auf dem 　　月色变凉，映照着惨白的沙子。
blassen Sand.

Von der erstürmten Festung brummen 　　从激战冲杀的要塞传来

Die dumpfe Trommel, das berauschte 　　沉鼓醉锣的轰隆声。
Gong.

In gelber Seide 　　披着黄色绸缎，我看到
Seh ich Mädchen tanzen. 　　少女翩跹起舞。

Es gab ein großes Fischesterben heut im 　　湖中今日大片死鱼。
See.

Das goldne Schwert in meiner Scheide 　　刀鞘里的金刀上

Ist dunkelrot und klebrig wie Gelee.　　　血迹暗红，黏稠如肉汁。

（Klabund，1952：31）

　　克拉邦德将佛尔克中规中矩的译文改为长短不一的十二行诗歌，并增添了新的内容。在原文和蓝本中，将军为出征特意配备了华贵的马鞍，对即将到来的战役信心百倍。克拉邦德则在"马鞍"前添加了一个定语"敌人的"，"马鞍"转变为将军的战利品，诗歌开篇便呈现出一个大捷之后志满意得的将军形象，而将军自己的战马已经迫不及待地转头眺望遥远的故乡。克拉邦德表面写"马"，实则描绘的是将军自己。在克拉邦德笔下，将军胜利后的首要愿望并非继续开疆拓土，而是渴望尽快返回家乡。这一改动直接反映了克拉邦德对待战争的态度，他并非鼓吹士兵征战沙场，而是传达士兵作为普通人对家乡的眷恋之情。

　　在诗歌的后半部分，克拉邦德在震耳欲聋的鼓锣声外加入少女翩翩起舞的场景，从听觉和视觉双重角度渲染了战役胜利的欢庆氛围。但随后，他的笔触转向了"湖中大片的死鱼"，这一描绘不仅隐喻了白天战场的惨烈，同时也揭示了战争对生态环境的巨大破坏。原诗"匣里金刀血未干"从侧面烘托出将军的英勇气概，但被克拉邦德误解为诗人在强调战争的残酷。尾句"鲜血像黏稠的肉汁"令读者产生不适，引发读者对战争的强烈反感。克拉邦德在蓝本的基础上所作的改动均为强调战争的残酷而服务，原本激战沙场、侠气十足的战争颂歌在克拉邦德笔下变为充斥着"死鱼""鲜血"等元素的反战诗歌。此外，克拉邦德还在多处运用颜色词汇，如"棕马""白沙""黄衣""金刀""红血"，使诗歌画面极富冲击力和表现力，颜色形成的视觉反差效果反过来强化了作者的情感，表现出战争给人带来的紧张感。

　　诗集名称"沉鼓醉锣"不仅体现了独特的中国文化韵味，更蕴含了"警醒"之意，它"警醒"读者战争激情背后实则是无数普通人的牺牲和苦难。与前一年的态度相比，克拉邦德对战争的看法发生了显著变化。在他前一年的诗集《士兵之歌》中，他曾写下多首鼓励士兵为国参战的诗歌，例如第一首诗歌《战争志愿者之歌》（*Lied der Kriegsfreiwilligen*）其中一节这样写道：

　　兄弟们，让我们手牵手

向战斗行进！

鼓手已经敲响警报，

异乡人已经驻扎下。

东边和西边泛着火光，

黑暗的星空下

闪烁着誓言：

为德意志自由而战！

举起手来：

战争志愿者向前进！（Klabund，1914：1）

这首诗歌充斥着参战的狂热和激情，尽显克拉邦德在 1914 年第一次世界大战之初对战争的支持态度。反观 1915 年的中国译诗集《沉鼓醉锣》，第一首诗歌《卫兵的控诉》(*Klage der Garde*)改译自《诗经·小雅·祈父》，揭示了战争背后普通士兵背井离乡、抛颅洒血的悲剧命运和士兵家人的悲苦生活，开篇奠定整部诗集的反战基调。第三首诗歌《疲惫的士兵》(*Der müde Soldat*)末尾，克拉邦德借中国士兵之口道出厌战心声："我虽配有千把战刀／但厌倦不断的杀戮。／……我想躺在树下睡觉，／再也不想当兵。"（Klabund，1952：7）在同年写给友人的信中，克拉邦德也写下类似的话："由于战争导致的诸多死亡，我总是处于断念和哭泣中。我厌倦不断的杀戮。"（Klabund，1963：107）目睹欧洲战争罪恶后，克拉邦德在中国战争诗歌中找到了共鸣，转向和平主义立场。

不仅如此，克拉邦德的改译作品在揭露和抨击战争罪恶方面表现得更加深刻。《诗经·秦风·无衣》原本是一首表现士兵之间团结互助、同仇敌忾的激昂战歌："岂曰无衣？与子同裳。王于兴师，修我甲兵。与子偕行！"克拉邦德在改作《中国士兵歌》(*Chinesisches Soldatenlied*)中削弱了士兵作战的士气和激情，转而叹息士兵的悲剧命运："士兵啊，你是我的伙伴，直至我们的骨头腐烂。月光像黄色烟雾一般笼罩在身上，猿猴在竹林里哀鸣。"（Klabund，1952：6）《子夜吴歌·冬歌》中尾句"裁缝寄远道，几日到临洮"含蓄地表达了征妇的思夫之情。克拉邦德将其改译为"在临洮已经冻死一位士兵"（同上：33），赤裸裸地呈现出前线的恶劣环境。诗集中的最后一首诗歌对应李白为唐玄宗祝寿所作的《春日行》，本是规劝帝王无为而治的讽喻诗，但在克拉邦德笔下变为一首庆祝和平盛世的颂诗，诗中百姓和乐，生活富足，与前面诗歌中战争的残酷形成了鲜明对比。以这首和平诗结束整部诗集，克拉邦德用意不言而喻：战争只会导致民不聊生、生灵涂炭，和平才是人心所向。

在 1916 年出版的诗集《龙骑兵和轻骑兵》(*Dragoner und Husaren*)后记中，克拉邦德明确指出："我想让大家注意我的中国战争诗歌译本集《沉鼓醉锣》，它投射了伟大中国人的文字和精神，包含了许多我本想在战争诗歌中表达的观点。"(Klabund，1916：49)这段自述充分表明，《沉鼓醉锣》不仅是一部中国诗歌的译作集，更重要的是，它成为了克拉邦德表达自身反战立场和呼声的重要载体。

第三节 《李太白》：中国精神

在沉浸于李白诗歌所带来的全新审美体验之后，克拉邦德于次年发表了诗集《李太白》。该诗集除第一首诗歌改译自杜甫《寄李十二白二十韵》外，其余 40 首皆源自李白诗歌，不仅包含《沉鼓醉锣》中已发表的 12 首李白战争诗，还收录了多首以饮酒、田园、宫廷生活等为主题的诗歌。在后记中，克拉邦德强调，《李太白》的改译方法和参考来源与诗集《沉鼓醉锣》一致，他依然从"中国精神"出发，对蓝本进行重构。(Klabund，1986：50)相比《沉鼓醉锣》中单一的战争题材，《李太白》在题材和主题上显得更为多样化，所呈现的"中国精神"也更加丰富和深刻。

一、对道家思想的强化

首先，克拉邦德所理解的"中国精神"与道家思想密切相关。在对杜甫《寄李十二白二十韵》的改译中，克拉邦德将"昔年有狂客，号尔谪仙人。笔落惊风雨，诗成泣鬼神"改译为：

Man nennt dich unversiegbaren Tropfenfall | 人们称你为永不枯竭的雨滴，
Himmelgleich— | 仿佛来自天上 ——

Vor deiner Verse Hall	在你诗句的轰鸣前
Zerspellt des Kriegers Speer, zerfällt des	武士的长矛崩裂，皇帝的帝国瓦解。
Kaisers Reich. (Klabund, 1986: 3)	

克拉邦德参考的蓝本为戈蒂耶《玉书》中的诗歌《寄李太白》(*Envoi à Li-taï-pé*)，该节对应为：

Ton nom est Ti-Sié-Jen, la goutte d'eau intarissable, et tu es au rang des sages immortels.	你的名字称作滴仙人(Ti-Sié-Jen)，象征永不枯竭的水滴，属于不朽的仙人。
Le sceptre du Fils du Ciel est moins puissant que ton pinceau; moins fort, est le sabre du guerrier. (Walter, 1867: 163)	天神之子的权杖和士兵的佩剑都不如你的毛笔强大。

可以发现，戈蒂耶对原作中"谪仙人"产生了误读。"谪仙人"本指受到处罚，被降到人间的神仙，据传贺知章惊异于李白的文采，认定其是天上神仙太白金星下凡，因此称其为"谪仙人"。但戈蒂耶中文水平不高，误将"谪"看作"滴"，不仅用注音标注为"Ti"，还自圆其说，将"滴仙人"解释为"永不枯竭的水滴"和"不朽的仙人"。但克拉邦德对这一误读现象却不觉奇怪，熟悉道家思想的他联想到《道德经》中"水"的哲学和"柔弱胜刚强"的思想。《道德经》第 78 章中写道："天下莫柔于水，而攻坚强者莫之能胜，其无以易之。柔之胜刚，弱之胜强……"。20 世纪初，卫礼贤翻译的《道德经》在德国引发了一股"老子热"，德国知识分子纷纷在东方智慧中寻求精神出路，李白的道家风骨也是他这一时期被普遍接受的原因之一，这又反过来影响了克拉邦德对李白的改译。(Detering, 2008: 30) 在克拉邦德笔下，李白诗歌虽然"柔软"，却能像持之以恒的水滴一样战胜坚硬的兵器，摧毁威严的王国。这首诗歌被特意排在诗集《李太白》中第一首的位置，克拉邦德不仅以此展现了李白诗歌的强大感召力，而且塑造了一个浸透道家思想的李白形象。

诗集《李太白》中的"道"还体现为李白对永恒自由的追求。在诗歌《春日》

（*Im Frühling*，对应《春日醉起言志》）中，克拉邦德将"浩歌待明月，曲尽已忘情"改译为"我歌声嘹亮，直到月亮在空中闪烁，/忘记了月亮、歌声，还有李太白。"（Klabund，1986：4）在克拉邦德看来，李白在醉酒后从主体中抽离出来，变为客体，客体李白与月亮、歌声组成和谐的有机整体，融入浩瀚的无限和自由中，三者达成统一。这里李白诗歌中体现的道家"物我两忘"的境界同时与尼采酒神精神中的"忘我"境界是相通的，在这种境界中，个体"通过一种神秘的统一感得到解脱"（尼采，2018a：32）。同样，在《永恒的迷醉》（*Der ewige Rausch*，对应《将进酒》）中，克拉邦德写道："过去已经消逝，未来尚不危险。只有李太白是永恒的——当他醉酒的时候。"（Klabund，1986：14）醉酒后陷入无意识状态是李白抵达永恒的第一种方式。而在李白的自然诗歌中，克拉邦德发现了实现永恒的第二种方式。如《独坐敬亭山》中的"相看两不厌，只有敬亭山"在克拉邦德笔下被改译为：

Nur King-	唯有敬
Ting,	亭，
Der spitze Berg,	那座尖峰，
Und der Zwerg	还有侏儒
Li-tai-pe	李太白
Sind beständig, stehen, ragen unver-wandt.	是坚贞的，纹丝不动，巍然屹立。

（同上：25）

山的高大与人的渺小形成反差，但这种对立马上被消解：他们同样坚贞不屈，纹丝不动。在人与自然的相互观照下，人的内心与自然同样宽广，达到与自然、宇宙同在的境界。李白诗中的大自然空间同时也是人生哲理的空间。

二、对简洁形式的模仿

克拉邦德在诗集《李太白》中通过"简洁的形式"表现他眼中的"中国精神"，即中国诗歌"言有尽而意无穷"的韵味特征，最具代表性的是他对李白《清平调·其一》的改译。《清平调》是唐玄宗与杨贵妃在御花园赏花之时急召李白进宫即兴所作的一组诗歌，其中第一首为：

> 云想衣裳花想容，春风拂槛露华浓。
>
> 若非群玉山头见，会向瑶台月下逢。
>
> （李太白，1999：304）

李白首句连用两个比喻，将杨贵妃的华服比作云彩，面容比作花朵，形象地展现出杨贵妃的绰约多姿；又以花朵受到露珠的浸润暗喻杨贵妃因受到皇帝的恩泽而显得更加娇艳欲滴。在后两句中，诗人充分运用想象力，用"群玉山"和"瑶台"两个典故将杨贵妃比作下凡的仙女，精妙至极。克拉邦德对这首诗歌的改译尤令评论者津津乐道：

Improvisation	即兴诗
Wolke Kleid	云和衣裳
Und Blume ihr Gesicht.	花儿和她的脸。
Wohlgerüche wehn,	芬芳飘扬，
Verliebter Frühling!	可爱的春天！
Wird sie auf dem Berge stehn,	如果她立在山头，
Wage ich den Aufstieg nicht.	我不敢攀登。
Wenn sie sich dem Monde weiht,	如果她献身月亮，
Bin ich weit,	我就远远的，
Verliebter Frühling. (Klabund, 1986：15)	可爱的春天。（译文参考：卫茂平，1996：385）

在前四行中，克拉邦德明显颠覆了德语的语法规则和表达习惯，采用名词罗列的方法，使译作看起来比原诗还要简洁。研究者卫茂平（1996：386）评价道："克拉邦德仅抓住原诗中的云、衣、花和春天等意象，舍去了原诗的句型及诗意。这同表现主义文学追求语句的简洁精炼有关，也可归因于克拉邦德自己对中国古

诗的认识。"克拉邦德的认识从何而来？首先不妨来考查一下克拉邦德所参阅的法语蓝本——德理文的《唐代诗歌选》。法译本中写道：

(Voit-il) des nuages, (il) pense à (sa) robe；(voit-il) des fleurs, (il) pense à (son) visage.	(他看到)云，(他)想到了(她的)衣裳；(他看到)花，(他)想到(她的)脸。
Le vent du printemps souffle sur la balustrade embaumée；la rosée s'y forme abondamment.	春风吹过散发着香气的栏杆；产生大量的露水。
Quand ce n'est pas au sommet du Yu-chan (qu'il l') aperçoit,	如果不是在群玉山的顶峰(他看到她)，
C'est dans la tour Yao-taï (qu'il la) retrouve, sous les rayons de la lune. (Saint-Denys, 1862：24)	那就在瑶台顶上，在月色光辉下(他发现她)。

　　德理文意识到该诗原作中存在多处省略成分，这种省略不仅使原诗清新简洁，同时意境更加丰富。但由于中法语言结构不同，省略成分容易令西方读者不知所云，因此德理文在译文中特意补充了原作省略的主语和逻辑关系成分，并用括号标记，以便保留原文特色。德理文还在译文后注释道："在诗集开头的中国诗韵学规律中，我已经介绍过：汉语的谓语、主语和形容词在书写形式上毫无变化，它们和代词、连词等词汇的位置和结构决定了句子的意义。为了把握诗歌的这一特点，我把法语结构中必需的成分括入了括号内。但为了更清楚地表现原作中的比喻，我仍避免不了使用形容词和动词。"(同上：26)克拉邦德从注释中清晰地领悟了《清平调·其一》原作的特征。为了不破坏读者阅读诗歌的连续性，克拉邦德竭力将自己对中国诗歌的领悟呈现在诗歌内部，或许他认为德理文括号中补充的语法成分反而破坏了诗歌意境，因此删去了括号内成分，只留下简洁的名词意象。

　　此外，克拉邦德对中国诗歌有着更深入的理解，他在《沉鼓醉锣》后记中写道："字一旦写下，就像一朵更加灿烂地展开自己的花。有些文字符号，它们没有声音过渡，魔术般地在中国意识中形成概念。人们只见到一个符号——就会想到：愁苦、贫困、神圣、古怪。把符号游戏般地归在一起，就组成了镶嵌图画：眼睛+水=眼泪……这对诗人来说有无尽的可能。他写诗的同时，也在思考、画画、造型、歌唱。"（转引自卫茂平，1996：386）克拉邦德认为，由于中国文字的象形、会意特征，汉语字符可以随意地组合在一起，并且出人意料地产生无限表达的可能，同时字符构成的图画也令诗歌留下丰富的想象空间。改译《清平调·其一》便是克拉邦德实践其认知的一次典型尝试。克拉邦德的改译方式与同一时期美国著名意象派诗人庞德改译中文诗歌的方法如出一辙，他们都打破西方常规的句法结构模式，使诗歌短小精悍，但却更丰富、深邃，具有张力。

三、对中国文化的深层次理解

"中国精神"还包含克拉邦德对中国文化的深层次理解。在改译诗集《沉鼓醉锣》时，克拉邦德就深入研究了中国战争诗歌中所传递的家国观念。他从中认识到，中国人对家庭有着别样的眷恋，只有通过家族的代代相传，人在死亡后才被后人祭祀和铭记，得到"永生"。对于中国人而言，战争的最残酷之处在于客死异乡，白骨露野，没有后人祭祀。（Klabund，1952：49）克拉邦德将家国文化视作"中国精神"的重要组成部分，在改译第二部诗集《李太白》时，除了继续收录《沉鼓醉锣》中的中国战争诗歌外，他还选取了诗歌《静夜思》，进一步呈现中国人的故乡观，展现中国精神的内涵。克拉邦德改译的《静夜思》全文如下：

Wanderer erwacht in der Herberge	游子在客栈中醒来
Ich erwache leicht geblendet, ungewohnt eines fremden Lagers. Ist es Reif, der über Nacht den Boden weiß befiel?	不同往常，我在一张陌生的小床上醒来，光线微微刺眼。那是霜吗？它将地面一夜染白。
Hebe das Haupt—blick in den strahlenden Mond,	抬头——望向闪烁的月亮，
Neige das Haupt—denk an mein Wanderziel… (Klabund，1986：20)	低头——思念我的目的地……

克拉邦德将"低头思故乡"中的"故乡"改为游子的"漫游目的地"（Wanderziel），此处改动在当时甚至引发了一场公开的翻译争论。李白原作诗句"举头望明月，低头思故乡"虽言简意赅，但蕴含一股无形的力量，令读者陷入深深的乡愁中。对比克拉邦德参考的蓝本可以发现，无论是德理文、戈蒂耶的法译本，还是海尔曼的德译本，它们都未改动"思乡"主旨。克拉邦德将《静夜思》的主人公设定为一位在外漂泊的游子，夜里，他在陌生的客栈中醒来，看到月亮后联想到此次漫游目的地。乍看之下，克拉邦德的改动似乎违背了李白原作的初衷。1928年，作家罗伯特·诺依曼（Robert Neumann）为此在文学杂志上发表了一篇声讨克拉邦德和贝特格"改译"中国诗的檄文，名为《李太白：一位德语诗人》（*Li Tai Po: Ein Deutscher Dichter*）。对于克拉邦德改译的《静夜思》，诺依曼攻击道："克拉邦德用'漫游目的地'代替'故乡'，显然是害怕那个'感情丰富的'词汇。这种恐惧和伪痛苦（Pseudoherbheit）既不自然，也不自由，更不应被接受，它和过度煽动情绪、多愁善感一样极端。"（Neumann，1928：80）诺依曼认为，由于害怕引发读者多愁善感的情绪，克拉邦德小心翼翼地避免使用"故乡"一词，但这反而令诗歌显得僵硬。

对此，克拉邦德自我辩护道："诺依曼并不懂得中国语言和汉语字符所蕴含的丰富联想空间。正是因为丰富的联想空间，这首李白名诗在中国存在无数个阐释版本。我将'漫游目的地'替换为'故乡'，归因于一位中国评论者：因为这是一位游子在客栈中醒来，他看到地上的霜，故而想起自己头上的白霜。他抬起头——看到永恒的月亮——低下头——想到家乡——同时也是他的漫游目的地——他漫游的起点和终点——生和死。这些都蕴含在李太白这首四行小诗中。"（转引自 Kaulla，1971：82）从上述陈述可以看出，克拉邦德在动笔改译前曾细细阅读过关于《静夜思》的阐释，并研究了原诗的文化背景，他将"故乡"改为"漫游目的地"，目的在于揭示"思乡"主旨背后的深层文化含义。从《沉鼓醉锣》的战争诗中，克拉邦德意识到，"故乡"对中国人而言不单单是一个人出生成长的地理空间，还蕴含着"更深远的哲学宗教含义"，即中国人在死后一定要将尸骨或骨灰运回故乡，如此才能完成与逝去祖先的联结，使灵魂永生。（同上：81）无论游子漫游到何处，漫游到何时，他的最终目的地总是故乡，他的终点就是起点——故乡。克拉邦德在改译中融入了自己对中国文化的深层理解和认知，将原诗中游子的乡愁情感提升到中国人在哲学和宗教层面对故乡的眷恋之情。

最后，克拉邦德尽管努力尝试为读者呈现中国诗歌的文化原貌，但由于受到时代文化语境以及自己对中国认知有限等因素影响，不可避免地对"中国精神"有所曲解，误将早期欧洲流行的"中国风尚"当作"中国精神"。我们也可以将译者的认知与时代文化语境等因素理解为译者的"视域"（Horizont），当克拉邦德的"视域"与来自遥远中国的李白诗歌相遇融合时难免出现诸多变异现象。（张杨、李春蓉，2017：132）如《宣州谢朓楼饯别校书叔云》中"乱我心者，今日之日多烦忧"被改为"今日如同女人小脚上的鞋一般让我倍感压抑"；（Klabund，1986：44）《月下独酌四首·其一》中"举杯邀明月，对影成三人"被改为"月亮爬过山脊，发出金色的光芒向我鞠躬。我也礼貌地鞠躬回礼……"。（同上：10）"女人小脚上的鞋"和"鞠躬"都来源于克拉邦德所处时代的德国人对中国文化的刻板印象和思维定势，迎合了德国读者对"中国风尚"的期待。

值得注意的是，克拉邦德特意为《李太白》撰写了一篇后记，向德国读者介绍李白的诗仙形象：

> 作为永恒的醉汉，永恒的神圣浪子，他行迹遍及中国。有艺术修养的君王将这位神圣的流浪者召唤到他的宫廷里，当李太白酣醉后在黎明时分向他口述诗歌时，皇帝甚至屈尊纤贵担任他的秘书。[……]李太白披着皇帝赐予的袍子漫游全国各地，并在醉醺的黄昏中以皇帝自居，抑或对着酒友和路过的百姓发表一些离经叛道的演说。在一次泛舟夜游中，他从舟头落入水里，生命在酣醉中逝去。传说中，他被一只江豚所救，在天空中一群天使般精灵的呵护下，江豚将他一直送入大海，抵达了长生不老的仙境。（同上：49）

这篇后记折射出克拉邦德眼中多层次的李白形象：狂饮者、漫游者、诗歌天才、不羁的反叛者、诗仙。尤其是李白醉酒后升入仙班的道教传说更令其蒙上一层神化的异域风情和浪漫色彩。借助道家思想、简洁的形式特征、中国文化、中国风尚四个角度，克拉邦德全面呈现了他所理解的"中国精神"和李白诗歌，"中国精神"又反过来影响了克拉邦德对李白诗歌的改译。在诗集最后一首诗歌《永恒的诗歌》（*Das Ewige Gedicht*）中，克拉邦德写道："美女腋下的蜜橘香味可以持续多久？阳光下的雪花能绽放多久？只有我写下的这首诗歌，哦，它永葆永恒，永恒，永恒！"（同上：46）世间万物皆会消逝，只有李白写下的诗歌会代代流传。这首诗歌和第一首诗歌《寄李十二白二十韵》首尾呼应，表明李白的诗行不仅具有强大的精神力量，能够摧毁一切坚硬物质，而且可以超越时间和空间的限制，永恒存在。诗集《李太白》为克拉邦德赢得了空前声誉，使其成为改译中国诗歌最为成功的诗人之一，截至 1959 年，该诗集已再版 11 次，印数达到 97000 册。（Pan-Hsu，1990：55）

第四节 《花船》：中国审美

1921 年，克拉邦德发表了第三部中国古典诗集《花船》。该诗集共收录有 54 首诗歌，包括汉、六朝、唐、宋等多个朝代的诗作，其中唐代诗歌数量占整部诗集的一半左右。除了最钟爱的李白之外，克拉邦德还选录了汉武帝、卓文君、枚乘、班婕妤、曹植、王僧儒、王昌龄、杜甫、苏东坡、朱庆馀、张九龄、李鸿章等诗人的诗歌。从诗人性别来看，克拉邦德在男性诗人外特意兼顾到优秀的女诗人，如卓文君等；从主题上看，《花船》中约三分之二的诗歌为爱情诗歌，还包含饮酒诗、自然诗，和少量抒怀诗、边塞诗等。可以说，诗集《花船》为德语读者呈现了一座五彩缤纷的中国诗歌花园。

同《沉鼓醉锣》《李太白》一样，《花船》中诗歌的来源主要为德理文和戈蒂耶的中国诗歌法译本，以及佛尔克、海尔曼的德译本等。由于克拉邦德的改译极其自由，有时他仅仅抓住蓝本中的一个意象、一幅画面或一个主题，以此展开想象和创作，因此，仍有约一半诗歌难以考证出其相应汉语原作。研究者 Pan-Hsu 考证出 27 首克拉邦德改译所对应的汉语原作（同上：280-283）。在 Pan-Hsu 的研究基础上，笔者另考证出 6 首诗歌的汉语出处（见表 6.2）：

表 6.2　　　　　　　克拉邦德《花船》新考证诗歌及其汉语出处

德语标题	汉语译文	对应汉语诗歌
Der Kaiser	帝王	杜甫《紫宸殿退朝口号》
Tempel in der Einsamkeit	隐秘的寺庙	李白《春日归山寄孟浩然》

续表

德语标题	汉语译文	对应汉语诗歌
Selbstvergessenheit	忘怀自我	李白《自遣》
Trunkenes Lied	饮酒诗	李白《将进酒》
Das Weidenblatt	柳叶	张九龄《折杨柳》
Die Schaukel	秋千	苏轼《春宵》

至此，诗集《花船》共有 33 首诗歌所对应的汉语原作得到考证。相比前两部中国诗集，《花船》更注重传递审美情趣，仅其诗歌标题就令读者产生无限遐想，如《池塘里的莲花和姑娘》(Lotos und Mädchen auf dem Teich)、《在曲江上》(Auf dem Flusse Tschu)、《隐秘的寺庙》(Tempel in der Einsamkeit)等。著名作家黑塞阅读《花船》后评述道："这本小书里的诗歌非常美妙，是根据中国诗歌创作的德语改译。克拉邦德并没有模仿中国的形式，而是以自己的方式非常自由地改译这些美丽的东方诗歌，它的旋律具有非常明显的德语特征。一些诗歌，例如《秋千》(Die Schaukel)、《无边无际的波浪》(Die unendliche Woge)等属于克拉邦德最优美的诗歌。"(Hesse, 2002：332)凭借《花船》优美的德语诗韵旋律和言近旨远的东方审美意境，克拉邦德从不同角度为读者呈现出一个中国诗歌审美王国。

首先，克拉邦德选择了大量爱情主题诗歌，据统计，全诗 54 首诗歌中有 35 首诗歌涉及爱情和女性。(Pan-Hsu, 1990：106)克拉邦德显然是有意为之，从诗集第一首诗歌《献给逝去的爱人》(Der toten Freundin)可以窥见其动机所在。

Ich habe diese Verse Dir diktiert.	我曾向你口述过这些诗行。
Du hast den Pinsel sorgsam noch geführt,	你小心翼翼地握着毛笔，
Mit deinen zarten Pfirsichblütenhänden	用你那桃花般温柔的手
Das Bild zu enden, zu vollenden.	画下最后一笔，完成这幅绘画。
Nun weilst du längst am dunklen Totenstrand.	如今你早已安息在黑暗的死亡之岸。
Der Pinsel sank aus der geschäftigen Hand.	毛笔从你灵巧的手中滑落。

Mir sank das Haupt. Ich steige vom Kothrne

Und häng mein letztes Lied an deine Urne.

(Klabund，2001：55)

你的头从我怀中滑落。我踮起厚底靴，

将最后一首歌贴在你的骨灰盒上。

　　这首诗歌是克拉邦德为悼念亡妻而作。1918 年 10 月，克拉邦德的妻子伊蕾娜因难产去世，次年 2 月，他们的孩子也因早产体弱而亡，这对克拉邦德造成严重打击，只有在文学创作中他才能稍稍找到心灵慰藉。在第一节中，诗人忆起过去和爱人一起吟诗作画，爱人手持"毛笔"，双手如"桃花"般细腻温柔。"毛笔"和"桃花"都是典型的中国元素，克拉邦德为爱人披上一层中国式外衣，整部中国诗集投射了他对爱人的怀念。第二节诗歌所使用的时态由过去时转为现在时，曾经舞动毛笔，为诗人抄下诗行的爱人已经逝去，如今物是人非，诗人将最后一首诗歌贴在爱人骨灰盒上，以表达对她的思念。除这首诗歌外，克拉邦德的爱人还在诗集中多次以"情人"（Geliebte）、"女朋友"（Freundin）、"女子"（Frau）的形象出现。例如在诗歌《在曲江上》中，诗人看到水中熠熠生辉的金月倒影后，联想起同样在自己心上闪闪发光的"情人"，午夜的月光格外耀眼，诗人的思念之情也愈发强烈；在《月下独酌四首·其三》的改作《解体》（Auflösung）中，克拉邦德想象人们在五月的咸阳城里载歌载舞，他的爱人也头戴花环出现在人群中，这令他感到无比幸福快乐："爱情、音乐和美酒，我仿佛已经进入天堂。"（同上：72）在这部中国诗歌的改译集中，克拉邦德充分注入个人生活体验，借诗歌寄托对逝去爱人刻骨铭心的情感。

　　不同于战争诗集《沉鼓醉锣》的粗犷刚健，《花船》由于收录了不少以女性口吻倾诉或描写女性形象的诗歌而显得细腻柔婉。这尤其体现在诉说女性悲苦哀怨的闺怨诗和弃妇诗中。在中国封建社会中，女子经济地位低下，由于受到封建道德礼教的约束，在家庭生活中不得不依附于男子。而男子一旦变心，女子便面临被抛弃的悲惨命运，因而在中国诗歌史上产生了连篇累牍的弃妇诗或闺怨诗。克拉邦德通过改译班婕妤的《团扇诗》，塑造了一个被爱人抛弃的女子形象。诗歌女主人公以扇子自喻，看到爱人把玩的精美团扇，心思细腻的她不禁感叹自己的愁苦命运："一旦花园迎来霜降，凛冽的冬风压弯干枯的枝条——你便再也不需要

春天的团扇……哦说: 你会像如同抛弃我一般毫不在意地抛弃它吗?"(同上:
58)团扇的比喻不仅优美贴切, 别具中国风情, 还揭示出中国女子在古代男权社
会中的无常命运。但克拉邦德改作中的中国女子形象并非都如此惹人哀怜, 有时
她们也令人肃然起敬。如《坚定不移者》(Die Unbestechliche)改译自唐朝诗人张籍
的《节妇吟》, 诗中女主人公委婉地拒绝了多位追求者, 坚定地选择忠于自己的丈
夫。另一首以卓文君《白头吟》为源头的改译《白头歌》(Lied vom Weissen Haupt)刻
画出一个感情大胆、毅然决绝的中国女性形象: "最后一次/斟满酒杯, /砸碎扔
进烂泥浆里。/河流如泣, /只因我必须离别, /乘船而去, 不流一滴眼泪。"(同
上: 57)

融合道家思想的豪放饮酒诗构成了《花船》的第二层审美空间。在诗集《李太
白》中, 克拉邦德已改译多首李白脍炙人口的饮酒名篇, 如《春日醉起言志》《月
下独酌四首·其一》《悲歌行》等。鉴于李白饮酒诗特有的审美张力和旨趣, 克拉
邦德在诗集《花船》中又进行了补充, 改译了《将进酒》《古朗月行》《对酒行》《月
下独酌四首·其三》《自遣》等饮酒诗。这些饮酒诗不仅渲染酒后迷醉带来的快
感, 而且往往蕴涵着深刻的思想哲理。深受道家思想影响的克拉邦德十分向往李
白饮酒诗中超凡脱俗的道家风骨, 他在改译中神游于道家世界和宇宙中, 开辟出
独特的道家式审美空间。例如李白《将进酒》中的名句"五花马, 千金裘, 呼儿将
出换美酒"被克拉邦德拓展为一首五节二十行的诗歌《饮酒诗》(Trunkenes Lied):
诗人"我"卖掉皮裘、宝马, 乃至唯一的鞋子, 只为换得美酒畅饮, 因为"皮裘暖
和体表; 美酒暖和内心。"(同上: 64)克拉邦德以此表明他对道家思想的认同:
摒弃物欲, 回归本心, "饮酒"是回归内心世界的方式之一。在另一首诗歌《忘怀
自我》(Selbstvergessenheit)中, 克拉邦德选取李白的饮酒诗歌《自遣》中的"月"和
"酒"两个意象, 创造出一个"物我两忘"的境界: "月亮忘记了他的光芒——当我
独坐饮酒时, 我也忘记了自己。"(同上: 71)在这里, 克拉邦德融入了李白的道
家宇宙观, 通过饮酒迷醉进入自我的无意识, 和宇宙达成了统一。克拉邦德改译
的饮酒诗无不展现出道家超然于物外的精神追求, 对 20 世纪初陷入文化危机中
的德国而言无异于一针清醒剂, 指引读者回归自我本心。道家精神审美也深化了
《花船》的艺术意境。

《花船》的审美旨趣还体现在抒情与绘景的和谐统一。情景交融是中国古典诗

歌中最常见的艺术手法之一，它通过主观情感和客观景物之间的相互渗透产生无限的艺术美，借助写景抒情达到"造境"的境界。（郁沅，2004：44-45）在克拉邦德的改作《弃妇》（*Die Verlassene*）中，当女主人公享受爱情甜蜜时，大自然中春暖花开，繁花似锦；当她见弃于人，失去爱情后，满目唯有萧瑟秋风，光枝秃干。（Klabund，2001：58）诗歌先情后景，以景结情，别有"此时无情胜有情"的韵味效果。另一首改译《即兴诗·其一》（*Improvisation*）则先景后情，诗人由自然之物——池塘上颤抖的蜻蜓——联想到自己为爱人颤抖不止的真心：

Die Libelle schwebt zitternd und schillernd über dem Teich.	蜻蜓盘旋在池塘上，颤抖着，翅膀晶莹发亮。
Der liegt glatt und regungslos. —	池面光滑平静——
So bebt mein Herz	我的心同样为你
An dienem Herzen. （同上：73）	而颤抖。

诗歌以池塘上的蜻蜓起兴，自然景物和诗人内心悸动的情感融为一体，情景相生。尽管这两首诗歌的原作都尚未考察确认，但从情景交融的艺术手法和效果，以及中国风情的自然意象均可以确认其中国古典诗歌渊源，读者也可从中领略到中国古典诗歌的味外之旨和韵外之致。

除了前文所述的细腻柔婉、道家哲理、情景交融等审美特征外，诗集《花船》的审美旨趣远远不可胜言。克拉邦德选取的中国诗歌还囊括了诸多中国神话元素，特别是在李白诗歌中，如《把酒问月》中的月兔与月神嫦娥、《对酒行》中羽化成仙的赤松子、《江上吟》中乘黄鹤而去的仙人、《清平调·其二》中的雨神（对应原作中"巫山神女"），以及《有所思》中的海上神仙麻姑。这些神话形象均带有一定的道家色彩，不仅渲染了诗集的浪漫色彩，还营造出一个可以暂时获取慰藉的超现实乌托邦。此外，克拉邦德还选录了两首李白的边塞诗，即《幽州胡马客歌》和《行行游且猎篇》，令诗集在细腻柔美之余平添几分英勇豪迈之气。简言之，丰富的意蕴、元素、风格和精巧的格律都令读者在阅读《花船》时仿佛进入一个回味无穷的审美王国。

第五节　克拉邦德的唐诗改译与表现主义诗学

克拉邦德改译的三部中国译诗集特色鲜明，各有侧重。具体而言，《沉鼓醉锣》收录的中国战争诗歌反映了克拉邦德在欧洲硝烟中对战争的清醒认知和反思；诗集《李太白》收录的李白诗歌塑造了一个热爱自然、自由反叛、创造力非凡又沉浸于道家宇宙的诗仙李白形象；《花船》则收录了大量女性和爱情诗歌，呈现出一个柔美细腻的东方审美世界。三部诗集既彼此独立，又统一构成克拉邦德心目中的中国古典诗歌世界。

如果审视同时代德语文坛的文艺运动，我们不难发现，克拉邦德对中国诗歌的改译与表现主义文学主张有着密切联系。表现主义运动于 1910 年前后在德国兴起，持续到 1925 年左右。这一概念首先出现在绘画领域，后发展成一场声势浩大的现代文艺运动。在第一次世界大战之前，早期表现主义者在美学上表现出与自然主义和印象主义的对立，"既反对自然主义对事物的机械模仿，也反对印象主义的'由外而内'"（韩耀成，2008：165），主张表达自我内心世界，探索精神内在，揭示现实和本质。但现实中，由于工业技术和资本主义的飞速发展，社会矛盾不断加剧，人性被物质压抑，表现主义艺术家普遍感到苦闷和不满，呼唤革新。起初，第一次世界大战的爆发令不少表现主义者看到革新的希望，他们甚至主动报名奔赴前线。但目睹过战争的残酷后，青年们很快从狂热中醒来，转向和平主义立场，反抗旧传统和权威、帝国主义战争、现代社会。

身处历史漩涡中的克拉邦德也不例外。起初他将战争看作一场民族保卫战，在诗歌和发言中处处宣扬战争。但到 1914 年 9 月，当亲密朋友的死讯从战场上传来后，克拉邦德对待战争的态度变得矛盾起来。（Kaulla，1971：68-70）真正启发克拉邦德反思战争的是他于 1915 年春天改译的中国战争诗歌，即使这一年他先前创作的鼓吹战争的诗歌仍在发表和传播，但克拉邦德不止一次强调，中国战争诗歌译本集《沉鼓醉锣》所传达的才是他真正的态度和观点。当克拉邦德多年后回忆战争经历时，他又一次写道："当我于 1915 年春天创作中国战争诗歌时，我的态度发生了根本性转变。"（转引自 Kaulla，1971：124）借助中国战争诗歌，克拉邦德不仅直接展现了残酷的战争场面，而且用大量篇幅表现了普通个体在战争中的悲惨命运，揭露出战争的本质。同时，他还批判了德国帝国主义，痛斥帝国皇帝将士兵视作开疆拓土的工具。（Klabund，1952：5）中国战争诗歌俨然成为克拉邦德传播反战思想的武器。

与此同时，克拉邦德还致力于探索内心世界。他为李白的自由反叛精神以及道家风骨陶醉不已，甚至将道家视为西方在文化危机下新的精神出路。克拉邦德比较了东西方思维方式后发现："东方思维，即老子的思维，是神秘的、有魔力的思维，是思维本身。西方思维是理性的、经验主义的思维方式，是以目的为导向的思维。东方人由自身产生，在自身中获得意义，他的世界是内心世界。西方人是在'自身之外'，他的世界是外在世界。东方人创造世界，西方人定义世界。西方人是科学家，而东方人是智者、聪明者、神圣者、本质者。"（Klabund，1922：14）西方科学理性的思维方式推动了工业文明的发展，创造了大量物质财富，但它同时造就了现代人的精神异化。而深受道家思想影响的诗人李白追寻精神上的无拘无束，在忘我和无意识中寻得内心的平静和喜悦。在改译李白诗歌的过程中，克拉邦德实际上是在探索一种与西方截然不同的思维方式和内心世界，从而为西方读者提供了一种新的思维范式。

在文学表现手法上，表现主义着重表达人的内心感受，偏好采用精练的语言激情呐喊和号召。在改译李白诗歌中，克拉邦德多次发出表现主义式的"呐喊"，如在根据李白《战城南》改译的《诅咒战争》（*Fluch des Krieges*）中，他慷慨激昂地控诉："该死的战争！该死的武器！"（Klabund，1952：41）《早发白帝城》的"两岸猿声啼不住"被改译为"两岸猴子一声接一声啼叫，好似焊在岸边的锁链叮当作响"，（Klabund，1986：6）德语词汇"啼叫"（Schrei um Schrei）和"叮当作响"（klirren）的拟声效果仿佛反抗者的长鸣。

另外，中国诗歌的独特表现形式也反过来丰富了表现主义诗歌形式。无论是在诗集后记，还是在其编著的《一小时世界文学史》中，克拉邦德都强调："中国语言全部由单音节词汇构成，它们排列在一起，无需联接（Bindung），简明扼要。"（Klabund，1952：47）克拉邦德指的是中国诗歌中常见的"列锦"修辞，即诗句全部由名词或名词性短语巧妙地排列在一起，隐去名词意象间的逻辑标识，从而生成丰富鲜明的画面，创造出悠远的艺术境界，例如温庭筠的"鸡声茅店月，人迹板桥霜"，马致远的"枯藤老树昏鸦，小桥流水人家，古道西风瘦马"。在诗集《李太白》中，克拉邦德以李白的诗句"云想衣裳花想容，春风拂槛露华浓"为例向德语读者示范了这一表达形式。在另一部诗集《花船》中，克拉邦德又多次采用这一形式进行诗学实验，例如他将《江上吟》中"木兰之枻沙棠舟，玉箫金管坐两头"改译为：

Ein Boot aus Ebenholz und eine Jadeflöte.	一叶乌木舟，一支玉笛。
Ein Lied. Der Frühling. Eine schöne Frau.	一曲歌谣。一抹春色。一位俊俏的姑娘。
Mein Herz blüht rot. Der Himmel blau	我的心绽放出红色的花海。湛蓝的天空
Und blau das Meer. (Klabund，2001：73)	和蓝蓝的大海。

整节诗歌中仅出现了一个动词，一系列名词所构成的意象扑面而来，加上颜色词汇的运用，令画面极具表现力和冲击力。对于意象的顺序，克拉邦德颇为考究，从舟上小世界过渡到天空、海洋大世界，从视觉、听觉到感觉，再回到视觉，在江上小舟中营造出一种"天地与我共生，万物与我为一"的境界。克拉邦德的诗歌实验体现了表现主义者革新文学语言和形式的追求和目标。

最后，对现实极度不满的表现主义文学家还以创造一个"新世界"为己任，不仅呼唤"新人"和"新价值观"，强调天性自由（张宪军，2017：196），而且常常"从东方和非洲艺术中去寻找精神寄托"（韩耀成，2008：168）。具有反叛精神、放荡不羁的李白和他的传奇人生无疑成为克拉邦德等表现主义诗人的理想偶像。顾彬（2013：133）谈到中国诗歌在西方的影响时，就认为李白特别引人注目的原因在于"他那天性和作品中狂放不羁的特性"，"这种特性被普遍化，成为他的形象，在西方国家，尤其是在表现主义时期成了热门"。

第七章　结语：德语诗人改译
唐诗的机制与理念

在前文中，本书通过对霍尔茨、德默尔和克拉邦德三位不同文学流派的德语诗人改译唐诗三个个案的研究，探讨了世纪之交德语诗人改译中国唐诗的方法和特征，并结合其创作经历和所处时代社会语境分析了三位诗人改译唐诗的动机和目的，以及文学交流背后中德哲学观和价值观的互鉴与共鸣。在此基础上，我们将对三位诗人在唐诗改译方面的异同点进行系统比较，进而归纳出德语诗人群体改译唐诗的范式和理念。

第一节　德语诗人改译唐诗之异同

对比三位诗人改译唐诗的方法、动机和目的后我们可以发现，德语诗人改译唐诗与其自身文学主张之间存在着紧密联系，三位诗人在改译唐诗上既存在着独特性，也存在着相似性。

就独特性而言，第一，三位诗人介入唐诗改译的方式各具特色。霍尔茨将李白诗歌的元素嵌入其诗歌巨著《幻想者》中，使得其唐诗改作成为诗集《幻想者》整体构架中不可或缺的组成部分。随着霍尔茨对诗集《幻想者》的加工和完善，其嵌套的李白诗歌也相应地得到扩展和深化。德默尔则选择以独立的篇章形式，在颇具影响力的文学刊物上发表了五首经过他精心改译的李白诗作。他并未追求改译作品与原诗的严格对应，而是创新性地运用了"拼贴"技巧，用新的主题将李白多首诗歌融会在一起。克拉邦德则持有更为宏大的视角，主张从"精神"出发，重建中国诗的"殿宇"，先后发表了三部中国诗集，为德语读者呈现了一个绚丽多彩的中国古典诗歌宇宙。从霍尔茨的初步借鉴，到德默尔的单篇改译，再到克拉邦德的系统性重构，这一系列演变不仅映射出19世纪至20世纪之交德语文坛与唐诗交流互动的多元模式，更从侧面印证了唐诗在那一时期德国文化界中的广泛传播与深远影响。

第二，三位诗人改译唐诗的动机和目的各有侧重。霍尔茨在其1898年版诗集《幻想者》中首次引入李白的《江上吟》，主要因为该诗中的"美酒""音乐"以及"随波遨游"等元素与他内心所憧憬的东方理想境界高度契合。这一改译作品成为诗集中展现的浪漫非现实世界的重要组成部分。随后，在1916年出版的《幻想者》中，霍尔茨又融入了李白的《春日醉起言志》，此举旨在塑造和彰显李白的诗歌天才形象，进而将李白推崇至世界伟人的行列。通过这样的编排，霍尔茨让诗集的主人公在奇异的精神探索中，能够深刻体验李白、莫扎特等杰出人物的人生历程。同时，霍尔茨将《幻想者》定位为20世纪初的杰出"世界诗歌"，他通过融入自己心目中世界上最伟大的诗人李白的作品，进一步丰富了诗集的内涵和艺术价值。德默尔选择改译李白诗歌的动机则更为复杂。一方面，李白诗歌中流露出的孤独与不羁，与德默尔自身的艺术追求和生活态度不谋而合，从而引发了强烈的共鸣；另一方面，德默尔敏锐地洞察到李白诗歌与尼采酒神精神之间的内在联系。他发现，两者在"迷醉""忘我"以及"合一"等核心要素上展现出超越时空的共鸣。深受尼采哲学启迪的德默尔，巧妙地以李白的诗歌为媒介，对当时的社会现状进行了深刻的批判，并积极倡导一种"酒神"式的生命哲学——即追求生命的极致体验，摆脱世俗束缚，实现自我超越。德默尔通过改译李白诗歌，致力于塑造一个符合20世纪初德国社会急剧变革时期需求的现代"新人"形象，而李白所倡导的自由精神和对既有权威的质疑，为德国现代"新人"的成长与发展提供了明晰的导向和价值参照。克拉邦德则不仅受到中国古典诗歌的美学感染，更在其中探寻到了深远的文化意蕴。在第一次世界大战背景下，克拉邦德从唐诗的边塞诗中领悟到和平的力量和战争的残酷，在改译唐诗的过程中改变了自己的立场，对战争进行了深刻的反思与批判。面对世纪之交德国社会的精神危机，唐诗中的"道家思想"又为他提供了可供借鉴的思维方式和心灵慰藉。

第三，三位诗人的唐诗改译都深受各自文学理念的影响，因此也刻上了19世纪至20世纪之交德国不同文学流派的烙印，展现出迥异的艺术风格。自然主义诗人霍尔茨的李白改作伴随着《幻想者》的扩充经历了1898/1899年、1916年、

1925 年三个版本的演变，尤其是他改译的《春日醉起言志》，对诗歌画面和人物心理都进行了细致入微的刻画和呈现，充分体现了自然主义描摹和记录现实的特点。此外，霍尔茨在唐诗改译中融入了他的"诗歌革命"理想，为此他取消了李白诗歌的韵脚和格律，仅保留一条看不见的"中间轴"，通过自然的语言和发音效果展现诗歌的"自然韵律"。德默尔对多个文学流派主张采取兼收并蓄的态度，其1893 年改译的《悲歌行》和《静夜思》偏重展现人物的朦胧情绪，体现了德默尔当时的印象主义转向。而在 1894 年自创的《我的饮酒诗》与李白的《悲歌行》形成互文关系，透露出德默尔对生命的激情。1906 年德默尔改译的《春日醉起言志》《月下独酌四首·其一》《春夜洛城闻笛》则渗透着表现主义激情和对生命的肯定态度。德默尔在李白诗歌中发现了与尼采"酒神精神"的契合点，并将这种精神注入自己的改译作品中，既是对原作的移植与改造，也是对 19 世纪末悲观主义哲学和颓废主义倾向的有力反击。克拉邦德的中国诗歌译作集更为深刻地体现了表现主义的美学特征。诗集《沉鼓醉锣》传达了表现主义者反对帝国主义战争的政治革命理念。在诗集《李太白》中，克拉邦德从道家思想、简洁的形式特征、中国文化和中国风尚四个角度呈现了他所理解的"中国精神"。诗集《花船》则展现了中国诗歌中细腻柔婉、情景交融的审美特征以及蕴含的道家哲理。后两部诗集反映了表现主义者在西方文化危机下对与西方截然不同的东方思维方式和精神世界的探索。另外，克拉邦德吸收中国诗歌"讲意合，重并置，少联接"（海岸，2005：30）的特点，采用自由并置的手法，大胆进行诗学试验，凸显了表现主义诗人对语言和形式革新的追求。三位诗人改译方式各具特色，唐诗也由此在德语世界中获得更丰富的文化意蕴和内涵。

就相似性来看，首先，霍尔茨、德默尔和克拉邦德都有着相同而又特殊的身份——诗人，故而对中国诗歌有着更敏锐的感知。"天才诗人的血液之中常常融入一种与生俱来的敏感力、构建力"，"音韵节律早已'内化'到创作的无意识中，作为一项本能或素质支持他的写作"。（同上）当德语诗人接触到唐诗时，他们凭借诗人的直觉，迅速捕捉到了唐诗独特的艺术价值，并产生了强烈的吸收与内化冲动。尽管他们都并不精通汉语，无法直接阅读唐诗原作，这一障碍却意外地为他们的翻译行为提供了更广阔的想象与创造空间。依靠他们卓越的语言技巧和诗意直觉，三人所改译的唐诗不仅流畅自然，而且韵味深长。

此外，霍尔茨、德默尔和克拉邦德均对唐诗进行了大刀阔斧的改动和自由的发挥，其行为属于"改译"范畴，充分体现了译者在翻译过程中的主体性。从根本上讲，"改译"是以目的语重新诠释源文本的一种翻译方式。然而，与传统翻译中逐字逐句的对应不同，改译赋予了译者更多的创作自由。在改译中，译者身兼创作者的角色，他们以原文为蓝本，根据本土文化、社会背景、哲学话语，甚至是个人审美和表达需求，对原作进行灵活而自由的处理。其次，"改译"不仅是一种语言转换活动，更融入了译者的个人经验和主观感受，尤其多应用在诗歌领域。译者不仅要传达出原诗的主旨和情感，还要兼顾诗歌的节奏和韵律。实际上，"改译"对诗歌译者提出了更高的要求，译者不仅需要跨越语言和文化的壁垒，重建诗歌的节奏，还需创造出诗歌所蕴含的超乎语言之外的艺术意境。经过霍尔茨、德默尔和克拉邦德三位诗人的独特改译，他们的唐诗译作已不再是简单的语言转换作品，而是具有独立艺术价值和审美意义的诗歌新作。

最后，在选择改译对象时，霍尔茨与德默尔专注于改译李白的诗歌，而在克拉邦德的改译作品中，李白的诗歌也占据了显著地位。李白的诗作情感丰富、想象力超群，时而大胆夸张，时而清新质朴，时而雄浑豪放，其风格多变且常蕴含深邃的哲理，极具感染力。例如同时被霍尔茨、德默尔和克拉邦德改译的诗歌《春日醉起言志》，诗人在醉酒和无意识两种状态中用"为乐当及时"的洒脱心态化解人生无情的"死亡警告"（顾彬，2013：149），再加上流利酣畅的语言，令该诗别具感染力。其次，李白自由奔放、不拘一格的性格特质，以及其充满传奇色彩的人生经历，共同塑造了他独特的人格魅力。霍尔茨被李白对自然的挚爱、洒脱的价值观及豪迈的人生态度所折服；德默尔则在李白身上寻得与法国诗人维庸相似的灵魂共鸣，表现为"无限勇敢，孤独地漫游，同时对社会文化和大自然有着丰富的感受力和表达力"（Bab，1926：128），以及尼采所倡导的狄奥尼索斯精神；克拉邦德则被李白多重而复杂的形象所吸引：他是狂热的饮酒者、不羁的漫游者、卓越的诗歌天才、反叛的斗士，以及触及仙境的诗仙。李白成为众诗人心驰神往的精神符号。最后，霍尔茨、德默尔和克拉邦德偏爱李白与其所处的社会时代紧密相连。1900年前后的德国社会、思想、文化领域都发生了巨大的变革和转折，自然科学的进步打破了基督教神学的统治地位，进一步促进了欧洲人民的思想解放。尼采的"价值重估"对西方思想界和文化界产生了巨大冲击力。按照尼采的设想，具有生命意志的"现代人"就是他心目中的"超人"，是"少数勇敢者、创造者、强力意志充沛者"（韩耀成，2008：55）。李白的形象，如勇敢、反权威、天才等特质，恰恰符合了当时人们对"现代人"的期待。评论家巴卜当时写道："李太白不仅是所有时代最伟大的诗人之一，在他逝世1200年后的今天，也是最现代和最有影响力的人之一。"（Bab，1911：1172）顾彬（2013：134）也总结道："在使用德语的地区，对李白的接受进入这样一个时期，在世纪之交，出于蔑视社会习俗而形成对特立独行者的需求。人们把李白视为放荡不羁的诗人、饮者、大胆鲁莽的勇士，并把这些形象写进诗歌。"由此可见，李白不仅是霍尔茨、德默尔和克拉邦德的精神偶像，更代表了当时德国社会对"现代人"的憧憬与追求。

综上所述，一方面，德语诗人霍尔茨、德默尔和克拉邦德在改译唐诗的形式、动机和目的以及与德国文艺思潮之间的联系方面存在着特性，也在译者身份、"改译"行为、偏爱李白诗歌方面存在着共性。从三位诗人改译的李白诗歌中，最能看出德语诗人改译唐诗的"诗哲融合"的特征。他们不仅汲取了李白诗歌中的道家智慧，更在李白诗歌中发现了其与"酒神精神"的联结和契合，无论在选材还是改译方法上都倾向于凸显其中的哲学内涵。另一方面，三位诗人都立足于本国文学传统和思维方式，用德语文坛的话语规则对唐诗进行改译和再创造，充分体现了比较文学变异学提出的"文学他国化"态势。由此，19世纪至20世纪之交德语文坛的"唐诗热"现象不仅促进了唐诗和中国文化思想在德国的传播，也丰富了译入语文化中的诗歌形式，在某种程度上为德语文坛带来了新的活力，充分体现了"交流互鉴"的文明发展观。

第二节　德语诗人改译唐诗范式与机制

在横向比较霍尔茨、德默尔和克拉邦德改译唐诗的异同点基础上，我们可以归纳出德语诗人在改译唐诗过程中普遍采用的方法和理念。德语诗人改译唐诗的方法主要可以归纳为以下六种类型：第一种是嵌入型，诗人巧妙地将唐诗嵌入自己的文学创作中，使自己的作品与唐诗符号系统构成互文性，增添自身作品的艺术张力。除了霍尔茨将李白的《江上吟》与《春日醉起言志》嵌入其诗集《幻想者》

中外，作家黑塞同样将李白的两首诗歌《将进酒》和《对酒行》嵌入其中篇小说《克林索尔的最后夏天》中，李白成为小说主人公克林索尔的性格隐喻符号。（詹春花，2006：98-99）第二种是"拼贴"抑或"重组"型，即诗人将两首独立的唐诗拼贴为一首诗歌，构建起两首诗歌之间新的内在联系，使拼贴后的诗歌产生全新的阐释空间。德默尔改译的《春日迷醉》和《遥远的琉特》便是此类型的典型代表。第三种是拆分型，即将一首原本完整的诗歌拆分为两首独立的诗歌，这主要发生在原诗较长的情况下。例如克拉邦德将李白的《将进酒》拆分为两首独立诗歌《永恒的迷醉》（Der Ewige Rausch）与《饮酒歌》（Trunkenes Lied）；又将《江上吟》拆分为《在江上》（Auf dem Fluss）与《在船上》（Zu Schiff）。拆分后每首诗歌内部联系更加紧密，主旨也更加明确。第四种是删除型，诗人将蓝本中不感兴趣的内容直接删去，仅保留某些特定内容。例如在李白献给杨贵妃的诗歌《清平调·其二》中，克拉邦德仅仅对蓝本前两句中出现的"桃花""仙女""眼泪"等意象组成的画面颇感兴趣，因此他直接删除了诗歌的后两句，重新演绎和组合了前两句中的意象。第五种是增添型，通过增添内容，诗人将自己的观点注入唐诗改译中，而反过来看，恰恰可以通过分析诗人在唐诗改译中增添的内容，更好地发现其改译唐诗的目的所在。霍尔茨为了贯彻详细入微的自然主义文风，在《春日醉起言志》的改译中增添了大量景物细节和心理描写。德默尔在《月下独酌四首·其一》的改译中增加了大段狄奥尼索斯式的激情自白，强化了李白诗歌中的酒神精神。克拉邦德则在中国战争诗歌中增添了大量对残酷的战场以及受苦的士兵百姓的描写，以表达对当时欧洲战争的反对态度。第六种是更替型，即诗人在改译中使用新的意象更替原诗中的意象。德默尔将《静夜思》中的"霜"更替为"晨光"，使诗歌更符合一名旅者的心态，也更符合印象主义追求朦胧的美学主张。克拉邦德则将"低头思故乡"中的"故乡"更替为"漫游目的地"，令《静夜思》中普通的思乡情绪上升为中国人在哲学宗教意义上与故乡的联结，从而提升了《静夜思》中思乡情绪的哲学和宗教意蕴。这六种改译方法体现了德语诗人在改译唐诗过程中的创造性和灵活性，也展现了他们对中国古典诗歌的深刻理解和独特诠释。

从常见方法背后可以洞察到德语诗人改译唐诗过程中两个规律。首先，尽管诗人在改译过程中展现出一定程度的自由度和创造性，但他们的改译作品始终深受其个人的文艺理念与思想观念的影响。这些改译后的唐诗作品并非孤立存在，而是被巧妙地嵌套在诗人自身的文学体系以及当时的文化背景之中。霍尔茨改译的唐诗不遵循常规的韵脚和格律，仅依靠语言内部的运动生成诗歌的自然节奏。这种改译方法实则是霍尔茨践行自然主义"诗歌革命"理念的一个重要组成部分。德默尔在 19 世纪 90 年代初支持印象主义文学主张，他改译的《悲歌行》和《静夜思》着重探究人物的复杂矛盾心理以及朦胧不定的情绪状态。而到了 1906 年，德默尔在改译李白诗歌时更注重结合尼采的酒神精神，从而将李白树立为一位表现主义"新人"形象。而克拉邦德改译的诗集《沉鼓醉锣》发表于第一次世界大战期间，是对当时欧洲战争现实的反对式回应，诗歌中体现的"控诉性""宣告性"和"呼唤性"正是早期表现主义诗歌的鲜明特征。除了本研究关注的三位诗人之外，同一时期的表现主义诗人埃伦斯泰因改译的白居易诗歌以批评社会现实为目标，充满了表现主义的控诉激情，这与他对 1919 年德国社会革命失败的失望情绪密不可分。（卫茂平，1996：402-403）20 世纪 30 年代末的流亡作家布莱希特同样借改译白居易诗歌"反思自己的流亡经历"，"并将白居易变成理想化的社会批判诗人"。（谭渊，2011：105-109）可见，尽管诗人在改译过程中展现出一定程度的自由度和创造性，但他们的改译作品始终深受其个人的文艺理念与思想观念的影响。这些改译后的唐诗作品并非孤立存在，而是被巧妙地嵌套在诗人自身的文学体系以及当时的文化背景之中。

其次，尽管德语诗人根据各自的文艺理念对唐诗进行了个性化的改译和重塑，使得唐诗在不同诗人笔下呈现出多样化的风貌，但这些多样化的唐诗表达中却蕴含着一种共通的精神内核。这正基于唐诗在中华民族诗歌经典的外衣下蕴含的世界性人类共通的情感体验和审美反应，也是唐诗能够走出民族文学领地，成为"世界诗歌"的决定性因素。在诗歌《春日醉起言志》中，面对生命的虚幻，诗人在醉酒的迷幻中用"及时行乐"化解生命的悲观主义。这种审美体验在千年之后的现代德国被重新挖掘，得到共鸣和发展，"及时行乐"不再仅仅是短暂逃避现实的手段，它在德默尔那里演变为对生命的肯定和礼赞，体现了一种积极的生命态度。此外，李白诗歌中渴望回归自然、无为顺势的道家思想在改译中也得到了进一步的发扬，这正符合 20 世纪初处于文化危机下迷惘彷徨的德国知识分子所追寻的价值观念。杜甫在战乱中写下的揭露战争的残酷和人民苦难的生活的诗篇，与第一次世界大战中欧洲诗人的内心体验有着惊人的相似性。白居易在被贬流放中写下的诗篇同样超越时代，为纳粹时期被迫流亡的德国作家提供了斗争和坚持真理的勇气与信心。而从审美体验的角度来看，唐诗中的意象并置手法与画面感赋予了其独特的艺术感染力，使得不同时代和民族的读者在阅读后都能产生深刻的审美共鸣。德语诗人之所以改译唐诗，正是因为唐诗中蕴含着超越时代和民族的"世界性元素"，即"世界各国共有的因素，或者说是人类共同面对的问题"（陈思和，2011：311）。不同民族的文学在面对人类共同现象时，往往会产生相似的审美反应。无论德语诗人对唐诗文本如何改译，情感、精神和审美体验的相通性始终贯穿于所有唐诗的美学实践中。

综上所述，通过对霍尔茨、德默尔和克拉邦德改译唐诗的方法进行分析，我们可以归纳出六种主要类型：嵌入型、拼贴型、拆分型、删除型、增添型、更替型。值得注意的是，"唐诗热"现象的产生，主要归功于李白诗歌中蕴含的丰富的哲学思想和内涵。无论是与"酒神精神"的跨文化联结，还是倡导"无为"、遵循内心的道家思想，都使得德语诗人最能在李白诗歌中获得哲学启发，从而使其改译的诗歌呈现出明显的"诗哲融合"的特征。在这些方法和机制背后我们可以发现，德语诗人之所以改译唐诗是因为他们在唐诗中发现了与自我心境体验的契合点，并借此表达自己的文艺主张或社会态度，但不同唐诗文本中探讨的生命体验和引发的审美反应是相通的。"通过影响的传播或者通过独立的表达，各国文化的独特性与各国文化之间所表现出来的相似性构成了一个丰富的统一体，这正是比较文学所需要关注的世界文学的现象。"（同上：311-312）从这一角度出发，我们可以从"世界诗歌"的视角来审视德语文坛的"唐诗热"现象。

第三节　德语诗人改译唐诗的理念

尽管德语诗人霍尔茨、德默尔和克拉邦德各自文艺主张有所不同，但他们对唐诗的创造性改译却充分体现了文学家团体在面对他国民族文学时所展现的开放思维和包容态度。这种跨文化的交流践行了德语诗人歌德和吕克特所倡导的"世界文学"和"世界诗歌"理念。歌德晚年所提出的"世界文学"概念，强调了各民族文学家应增进相互了解和交流，通过集体精神产生广泛的社会影响，共同朝着人道和普遍人性的方向前进。吕克特在改译《诗经》的过程中进一步提出了"世界诗歌"理念，认为"唯有世界诗歌才是世界的和解"，意即渗透普遍人性的民族诗歌能够成为沟通各民族和平相处的桥梁。霍尔茨、德默尔和克拉邦德虽未直接援引"世界文学"和"世界诗歌"的概念，但他们对唐诗的改译行为无疑是对歌德与吕克特理念的实质性传承与发扬。而唐诗在德语世界的传播历史，尤其是对德语诗人的启发和影响，恰恰印证了世界各国的"文明是在相互借鉴的基础上发展的"（张西平，2022：9）。

霍尔茨在创作《幻想者》时提出了与吕克特不同的"世界诗歌"（Weltgedicht）观念。吕克特使用的"世界诗歌"（Weltpoesie）指抽象的作为艺术类型存在的"诗"；霍尔茨使用的"世界诗歌"则更侧重于具体某一部具有节奏和韵律的诗歌作品。对霍尔茨而言，一部"世界诗歌"应当能够构建和塑造一个时代的"世界图像"（Weltbild），例如古典时期的《荷马史诗》和中世纪的但丁《神曲》。霍尔茨自认为其诗集《幻想者》包罗万象，将是 20 世纪初自然科学时代的"世界诗歌"。（Holz，1962：87）虽然霍尔茨并未直接论及文化交流，但他在创作"世界诗歌"《幻想者》时积极融入了包括中国唐诗、日本浮世绘等在内的多元异质文化元素，这种异质性成为其诗集"世界性"的支撑之一。霍尔茨对东方艺术的推崇使得他能够具备全球视野，从世界各地的艺术瑰宝中汲取灵感与养分，从而使得《幻想者》成为一部真正意义上的"伟大的人类组诗"（Holz，1962：88）。

德默尔始终以歌德对世界文学的关怀和吸收为榜样，致力于从其他民族文学中获取创新的动力和源泉。在 1892 年写给朋友的信件中，年轻的德默尔写道："您看：歌德一生是如何接受和加工异域启迪的啊！他把异域的特性吸收到自我中。或许正是这种充沛的敏感性造就了他的伟大。"（Dehmel，1922：81）正因如此，他强调，年轻艺术家必须要用开放的态度向成熟艺术家和异域文学学习，"只有这样做，他才能学会如何形成自己的风格"，"才能自如地掌握独特而又创新的表达方式"。（同上）德默尔从年轻艺术家的成长出发，认为艺术家要自我发展，必须具备世界目光，不能自囿在民族的小圈子内。这一观点贯穿于德默尔的创作生涯中。1911 年，德默尔在给读者的回信中再次申明："强健的文化不会因为与异域文化的联合而有所损失，相反会从中获得裨益……如果一种文化只会持续向外输入，而不懂得向他者学习，那么再丰富的文化灵魂都会逐渐贫瘠。"（Dehmel，1923：254）德默尔不仅宣扬开放的文化态度，而且旨在从异域文化中汲取力量，以发展德意志本民族文学。除了改译唐诗外，他还改译了法语、英语，以及少量西班牙语、意大利语诗歌。其目标不仅在于让德国读者了解外国诗歌，更在于将外国诗歌改造成地地道道的德语诗歌，促进德语诗歌的发展。

克拉邦德在经历"一战"后思想日益成熟，成为一名坚实的世界主义者。他在1922年出版的《一小时世界文学史》中用简练的语言勾勒了世界各民族文化概貌，其扉页题记引用的正是歌德与爱克曼那段著名的谈话："我们德国人如果不跳开周围环境的小圈子朝外面看一看，我们就会陷入上面说的那种学究气的昏头昏脑。所以我喜欢环视四周的外国民族情况，我也劝每个人都这么办。"（爱克曼，1978：113）克拉邦德十分认同歌德的"世界文学"观念，支持不同民族的文学家增进相互交流。他把各个民族的文学与文化都视作人类发展的重要组成部分，尤其强调民族诗歌："每个民族的诗都既是民族的，又是超民族的。其民族性在于，它是基于一个民族最独特的语言而创作的。其超民族性在于，它会吸收其他民族的精神潮流，自我加工后继续传播。狭隘的爱国主义者希望民族之间互相隔离，但这样的隔离只会导致所有民族精神的萎缩和残疾。"（Klabund，1922：6）纵观欧洲文学历史发展，克拉邦德发现，任何一个民族的文学发展都离不开异域文学或文化的影响，如果没有法国行吟诗人的影响，遑论德国中世纪文学的繁荣。诗歌的超民族性恰恰促进和反哺了其民族性的发展。

霍尔茨、德默尔和克拉邦德改译唐诗的行为与他们对世界民族文学交流的积极思考密不可分。吕克特所倡导的"世界诗歌"理念在唐诗的接受与传播中得到进一步的印证与体现。通过与唐诗的互动和交流，德语诗人不仅与世界建立了联系，而且在客观上发挥了传播异国文化、消除民族狭隘意识的中介功能。值得注意的是，德语诗人还对吕克特的理念进行了发展，即诗歌翻译与交流不仅能够承担促进文化和解的桥梁作用，更应该在哲学和精神层面为异国文化注入新的发展动力，从而推动文化的反思、修正与更新。因此，在德语诗人改译的唐诗中，时代哲学思潮、社会现实和文化转向扮演了重要的角色，使得唐诗成为世纪之交中德文学、文化、哲学、精神交流互鉴的文本空间。

同时我们应看到，唐诗也在异域之旅中逐渐获得了"世界诗歌"的身份和属性，其作品所蕴含的生命力得到进一步拓宽和延长。

作为中华民族的经典，唐诗既展现了独特的民族性特质，又在西传过程中彰显了其超越民族界限的普世价值。基于单音节特征，汉语语法关系并非依赖字的形态变化，而是通过词的顺序和虚词来体现，并且同一字符经过不同的组合顺序可以产生全新的意义。唐诗往往节奏整齐对称，并且诗歌中的意象并置手法犹如一幅画卷徐徐展开，引发读者无限遐想。通过唐诗，读者还可以充分领略中国唐朝的时代风貌，感受唐朝人朝气蓬勃的精神气象。相较于西方诗歌，唐诗无论是其独特的表达方式还是深邃的内容精神，都为 20 世纪初的德语诗人带来了全新的艺术体验与灵感启迪。与此同时，霍尔茨、德默尔和克拉邦德等德语诗人均从唐诗中获得精神给养，与李白产生了精神共鸣。面对理想与现实的矛盾，李白在诗歌中抒发的苦闷和失意令霍尔茨感同身受。德默尔在李白诗歌中发现了酒神精神和昂扬的生命力。克拉邦德不仅对唐诗中饱受战争苦难的百姓无限同情，还为唐诗中的审美意境流连忘返。正是唐诗所具备的"民族性"与"超民族性"特质，使其能够跨越时空界限，走进德语诗人的艺术世界，成为真正意义上的"世界诗歌"。

最后，德国诗人改译唐诗不仅促进了唐诗在德语世界的传播，同时也为 20 世纪初的德语诗坛注入了新的活力，在一定程度上丰富了德语诗歌形式。这充分说明了"世界诗歌"的传播与"民族诗歌"的发展相辅相成。1900 年前后，在德国诞生了诸多唐诗译本，包括霍尔茨、德默尔和克拉邦德改译的唐诗、佛尔克的《中国诗歌集萃——汉代和六朝诗歌选》、海尔曼的《中国抒情诗》、贝特格的《中国之笛》等。这些译本相互影响，汇聚成一张交织的文本网络，不仅激发了同时代诗人、读者争相阅读唐诗的兴趣，还引发了唐诗在德语世界的又一轮改译风潮。

德国著名作家、诗人霍夫曼斯塔尔阅读过德默尔改写的唐诗后曾经十分激动，盛邀他为其编辑出版的《晨报》(*Morgen*) 撰稿："类似您从中国翻译出的这些绝妙作品，我们也非常乐意刊登，多多益善！"（转引自 Schuster，1977：93）同时代的诺贝尔文学奖获得者黑塞十分推崇克拉邦德的改作，他在中篇小说《克林索尔的最后夏天》中令主人公自称"李太白"，并整段援引李白诗歌。其中对应《将进酒》的一节诗歌正是来自克拉邦德的改作《永恒的迷醉》(*Der Ewige Rausch*)。（Hsia，1974：223）布莱希特也深受唐诗的影响，在其于 1933 年写下的诗歌《诗人的流亡》(*Die Auswanderung der Dichter*) 以及在流亡时期写给友人的信中，布莱

希特多次将李白、杜甫等中国诗人视作自己的中国榜样。（谭渊，2011：105-109）

借助《中国之笛》，唐诗甚至跨出文学的领地，进入了西方音乐家的视野，最有名的便是奥地利作曲家古斯塔夫·马勒于1909年创作的《大地之歌》。马勒选取了《中国之笛》中的七首唐诗进行谱曲，依次为李白的《悲歌行》、钱起的《效古秋夜长》、李白的《宴陶家亭子》《采莲曲》《春日醉起言志》、孟浩然的《宿业师山房待丁大不至》和王维的《送别》。（钱仁康，2001：27-28）1921年，德国诺贝尔文学奖获得者托马斯·曼在慕尼黑听到《大地之歌》后对其印象深刻，并在日记中评价道："一部爱的作品，正如马勒的'大地之歌'，用西方成熟的音乐艺术将古老的中国诗歌融合为人类的有机统一体。"（Debon，1990：151）此外，弗兰肯斯坦因（Clemens von Franckenstein）将瓦格纳的新浪漫主义元素与受德彪西影响的异国印象主义融合在一起，于1920年创作了歌剧《李太白》。这部作品不仅标志着德国近代音乐戏剧史上的一个高潮，而且直到2022年还在德国波恩剧院再度上演。这些由唐诗衍生出的多元艺术作品进一步验证了唐诗的生命力和世界性影响。

其次，"世界诗歌"的发展实则是各民族借助诗歌翻译实现文化交流的过程。19世纪末，随着工业和科学技术的进步，德国资本主义发展到顶峰，开始向殖民主义和帝国主义过渡。但当时的世界版图已基本被欧洲列强瓜分完毕，德国作为后发国家加入殖民竞争中，要求重新瓜分"阳光下的地盘"。1897年，德国强行出兵占领中国胶州湾，意图将其作为该国在远东侵略的据点。与欧洲列强在政治上的"优越性"形成鲜明对比的是，欧洲知识分子在文化上开始转向东方，对东方精神推崇备至。（Günther，1988：11-12）借助唐诗，德语读者得以走近原本知之甚少的中国文化，了解中华民族的精神生活，例如克拉邦德从唐诗中认识到中国人的家庭观念和宗教生活。唐诗和中国也反过来成为一面"他者"镜像，促使欧洲读者自我观察和剖析。德语诗人与唐诗的互动往来创建了一个中德文化交流与沟通的自由精神空间，拓宽着"世界诗歌"的维度。

从歌德到吕克特，再到世纪之交改译唐诗的诗人霍尔茨、德默尔和克拉邦德等，德国文学家团体从中国诗歌中汲取精华，为本民族文学注入新的活力与创造力。世界诗歌得益于民族诗歌的发展与贡献，民族诗歌则深深植根于与世界诗歌的交流中。值得注意的是，在民族诗歌走向世界的过程中，不可避免地会出现"变异"抑或"创造性叛逆"，但对于民族诗歌而言，变异不是"损失"，而是"收获"，并且，"没有翻译的变异，就没有世界文学的形成"（曹顺庆，2018：128）。19 世纪至 20 世纪之交德语文坛的"唐诗热"不仅在一定程度上为"德国现代诗歌与现代文学的革新运动"注入了新的活力，（李双志，2018：119）而且从哲学、社会和文化层面对德国知识精英产生了启发，展现了中国作为文明古国所蕴含的东方智慧与魅力。

参 考 文 献

[1] Aurich, Ursula. *China im Spiegel der deutschen Literatur des* 18. *Jahrhunderts* [M]. Berlin: Ebering, 1935.

[2] Bab, Julius. Ost-östlicher Divan [J]. *Die neue Rundschau*. 1911, Bd. 2: 1172-1173.

[3] Bab, Julius. *Richard Dehmel: die Geschichte eines Lebens-Werkes* [M]. Leipzig: Haessel, 1926.

[4] Bers, Anna. Universalismus und Wiederholte Spiegelung, Rokokokritik und Literaturgeschichtsschreiben. Zu Goethes < Chinesisches > [J]. *Literaturstraße*, 2017 (18): 163-193.

[5] Bethge, Hans. *Die chinesische Flöte* [M]. Wiesbaden: Insel, 1955.

[6] Bohnenkamp, Anne. Rezeption der Rezeption Goethes Entwulf einer "Weltliteratur" im Kontext seiner Zeitschrift "Über Kunst und Altertum" [C] // *Spuren, Signaturen, Spiegelung: zur Goethe-Rezeption in Europa*. Bernhart Beutler und Anke Bosse (hrsg.). Köln: Böhlau, 2000.

[7] Bohnenkamp, Anne. Volkspoesie Weltpoesie Weltliteratur [C] // *Goethes Zeitschrift Über Kunst und Altertum*. Hendrik Birus, Anne Bohnenkamp und Wolfgang Bunzel (hrsg.). Göttingen: Kunst GmbH, 2016. 87-117.

[8] Brentano, Clemens. *Sämtliche Werke und Briefe Band* 16 [M]. Stuttgart: W. Kohlhammer, 1978.

[9] Buber, Martin. *Reden und Gleichnisse des Tschuang-Tse* [M]. Leipzig: Insel, 1920.

[10] Chen, Chuan. *Die chinesische schöne Literatur im deutschen Schrifttum* [D].

Christian-Albrecht-Universität zu Kiel, 1933.

[11] Chen, Zhuangying. Hermann Hesse und der chinesische Lyriker Li Tai Pe [J]. *Literaturstraße- Chinesisch-deutsche Zeitschrift für Sprache- und Literatur-wissenschaft.* 2004 (5): 89-99.

[12] D'Hervey-Saint-Denys, Marquis. *Poésies de l'époque des Thang* [M]. Paris: Amyot, 1862.

[13] Davidson, Martha. *A list of published translations from Chinese into English, French, and German* [M]. New Haven: Far Eastern Publications, 1957.

[14] De Lacharme, Alexander. *Confucii Chi-king, sive liber carminum, ex Latina P. Lacharme interpretatione* [M]. Julius Mohl (hrsg.). Stuttgart et Tübingen: Cotta, 1830.

[15] Debon, Günter. *Li Taipo-Rausch und Unsterblichkeit* [M]. München, Wien, Basel: Verlag Kurt Desch, 1958.

[16] Debon, Günther. Thomas Mann und China [C] //*Thomas Mann Jahrbuch Bd.* 3. Eckhard Heftrich und Hans Wysling (hrsg.). Frankfurt/M: Vittorio Klostermann, 1990: 149-174.

[17] Dehmel, Richard. *Aber die Liebe: ein Ehemanns- und Menschenbuch* [M]. München: Albert, 1893.

[18] Dehmel, Richard. *Ausgewählte Briefe aus den Jahren 1883-1902* [M]. Berlin: S. Fischer, 1922.

[19] Dehmel, Richard. *Ausgewählte Briefe aus den Jahren 1902-1920* [M]. Berlin: S. Fischer, 1923.

[20] Dehmel, Richard. *Bekenntnisse* [M]. Berlin: S. Fischer, 1926.

[21] Dehmel, Richard. *Gedichte* [M]. Jürgen Viering (hrsg.). Stuttgart: Reclam, 1990.

[22] Dehmel, Richard. *Gesammelte Werke.* Erster Band [M]. Berlin: S. Fischer. 1918.

[23] Detering, Heinrich. *Bertolt Brecht und Laotse* [M]. Göttingen: Wallstein, 2008.

[24] Detering, Heinrich & Tan, Yuan. *Goethe und die chinesischen Fräulein* [M].

Göttingen：Wallstein，2018.

［25］ Ehrenstein, Albert. *Werke, Band 3/I* ［M］. München：Boer, 1995.

［26］ Fang, Weigui. *Das Chinabild in der deutschen Literatur 1871-1930：Ein Beitrag zur komparatistischen Imagologie* ［M］. Frankfurt a. M. ：Peter Lang, 1992.

［27］ Fialek, Marek. *Dehmel, Przybyszewski, Mombert：drei Vergessene der deutschen Literatur；mit bisher unveröffentlichen Dokumenten aus dem Moskauer Staatsarchiv* ［M］. Berlin：WVB, 2009.

［28］ Forke, Alfred. *Blüten chinesischer Dichtung* ［M］. Magdeburg：Fabber'sche, 1899.

［29］ Fritz, Horst. *Literarischer Jugendstil und Expressionismus：Zur Kunsttheorie, Dichtung und Wirkung Richard Dehmels* ［M］. Stuttgart：Metzler, 1969.

［30］ Giles, Herbert A. *A History of Chinese Literature* ［M］. London：D. Appleton and Company, 1923.

［31］ Goethe, Johann Wolfgang von. *Ästhetische Schriften 1824-1832：Über Kunst und Altertum V-VI* ［M］. Anne Bohnenkamp（hrsg.）. Frankfurt/M：Dt. Klassiker, 1999.（= FA I, 22）

［32］ Goethe, Johann Wolfgang von. *Bezüge nach außen：Übersetzungen II, Bearbeitungen* ［M］. Hans-Georg Dewitz（hrsg.）. Frankfurt/M：Dt. Klassiker, 1999.（= FA I, 12）

［33］ Goethe, Johann Wolfgang von. *Goethes Werke. IV Abteilung：Goethes Briefe* ［M］. Im Auftrag der Großherzogin Sophie von Sachsen. Weimar：Böhlau, 1887-1912.（=WA IV 40）

［34］ Goethe, Johann Wolfgang von. *Tagebücher 1813-1816, Kommentar* ［M］. Albrecht Wolfgang（hrsg.）. Stuttgart：J. B. Metzler, 2007.

［35］ Goethe, Johann Wolfgang. *Aus meinem Leben Dichtung und Wahrheit* ［M］. Klaus-Detlef Müller（hrsg.）. Frankfurt/M. ：Deutscher Klassiker, 1986.

［36］ Gollwitzer, Heinz. *Die gelbe Gefahr：Geschichte eines Schlagworts, Studien zum imperialistischen Denken* ［M］. Göttingen：Vandenhoeck & Ruprecht, 1962.

［37］ Grube, Wilhelm. *Geschichte der chinesischen Litteratur* ［M］. Leipzig：C. F.

Amelangs, 1909.

[38] Gu, Zhengxiang. *Anthologien mit chinesischen Dichtungen* [M]. Stuttgart: Anton Hierseman, 2002.

[39] Günther, Christiane C. *Aufbruch nach Asien, Kulturelle Fremde in der deutschen Literatur um 1900* [M]. München: indicium, 1988.

[40] Hagen, Paul von. *Richard Dehmel Die dichterische Komposition seines lyrischen Gesamtwerks* [M]. Berlin: Emil Ebering, 1932.

[41] Han, Ruixin. *Die China-Rezeption bei expressionistischen Autoren* [M]. Frankfurt/M: Peter Lang, 1993.

[42] Hart, Julius. *Geschichte der Weltliteratur und des Theaters aller Zeiten und Völker, Bd. 1* [M]. Neudamm: Neumann, 1894.

[43] Hauser, Otto. Die *chinesische Dichtung* [M]. Leipzig: Poeschel & Trepte, 1908.

[44] Hauser, Otto. *Weltgeschichte der Literatur, Bd. 1* [M]. Leipzig: Bibliogr. Inst. , 1910.

[45] He, Jun. Übersetzung, Nachdichtung oder Umdichtung?[C] //*Collected Papers of the 21st Congress of the ICLA*. 2020: 125-137.

[46] Heilmann, Hans. *Chinesische Lyrik: vom 12. Jahrhundert v. Chr. bis zur Gegenwart* [M]. München und Leipzig: Piper, 1905.

[47] Henning, Sabine. *WRWlt-o Urakkord: die Welten des Richard Dehmel* [M]. Herzberg: Bautz, 1995.

[48] Heyse, Paul. *Die Brüder. Eine chinesische Geschichte in Versen* [M]. Berlin: Wilhelm Herz, 1852.

[49] Holz, Arno. *Arno Holz Werke Band V* [M]. Berlin: Hermann Luchterhand, 1962.

[50] Holz, Arno. *Briefe Eine Auswahl* [M]. Anita Holz und Max Wagner (hrsg.). München: R. Piper & Co. , 1948.

[51] Holz, Arno. *Die neue Wortkunst: eine Zusammenfassung ihrer ersten grundlegenden Dokumente* [M]. Berlin: J. H. W. Dietz Nachfolger, 1925.

[52] Holz, Arno. *Li-Tai-Pe* [M]. Berlin: Alfred Richard Meyer, 1921.

[53] Holz, Arno. *Phantasus* [M]. Berlin: Sassenbach, 1898.

[54] Holz, Arno. *Phantasus* [M]. Dresden: Reißner, 1913.

[55] Holz, Arno. *Phantasus* [M]. Gerhard Schulz (hrsg.). Stuttgart: Philipp jun., 1968.

[56] Holz, Arno. *Phantasus* [M]. Leipzig: Insel, 1916.

[57] Holz, Arno. Phantasus [Z]. In *Jugend Münchner illustrierte Wochenschrift für Kunst und Leben*. München & Leipzig: G. Hirth's, 1898: 40.

[58] Holz, Arno. *Revolution der Lyrik* [M]. Berlin: Johann Sassenbach, 1899.

[59] Hösel, Adolf. *Dehmel und Nietzsche* [M]. München: Huber, 1928.

[60] Hsia, Adrian. *Hermann Hesse und China* [M]. Frankfurt/M: Suhrkamp, 1974.

[61] Hutchinson, Ben. The Echo of 'After-Poetry': Hans Bethge and the Chinese Lyric [J]. *Comparative Critical Studies*, 2020, 17 (2): 303-317.

[62] Immoos, Thomas. *Friedrich Rückerts Aneignung des Schi-king* [D]. Ingenbohl: Theodosius-Buchdruckerei, 1962.

[63] Jian, Ming. *Expressionistisch Nachdichtungen chinesischer Lyrik* [M]. Frankfurt/ M: Peter Lang, 1990.

[64] Kaulla, Guido von. *Brennendes Herz Klabund, Legende und Wirklichkeit* [M]. Zürich: Werner Classen, 1971.

[65] Klabund. *Brief an einen Freund* [M]. Ernst Heinrich (hrsg.). Köln Berlin: Kiepenheuer & Witsch, 1963.

[66] Klabund. *Dragoner und Husaren: die Soldatenlieder* [M]. München: Müller, 1916.

[67] Klabund. *Dumpfe Trommel und berauschtes Gong* [M]. Wiesbaden: Insel, 1952.

[68] Klabund. *Geschichte der Weltliteratur in einer Stunde* [M]. Leipzig: Dürr & Weber, 1922.

[69] Klabund. *Li-Tai-Pe* [M]. Frankfurt/M: Insel, 1986.

[70] Klabund. *Nachdichtungen aus dem Chinesischen, Japanischen und Persischen* [M]. Jutta Dahn-Liu (hrsg.). Amsterdam: Rodopi, 2001.

[71] Klabund. *Soldatenlieder* [M]. München: Gelber, 1914.

［72］ Klaproth, Julius (hrsg.). *Asiatisches Magazin*, Bd. 2 ［C］. Weimar: Landes-Industrie-Comptoirs, 1802.

［73］ Klawitter, Arne. *Ästhetische Resonanz. Zeichen und Schriftästhetik aus Ostasien in der deutschsprachigen Literatur und Geistesgeschichte* ［M］. Göttingen: V&R, 2015.

［74］ Klawitter, Arne. Wie man chinesisch dichtet, ohne chinesisch zu verstehen. Deutsche Nach- und Umdichtung chinesischer Lyrik von Rückert bis Ehrenstein ［J］. *Arcadia*, 2013, 48 (1): 98-115.

［75］ Klein, Elisabeth. *Jugendstil in deutscher Lyrik* ［D］. Köln, 1957.

［76］ Kleitsch, Franz. *Der "Phantasus" von Arno Holz* ［D］. Friedrich-Wilhelms-Universität zu Berlin, 1940.

［77］ Lee, Kyoung-Jin. *Die deutsche Romantik und das Ethische der Übersetzung* ［M］. Würzburg: Königshausen & Neumann, 2014.

［78］ Li, Xuetao. *Bibliographie zur chinesischen Literatur in deutscher Sprache* 1980-2020 ［M］. Berlin, Boston: De Gruyter Saur, 2021.

［79］ Meier-Graefe, Julius. Erinnerung an Richard Dehmel ［J］. *Neue Rundschau*, 1933 (44): 646.

［80］ Neumann, Robert. Li Tai Po: Ein deutscher Dichter ［C］ //*Die neue Bücherschau: Buchkritische Zeitschrift für Literatur, Kunst, Kulturpolitik*. München: Weimar Aufbau, 1928, Band 2: 77-81.

［81］ Nietzsche, Friedrich. *Gedichte* ［M］. Jost Hermand (hrsg.). Stuttgart: Reclam, 1993.

［82］ Novalis. *Novalis Schriften, Die Werke Friedrich von Hardenbergs* ［M］. Paul Kluckhohn und Richard Samuel (hrsg.). Darmstadt: Wissenschaftliche Buchgesellschaft, 1975.

［83］ Oetter, Karl. *Richard Dehmel als Übersetzer romanischer Dichtungen* ［M］. Würzburg: Triltsch, 1936.

［84］ Opitz, Michael. und Hofmann, Michael (hrsg.). *Metzler Lexikon DDR-Literatur* ［M］. Stuttgart: J. B. Metzler'sche, 2009.

[85] Pan-Hsu, Kuei-Fen. *Die Bedeutung der chinesischen Literatur in den Werken Klabunds-Eine Untersuchung zur Entstehung der Nachdichtungen und deren Stellung im Gesamtwerk* [M]. Frankfurt/M: Peter Lang, 1990.

[86] Piper, Reinhard. *Mein Leben als Verleger Vormittag Nachmittag* [M]. München: R. Piper & Co. , 1991.

[87] Reichwein, Adolf. *China und Europa. Geistige und künstlerische Beziehungen im 18. Jahrhunderts* [M]. Berlin: Oesterheld, 1923.

[88] Rückert, Friedrich. *Ausgewählte Werke, Bd. 1* [M]. Annemarie Schimmel (hrsg.). Frankfurt/M: Insel, 1988.

[89] Rückert, Friedrich. *Briefe, Band I* [M]. Rüdiger Rückert (hrsg.). Schweinfurt: Rückert-Gesellschaft e. V. , 1977.

[90] Rückert, Friedrich. *Die Weisheit des Brahmanen* [M]. Hans Wollschläger und Rudolf Kreutner (hrsg.). Göttingen: Wallstein, 1998.

[91] Rückert, Friedrich. *Dissertatio philologico-philosophica de idea philologiae* [D]. Jena, 1811.

[92] Rückert, Friedrich. *Schi-king, chinesisches Liederbuch, gesammelt von Confucius* [M]. Altona: J. F. Hammerich, 1833.

[93] Scherr, Johannes. *Bildersaal der Weltliteratur, Bd. 1* [M]. Stuttgart: A. Kröner, 1869.

[94] Scherr, Johannes. *Bildersaal der Weltliteratur, Bd. 1* [M]. Stuttgart: Gebrüder Kröner, 1885.

[95] Schlegel, August Wilhelm. *Sämmtliche Werke, Bd. 12* [M]. Eduard Böckling (hrsg.). Leipzig: Weidmann, 1847.

[96] Schmitt, Sebastian. *Poetik des chinesischen Logogramms—Ostasiatische Schrift in der deutschsprachigen Literatur um 1900* [M]. Bielefeld: transcript, 2015.

[97] Schulz, Gerhard. *Arno Holz Dilemma eines bürgerlichen Dichterlebens* [M]. München: C. H. Beck, 1974.

[98] Schuster, Ingrid. *China und Japan in der deutschen Literatur 1890-1925* [M]. Bern: A. Francke, 1977.

[99] Selden, Elizabeth. *China in German Poetry from 1773 to 1833* [M]. Berkeley: University of Californis Press, 1942.

[100] Stocès, Ferdinand. Sur les sources du Livre de Jade de Judith Gautier (1845-1917) [J]. *Revue de littérature comparée*, 2006 (3): 335-350.

[101] Strauß, Viktor von. *Schi-king. Das kanonische Liederbuch der Chinesen* [M]. Heidelberg: Karl Winter, 1880.

[102] Strich, Fritz. *Goethe und die Weltliteratur* [M]. Bern: Francke, 1957.

[103] Thoms, Peter Perring. *Chinese Courtship*, *in Verse* [M]. London: Parbury, Allen, and Kingsbury, 1824.

[104] Tscharner, Eduard Horst von. *China in der deutschen Dichtung bis zur Klassik* [M]. München: Reinhardt, 1939.

[105] Tscharner, Eduard Horst von. Chinesische Gedichte in deutscher Sprache [C] //*Das Problem des Übersetzens*. Hans Joachim Störig (hrsg.). Darmstadt: Wissenschaftliche Buchgesellschaft, 1963: 189-209.

[106] Turley, Karl. *Arno Holz*, *Der Weg eines Künstlers* [M]. Leipzig: Rudolf Koch, 1935.

[107] Walter, Judith. *Le Livre de Jade* [M]. Paris: Lemerre, 1867.

[108] Wendt, Amadeus (hrsg.). *Musenalmanach für das Jahr*, Leipzig: Weidmann'sche Buchhandlung, 1832.

[109] Wilhelm, Richard. *Tao Te king*: *Das Buch des Alten vom SINN und LEBEN* [M]. Jena: Diederichs, 1911.

[110] Winko, Simone. "Hinter blühenden Apfelbaumzweigen steht der Mond auf". Japanrezeption und Wahrnehmungsstrukturen in Arno Holz'frühem Phantasus [J]. *Jahrbuch der Deutschen Schillergesellschaft* 38 (1994): 171-206.

[111] Yu, Pauline. "Your Alabster in This Porcelain": Judith Gautiers's "Le livre de jade" [J]. *PMLA*, 2007 (2): 464-482.

[112] Yu, Pauline. Judith Gautier and the Invention of Chinese Poetry [C] // *Reading Medieval Chinese Poetry*. Paul W. Kroll (ed.). Leiden: Brill, 2014: 251-288.

［113］Zou, Yunru. *Schi-King. Das "Liederbuch Chinas" in Albert Ehrensteins Nachdichtung. Ein Beispiel der Rezeption chinesischer Lyrik in Deutschland zu Beginn des* 20. *Jahrhunderts*［M］. St. Ingbert：Röhrig, 2006.

［114］［德］爱克曼. 歌德谈话录：1823—1832［M］. 朱光潜, 译. 北京：人民文学出版社, 1978.

［115］安书祉. 德国文学史（第 1 卷）［M］. 南京：译林出版社, 2006.

［116］安晓东. 尼采遗忘观研究［D］. 西安：西北大学, 2015.

［117］卜松山, 赵妙根. 时代精神的玩偶——对西方接受道家思想的评述［J］. 哲学研究, 1998（7）：36-46.

［118］［德］布伯. 中国和我们［J］. 洪敏, 译. 哲学译丛, 2000（4）：27-29.

［119］曹乃云. 德国汉学家对李白《静夜思》的 22 种翻译［J］. 德国研究, 2003（2）：60-65.

［120］曹顺庆. 曹顺庆：翻译的变异与世界文学的形成［J］. 外语与外语教学, 2018（1）：126-129.

［121］曹顺庆. 南橘北枳：曹顺庆教授讲比较文学变异学［M］. 北京：中央编译出版社, 2014.

［122］车振华. 论木鱼书《花笺记》的伦理教化思想［J］. 民俗研究, 2006（3）：222-226.

［123］陈铨. 中德文学研究［M］. 北京：商务印书馆, 1936.

［124］陈思和. 中国文学中的世界性因素［M］. 上海：复旦大学出版社, 2011.

［125］［德］歌德. 歌德文集卷 10：论文学与艺术［M］. 范大灿, 安书祉, 黄燎宇, 等, 译. 北京：人民文学出版社, 1999.

［126］［德］顾彬. 中国对于西方的意义：顾彬谈法兰克福国际书展［EB/OL］.（2009-12-04）［2024-10-25］. http：//news. guoxue. com/article. php? articleid = 23722.

［127］［德］顾彬. 中国诗歌史——从起始到皇朝的终结［M］. 刁承俊, 译. 上海：华东师范大学出版社, 2013.

［128］海岸. 诗人译诗 译诗为诗［J］. 中国翻译, 2005（6）：27-30.

［129］韩耀成. 德国文学史（第 4 卷）［M］. 南京：译林出版社, 2008.

［130］黄国钜．尼采——从酒神到超人［M］.中国香港：中华书局，2014.

［131］姜丽．德译唐诗的侨易问题浅析［J］.同济大学学报（社会科学版），2016，27（6）：19-28.

［132］蒋向艳．法国汉学家德理文及其唐诗法译［J］.中文自学指导，2008（3）：22-24.

［133］蒋向艳．唐诗在法国的译介和研究［M］.北京：学苑出版社，2016.

［134］李双志．德国对中国文化的认知的现代重构——以"诗歌中国"的发现和译介为例［J］.德国研究，2018，33（4）：105-120，143.

［135］李太白．李太白全集［M］.王琦，注．北京：中华书局，1999.

［136］林笳．唐诗在德国［J］.广东社会科学，1987（3）：99-106.

［137］刘卫东．20世纪初德语作家对中国古代诗歌的改写研究——以贝特格、克拉邦德和洪涛生为例［D］.西南交通大学，2021.

［138］刘学慧．德国早期浪漫派的世界文学观［M］.北京：旅游教育出版社，2011.

［139］卢铭君．歌德与"世界文学"［J］.中国比较文学，2019（3）：26-42.

［140］吕福克．西方人眼中的李白［C］//中国李白研究（1998—1999年集）——李白与天姥国际会议论文集．德国科隆大学现代中国学系，1999：367-377.

［141］［德］马克斯·韦伯．儒教与道教［M］.王容芬，译．北京：商务印书馆，1995.

［142］孟华．"不忠的美人"——略论朱迪特·戈蒂耶的汉诗"翻译"［J］.东方翻译，2012（4）：49-58.

［143］孟华．众说纷纭德理文［J］.比较文学与世界文学，2015（2）：40-51.

［144］孟华．注重研究生的实际能力培养［M］//跨文化研究：什么是比较文学．北京：北京大学出版社，2007.

［145］［德］尼采．尼采三书——悲剧的诞生［M］.孙周兴，译．上海：上海人民出版社，2018a.

［146］［德］尼采．尼采三书——查拉图斯特拉如是说［M］.孙周兴，译．上海：上海人民出版社，2018b.

[147] ［德］尼采. 尼采著作全集第六卷［M］. 孙周兴，李超杰，余明锋，译. 北京：商务印书馆，2015.

[148] 钱林森. 牧女与蚕娘——法国汉学家论中国古诗［M］. 上海：上海古籍出版社，1990.

[149] 乔丽丽，刘耘华. 19 世纪德国之中国书写的四重蕴涵［J］. 德国研究，2023，38（5）：135-151，156.

[150] 秦寰明. 中国文化的西传与李白诗：以英、美及法国为中心［J］. 中国学术，2003（1）：252-275.

[151] 孙璋. 孙璋拉丁文《诗经》译本前言［M］//李慧，译. 拉丁语言文化研究第四辑. 北京：商务印书馆，2016：70-74.

[152] 孙周兴. 末人、超人与未来人［J］. 哲学研究，2019（2）：107-117，127.

[153] 孙周兴. 未来哲学序曲：尼采与后形而上学［M］. 北京：商务印书馆，2018.

[154] 孙周兴. 有关尼采查拉图斯特拉形象的若干问题［J］. 同济大学学报（社会科学版），2009，20（5）：18-27，104.

[155] 谭渊. 《老子》译介与老子形象在德国的变迁［J］. 德国研究，2011a，26（2）：62-68，80.

[156] 谭渊. 布莱希特的《六首中国诗》与"传播真理的计谋"［J］. 解放军外国语学院学报，2011b，34（3）：105-109.

[157] 谭渊. 歌德笔下的"中国女诗人"［J］. 中国翻译，2009a，30（5）：33-38.

[158] 谭渊. 文学翻译与世界文学——再论歌德笔下的"中国女诗人"［J］. 外语教育，2009b（1）：160-166.

[159] 谭渊. 百年汉学与中国形象——纪念德国专业汉学建立一百周年（1909—2009）［J］. 德国研究，2009c，24（4）：69-75，88.

[160] 王晖. 试论李白文化心态中求仕与归隐的矛盾［J］. 山西广播电视大学学报，2013，18（2）：98-101.

[161] 王丽娜. 李白诗歌在国外［C］//中国唐代文学学会. 中国李白研究——纪念李白诞生 1300 周年国际学术讨论会论文集. 合肥：黄山书社，2001：

622-665.

[162] 王路灵．论尼采《查拉图斯特拉如是说》中"舞蹈"意象的隐喻 [J]．长春理工大学学报，2013，8（4）：142-144.

[163] 王燕．语言奇才包令与英译《花笺记》研究 [J]．中国人民大学学报，2014，28（6）：138-145.

[164] [德] 卫礼贤．东方之光——卫礼贤论中国文化 [M]．蒋锐，编译．北京：外语教学与研究出版社，2007.

[165] 卫茂平，马佳欣，郑霞．异域的召唤：德国作家与中国文化 [M]．银川：宁夏人民出版社，2002.

[166] 卫茂平．中国对德国文学影响史述 [M]．上海：上海外语教育出版社，1996.

[167] 卫茂平，陈虹嫣，等．中外文学交流史—— 中国—德国卷 [M]．济南：山东教育出版社，2015.

[168] 吴晓樵．吕克特与《诗经》的德译 [N]．中华读书报，2011-05-18（018）.

[169] [德] 席勒．席勒文集1——诗歌小说 [M]．张玉书，译．北京：人民文学出版社，2005.

[170] [德] 夏瑞春．德国思想家论中国 [M]．陈爱政，等，译．南京：江苏人民出版社，1995.

[171] 谢天振．译介学 [M]．南京：译林出版社，2013.

[172] 谢天振．中国文学走出去：问题与实质 [J]．中国比较文学，2014（1）：1-10.

[173] 熊鹰．鲁迅德文藏书中的"世界文学"空间 [J]．文艺研究，2017（5）：38-46.

[174] 杨武能．歌德与文学翻译 [J]．中国翻译，1999（5）：35-39.

[175] 尧育飞．翟理斯《中国文学史》中译本简述 [J]．书屋，2019（7）：93-96.

[176] 叶隽．变创与渐常——侨易学的观念 [M]．北京：北京大学出版社，2014.

[177] 伊塔马·埃文-佐哈尔．多元系统论 [J]．张南峰，译．中国翻译，2002（4）：21-27.

[178] 俞第德，刘阳．俞第德《玉书》前言 [J]．国际汉学，2019（2）：187-190.

[179] 郁沅．中国美学——情景交融之途 [J]．湖北大学学报（哲学社会科学版），2004（1）：44-50.

[180] 詹春花．中国古代文学德译纲要与书目 [M]．北京：中国文史出版社，2011.

[181] 詹福瑞．诗仙酒神孤独旅人：李白诗文中的生命意识 [M]．北京：生活书店出版有限公司，2021.

[182] 张西平．文明互鉴：一个新的文明观 [J]．国际汉学，2022（S1）：5-9.

[183] 张宪军．反抗、理想与革命：德国表现主义文学的社会关怀与政治热忱 [J]．中外文化与文论，2017（2）：190-200.

[184] 张小燕，谭渊．吕克特的《诗经》德译本与"世界诗歌" [J]．德国研究，2019，34（1）：154-168，192.

[185] 张小燕，谭渊．世纪之交德语文坛中的"李白热" [J]．德国研究，2020（2）：115-128，147-148.

[186] 张杨，李春蓉．李白诗歌在德国、俄罗斯译介传播的对比研究 [J]．汉学研究，2017（秋冬卷）：125-134.

[187] 张杨．李白诗歌传播在德国的发轫 [J]．文史知识，2016（2）：3-13.

[188] 张杨．吕福克的苦吟与推敲：以翻译为径展示诗意中国 [N]．光明日报，2021-09-02.

[189] 张杨．诗仙远游：李白诗歌在德国的译介与研究 [J]．东方翻译，2017（2）：22-27.

[190] 张莹．"西方中心主义"话语中的中国形象 [J]．文艺理论与批评，2016（4）：118-123.

[191] 赵厚均．《百美新咏图传》考论——兼与刘精民、王英志先生商榷 [J]．学术界，2010（6）：102-109，285.

[192] 郑锦怀．彼得·佩林·汤姆斯：由印刷工而汉学家——以《中国求爱诗》为中心的考察 [J]．国际汉学，2015（4）：133-141，204.

[193] 郑群辉．论苏轼的"人生如梦" [J]．社会科学，2010（9）：169-178，192.

［194］周宁．天朝遥远：西方的中国形象研究［M］.北京：北京大学出版社，
    2006.

［195］周啸天．唐诗鉴赏辞典补编［M］.成都：四川文艺出版社，1990.

［196］邹绛．外国名家诗选第 1 册［M］.重庆：重庆出版社，1983.

附录：德语诗人中国诗歌改译、参考蓝本、汉语原作对应表

（1）霍尔茨①

霍尔茨改作序号	对应汉语原作	德理文	戈蒂耶	海尔曼
1	李白《江上吟》	En bateau(在船上)	Chanson sur le fleuve(江上之歌)	
2	李白《春日醉起言志》	Un jour de printemps(春日)		Ein Frühlingstag(春日)

① 表格由德语诗人改作标题、对应汉语原作，参考蓝本组成，其中不少诗歌同时存在多个参考蓝本，主要来自德理文的《唐代诗歌选》、戈蒂耶的《玉书》、海尔曼的《中国抒情诗》、佛尔克的《中国诗歌选》——汉代和六朝诗歌集萃，豪塞尔的《李太白》和《中国诗歌》、施特劳斯的《诗经》。表格中每列标题代表译者姓名。此外，由于霍尔茨的两首改作嵌入在其诗集《幻想者》中，并不具有独立标题，因此表格中以序号1，2代替。

（2）德默尔

德默尔改作标题	对应汉语原作	德理文	戈蒂耶	海尔曼
Chinesisches Trinklied（饮酒歌）	《悲歌行》	La chanson du chagrin（悲伤的歌）		
Auf der Reise（在旅途中）	《静夜思》	Pensée dans une nuit tranquille（静夜里的思念）	L'auberge（小客栈）	
Frühlingsrausch（春醉）	《春日醉起言志》	Un jour de printemps（春日）		Ein Frühlingstag（春日）
Der Dritte im Bunde（同伴中的第三人）	《月下独酌四首·其一》			Die drei Gesellen（三个同伴）
Die ferne Laute（遥远的琉特）	《春夜洛城闻笛》		La Flûte mystérieuse（神秘的笛子）	Die geheimnisvolle Flöte（神秘的笛子）

177

（3）克拉邦德诗集《沉鼓醉锣——中国战争诗歌译本》①

克拉邦德	对应汉语原作	德理文	戈蒂耶	海尔曼	佛尔克	豪塞尔	施特劳斯
Klage der Garde（卫兵的控诉）	《诗经·祁父》						Klage der Garden über ihre ungehörige Verwendung（卫兵控诉其不合理的征调）
Chinesisches Soldatenlied（中国士兵歌）	《诗经·秦风·无衣》						
Der müde Soldat（疲惫的士兵）	待考证						
Epitaph auf einen Krieger（士兵墓志铭）	待考证			Menschenlos（空无一人）			

---

① 表格（3）（4）（5）参考了 Kuei-Fen Pan-Hsu（1990）和韩瑞欣（1993）专著后附录的表格，但在其基础上进行了校对和进一步完善。

续表

克拉邦德	对应汉语原作	德理文	戈蒂耶	海尔曼	佛尔克	豪塞尔	施特劳斯
Tod der Jünglinge auf dem Schlachtfeld（战场上少年之死）	屈原《国殇》			Der Tod für Vaterland（为祖国献身）			
Abschied （告别）	苏武《留别妻》				Abschied （告别）		
Waffenspruch（武器格言）	杜甫《前出塞》						
Vom westlichen Fenster（从西窗向外望）	王昌龄《闺怨》		De la fenêtre occidentale （从西窗）				
Der weisse Storche（白鹤）	待考证		La cigogne（鹤）				
Ausmarsch （行军）	杜甫《兵车行》	Le départ des soldats et des chars de guerre （士兵和战车启程）		Der Auszug der Krieger（土兵行军）			

续表

克拉邦德	对应汉语原作	德理文	戈蒂耶	海尔曼	佛尔克	豪塞尔	施特劳斯
Die Maske（面具）	待考证		L'Époux d'une jeune femme s'arme pour le combat（少妇的丈夫武装备战）	Er rüstet sich zum Kampfe（他武装备战）			
Der Werber（招募士兵者）	杜甫《石壕吏》	Le recruteur（征兵者）		Der Rekrutenjäger（招募新兵者）			
Nachts im Zelt（夜晚在帐篷中）	待考证		Le départ du grand chef（大主厨启程）				
Die junge Soldatenfrau（年轻的士兵妻子）	杜甫《新婚别》	La nouvelle mariée（新娘）					

续表

克拉邦德	对应汉语原作	德理文	戈蒂耶	海尔曼	佛尔克	豪塞尔	施特劳斯
Sieger mit Hund und schwarzer Fahne（带着狗和黑旗的胜利者）	待考证		Le chien du vainqueur（胜利者的狗）				
Rückkehr in das Dorf Ki-ang（返回羌村）	杜甫《羌村·其三》	Le village de Kiang（羌村）					
O mein Heimatland（哦，我的祖国）	待考证						
Ritt（骑马）	待考证						
Krieg in der Wüste Gobi（戈壁沙漠里的战争）	李白《出自蓟北门行》				Kampflieder IV （战歌·其四）		

续表

克拉邦德	对应汉语原作	德理文	戈蒂耶	海尔曼	佛尔克	豪塞尔	施特劳斯
Die weisse und die rote Rose（白玫瑰与红玫瑰）	待考证		La fleur rouge（红花）	Die rote Rose（红玫瑰）			
Nach der Schlacht（战役之后）	李白《军行》				Nach der Schlacht（战役之后）		
Die Vier Jahreszeiten（四季）	李白《子夜吴歌四首》	La chanson des quatre saisons（四季之歌）				Die Vier Jahreszeiten（四季）	
Schreie der Raben（乌鸦啼叫）	李白《乌夜啼》	Le cri des corbeaux à l'approche de la nuit（夜幕临近时乌鸦啼叫）				Abend bei der Heimkehr der Raben（傍晚乌鸦归巢）	
Der grosse Räuber（大盗）	李白《侠客行》	Le brave（勇者）					

续表

克拉邦德	对应汉语原作	德理文	戈蒂耶	海尔曼	佛尔克	豪塞尔	施特劳斯
An der Grenze（边境）	李白《塞下曲》	Chanson des frontières（边境之歌）			Kampflieder（Ⅰ）（战歌·其一）	An der Grenze（在边境）	
Die junge Frau steht auf dem Warteturm（年轻少妇站在瞭望塔上）	待考证					Frauenlieder（Ⅱ）：am Herbst（女性之歌·其二：秋天）	
Winterkrieg（冬季战争）	李白《北上行》				Der Nordfeldzug（北上行军）		
Fluch des Krieges（咒骂战争）	李白《战城南》				Elend des Krieges（战争的不幸）	Die Kämpfe an den Vorwerken im Süden（南方外堡的战事）	
Ode auf Nank-ing（南京颂）	李白《金陵三首·其三》	A Nan-king（在南京）					
Das Friedensfest（和平节日）	李白《春日行》	Le retour des beaux jours（美好日子回归）		Frühlingsanfang（春之初）			

183

（4）克拉邦德诗集《李太白》①

克拉邦德	对应汉语原作	德理文	戈蒂耶	海尔曼	佛尔克	蒙塞尔
Thu-Fu an Li-Tai-Pe（杜甫致李李白）	杜甫《寄李十二白二十韵》		Envoi a Li-tai-pe（寄李太白）	An Li-Tai-Pe（致李太白）		
Im Frühling（在春天）	李白《春日醉起言志》	Un jour de printemps(春日)		Ein Frühlingstag（春日）	Im Rausch（在迷醉中）	An einem Frühlingstag beim Erwachen aus dem Rausche（春日由迷醉中清醒）
Mond der Kindheit（童年的月亮）	《古朗月行》					Der Mond der Kinderzeit(童年的月亮)

---

① 在本表格中，从第二行起对应汉语原作作者均为李白，因此该列表格中均作作者李白二字以省略。

续表

克拉邦德	对应汉语原作	德理文	戈蒂耶	海尔曼	佛尔克	豪塞尔
Im Boot(在船上)	《朝发白帝城》					Frühmorgens aus Pe-ti scheidend(早晨从白帝离开)
Das Lied vom Kummer(悲伤之歌)	《悲歌行》	La chanson du chagrin(悲伤的歌)		Das Lied vom Kummer(悲伤的歌)		
Si-Schy(西施)	《口号吴王美人半醉》		Ivresse d'amour(爱情的迷醉)	Liebestrunken(醉心于爱情)		
Das Landhaus(村居)	《下终南山过斛斯山人宿置酒》	Le poète descend du mont Tchong-nân et passe la nuit à boire avec un ami(诗人登上终南山和一位朋友喝酒过夜)				
Die drei Genossen(三个同伴)	《月下独酌四首·其三》			Die drei Gesellen(三位同伴)	Trinklieder（1）(饮酒歌·其一)	Fröhliches Nachtgelage mit einem Freunde nach der Rückkehr von Tschong-nan-schan(从终南山归来和一位朋友过度偷快的夜晚) Bei Trinkgelagen im Mondenschein(月光下饮酒狂欢)

续表

克拉邦德	对应汉语原作	德理文	戈蒂耶	海尔曼	佛尔克	豪塞尔
Einsamkeit zur Nacht（夜晚的孤独）	待考证					
Singende Gespenster（唱歌的幽灵）	待考证					
Der Pavillon von Porzellan（瓷亭）	《宴陶家亭子》		Le pavillon de porcelaine（瓷亭）	Der Porzellan Pavillon（瓷亭）		
Der ewige Rausch（永恒的迷醉）	《将进酒》	Chanson à boire（饮酒歌）		Trinklied（饮酒歌）		Während der Wein kommt（当酒出现时）
Improvisation（即兴诗）	《清平调·其一》	Strophes improvisées（I）（即兴诗·其一）	Strophes improvisées（I）（即兴诗·其一）	Improvisation（即兴诗）	Drei Improvisationen（I）（即兴诗三首·其一）	
Der Tschao-Yang-Palast im Frühling（春日朝阳宫）	《宫中行乐词》	Le palais de Tchao-yang（朝阳宫）		Das Palais von Tschao-yang（朝阳宫）		Der Tschao-yang-Palast（朝阳宫）

续表

克拉邦德	对应汉语原作	德理文	戈蒂耶	海尔曼	佛尔克	蒙塞尔
Der Hummer（龙虾）	《月下独酌四首·其四》				Trinklieder（IV）（饮酒歌·其四）	Bei Trinkgelagen im Mondenschein（IV）（月下饮酒·其四）
Blick in den Spiegel（镜中一瞥）	《秋浦歌》					Vor dem Spiegel（在镜子前）
Am Ufer des Yo-Yeh（若耶河畔）	《采莲曲》	Sur les bords du Jo-yeh（在若耶河畔）		An den Ufern des Jo-yeh（在若耶河畔）		
Wanderer erwacht in der Herberge（游子在客栈中醒来）	《静夜思》	Pensée dans une nuit tranquille（静夜里的思念）	L'auberge（小客栈）	In der Herberge（在旅馆）		In stiller Nacht（在静谧的夜里）
Die Kaiserin（皇后）	《玉阶怨》		L'Escalier de jade（玉阶）	Die Treppe von Jade（玉阶）		
Schenke in Frühling（春日里的小酒馆）	《少年行·其二》					

187

续表

克拉邦德	对应汉语原作	德理文	戈蒂耶	海尔曼	佛尔克	蒙塞尔
Die ferne Flöte（遥远的笛声）	《春夜洛城闻笛》		La flûte mystérieuse（神秘的笛子）	Die geheimnisvolle Flöte（神秘的笛子）		
Auf der Wiese（在草地上）	《山中与幽人对酌》					
Die Beständigen（坚贞者）	《独坐敬亭山》					Einsame Rast angesichts des Kingting-Berges（面对敬亭山孤独地休息）
Der Fischer im Frühling（春日里的渔夫）	待考证		Le pêcheur（渔夫）	Der Fischer（渔夫）		
Der Tanz auf der Wolke（云端的舞蹈）	待考证		Les sages dansent（仙人跳舞）	Der Tanz der Unsterblichen（仙人之舞）		
Das rote Zimmer（红房间）	《陌上赠美人》					

续表

克拉邦德	对应汉语原作	德理文	戈蒂耶	海尔曼	佛尔克	豪塞尔
Abschied(送别)	《宣州谢朓楼饯别校书叔云》	Offert à un ami qui partait pour un long voyage(献给一位即将远行的朋友)		An einem Freund, der auf eine lange Reise ging(献给一位即将远行的朋友)		
Der Silberreiher (大白鹭)	《白鹭鸶》					Der Silberreiher(大白鹭)
Das ewige Gedicht (永恒的诗歌)	待考证		Les caractères éternels(永恒的字符)			

（5）克拉邦德诗集《花船》

克拉邦德	对应汉语原作	德理文	戈蒂耶	海尔曼	佛尔克	豪塞尔
Der toten Freundin (献给逝去的爱人)	自创					

续表

克拉邦德	对应汉语原作	德理文	戈蒂耶	海尔曼	佛尔克	豪塞尔
Die Sittsame（守节者）	《诗经·将仲子》		Une jeune fille（一名年轻女子）			
Ruderlied（划桨曲）	汉武帝《秋风辞》		Le vent d'automne（秋风）			"Ruderlied" von Wu Ti（武帝的划桨曲）
Lied vom weissen Haupt（白头歌）	卓文君《白头吟》					Lied vom weißen Haupte（白头歌）
Der zarte Vogel（柔弱的小鸟）	枚乘《杂诗》			Das Haus am Bache（溪旁的房子）	Der Blütenzweig（花枝）	
Die Verlassene（弃妇）	待考证				Unglückliche Liebe（不幸福的爱情）	
Der Fächer（扇子）	班婕妤《团扇诗》		L'Eventail（扇子）			Der Fächer（扇子）
Die Brandstifterin（纵火者）	曹植《美女篇》			Gedicht eines Hieh-k-oh（一位侠客的诗）		

续表

克拉邦德	对应汉语原作	德理文	戈蒂耶	海尔曼	佛尔克	蒙塞尔
Sie gedenkt des fernen Gatten（她思念远方的丈夫）	王僧儒《春怨》			Die einsame Gattin（寂寞的夫人）		
Lotos und Mädchen auf dem Teich（池塘里的莲花和姑娘）	王昌龄《采莲曲》			Die Lotosblumen（莲花）	Lotospflückerin（采莲女子）	
Die drei Frauen des Mandarinen（官员的三个妻子）	待考证		Les trois femmes du mandarin（官员的三个妻子）			
Auf dem Fluss Ts-chu（在曲江上）	杜甫《曲江》		Sur le fleuve Tchou（在曲江上）			
Der Kaiser（帝王）	杜甫《紫宸殿退朝口号》		L'Empereur（帝王）	Der Kaiser（帝王）		

续表

克拉邦德	对应汉语原作	德理文	戈蒂耶	海尔曼	佛尔克	蒙塞尔
Rückkehr in das Dorf Ki-ang (回到羌村)	杜甫《羌村·其一》	Le village de Ki-ang(羌村)				
Einbruch der Hunnen(匈奴入侵)	李白《幽州胡马客歌》				Gegen die Hsiung-nu(对抗匈奴)	
An den Mond (致月亮)	李白《把酒问月》				An den Mond (致月亮)	An den Mond (致月亮)
Das Haus im Herzen(心中的家园)	待考证		La maison dans le coeur (心中的家园)	Das Haus im Herzen(心中的家园)		
Der wilde Jäger (野蛮的猎人)	李白《行行且游猎篇》	A cheval! à cheval et en chasse! (骑马！骑马去打猎)			Der Jäger(猎人)	Jagdritt (骑马打猎)
Ein junges Liebespaar sieht sich überrascht (一对爱人惊讶地看着对方)	待考证					

192

续表

克拉邦德	对应汉语原作	德理文	戈蒂耶	海尔曼	佛尔克	豪塞尔
Trunkenes Lied（饮酒歌）	李白《将进酒》	Chanson à boire（饮酒歌）		Trinklied（饮酒歌）		Während der Wein kommt（当酒出现时）
Gemeinsame Lektüre（一起阅读）	待考证					
Fest der Jugend（青春的节日）	待考证					
Einsame Trinker am Meer（海边孤独的饮者）	待考证					
Beim vollen Becher（酒满樽）	李白《对酒行》	En face du vin（对酒）		Beim vollen Becher（酒满樽）		
Tempel in der Einsamkeit（隐秘的寺庙）	李白《春日归山寄孟浩然》			Der Bergtempel im Frühling（春天山里的寺庙）		
Bekenntnis（自白）	待考证					

续表

克拉邦德	对应汉语原作	德理文	戈蒂耶	海尔曼	佛尔克	蒙塞尔
Dem König von Wu droht der Untergang（吴王面临毁灭）	李白《乌栖曲》	A l'heure où les corbeaux（乌栖之时）				
Klage einer chinesischen Prinzessin, die einen Tatarenfürsten arverlobt wurde（一位与鞑靼王订婚的中国公主的控诉）	李白《山鹧鸪词》				Das Rebhuhn（鹧鸪）	
Zu Schiff（在船上）	李白《江上吟》	En bateau（在船上）		Zu Schiff（在船上）		
Improvisation（即兴诗）	李白《清平调·其二》	Strophes improvisées（Ⅱ）（即兴诗·其二）	Strophes improvisées（Ⅱ）（即兴诗·其二）	Improvisation（即兴诗）		Drei Improvisationen（Ⅱ）（即兴诗三首·其二）
An die Göttin Ma-Ku（致仙女麻姑）	李白《有所思》				Maku（麻姑）	

续表

克拉邦德	对应汉语原作	德理文	戈蒂耶	海尔曼	佛尔克	蒙塞尔
Improvisation für Tai-Tsun, die Geliebte des Kaisers Ming-Hoang-ti (献给明皇帝的爱妃 Ming-Hoang-ti Tai-Tsun)	李白《清平调·其三》	Strophes improvisées (Ⅲ) (即兴诗·其三)	Strophes improvisées (Ⅲ) (即兴诗·其三)			Drei Improvisationen (Ⅲ) (即兴诗三首·其三)
Geleit (护送)	李白《送友人》				Geleit (护送)	Abschied von Freunde (与朋友告别)
An der Flussmündung (在入海口)	李白《渌水曲》		Près de l'embouchure du Fleuve (在入海口)	An der Flußmündung (在入海口)	Im Kahn (在舟上)	Aus Grünen Fluten (从绿色的潮水中)
Selbstvergessenheit (忘怀自我)	李白《自遣》					
Das nächtliche Lied und die fremde Frau (夜曲和陌生的女子)	白居易《琵琶行》			Die Fremde (陌生人)		Das nächtliche Lied (夜曲)

195

续表

克拉邦德	对应汉语原作	德理文	戈蒂耶	海尔曼	佛尔克	豪塞尔
Auflösung（解体）	李白《月下独酌四首·其三》				Trinklieder（饮酒诗）	Bei Trinkgelagen im Mondenschein（Ⅲ）（月下饮酒·其三）
Auf dem Fluss（在江上）	李白《江上吟》	En bateau（在船上）	Chanson sur le fleuve（江上之歌）			
Improvisation（即兴诗）	待考证					
Schmetterlinge（蝴蝶）	待考证					
Reise durch die Sommernacht（夏夜之旅）	待考证					
Im Morgengrauen（黎明）	待考证					
Die Hofdamen（宫女）	朱庆馀《宫中词》		Dans le palais（在宫廷里）	Bei Hofe（在宫廷里）	Das Geheimnis（秘密）	

续表

克拉邦德	对应汉语原作	德理文	戈蒂耶	海尔曼	佛尔克	蒙塞尔
Das efrorene Herz（冰冷的心）	待考证		Le cœur triste au soleil（阳光下悲伤的心）	Das efrorene Herz im Sonnenschein（阳光下冰冷的心）		
Herbstliche Elegie（秋季悲歌）	待考证					
Die Unbestechliche（坚定不移者）	张籍《节妇吟》	Une femme fidèle à ses devoirs（忠于自己义务的女子）	L'Épouse vertueuse（忠贞的新妇）	Die treue Gattin（忠贞的夫人）	Die beiden Perlen（两颗珍珠）	
Das Blumenschiff（花船）	待考证		Sur les balance-ments d'un navire（在船上秋千里）	Das Blumenschiff（花船）		
Die Schaukel（秋千）	苏轼《春宵》					
Der Bauer und die Erde（农民和大地）	待考证		Tristesse du labou-reur（悲惨的劳动者）			

续表

克拉邦德	对应汉语原作	德理文	戈蒂耶	海尔曼	佛尔克	豪塞尔
Die unendliche Woge（无尽的波浪）	待考证					
Der zahme Vogel（听话的小鸟）	待考证					
Das Weidenblatt（柳叶）	张九龄《折杨柳》		La feuille de saule（柳叶）	Das Weidenblatt（柳叶）		
Der Orangenzweig（橘枝）	待考证		L'ombre des feuilles d'oranger（橘色树叶的影子）	Der Schatten des Orangenzweigs（橘枝的影子）		
In den Wind gesungen（在风中歌唱）	待考证		La mer sans rivages（无岸的海）			